心是宇宙的倒影

楊牧與詩

鄭毓瑜、郭哲佑——主編

人文·學術·思想

目次

代序

楊牧的古典維新†

——技術作為發現的核心

鄭毓瑜*

楊牧（一九四〇－二〇二〇）是國際著名的現代漢語詩人，自十五歲開始寫新詩，出版過十五本新詩集，曾獲得馬來西亞「花踪世界華文文學獎」（二〇〇七）、美國「紐曼華語文學獎」（Newman Prize for Chinese Literature）（二〇一二）、瑞典「蟬獎」（Cikada Prize）（二〇一六）等獎項，作品翻譯為英文、德文、法文、日文、瑞典文、義大利文、捷克文、荷蘭文等，是當前世界文壇最具有長遠影響力的現代漢語詩人。

楊牧同時也是一位長年在北美課堂講授《詩經》、《楚辭》與唐詩的漢學教授。他受

† 本文原以英文刊載："A Ceaseless Generative Structure: Yang Mu's Views on Early Chinese Classical Literature," *CLEAR* 43 (2021): 95-114。中文版有所增補。

* 國立臺灣大學中國文學系講座教授暨中央研究院院士。

業於自一九四五年即任教於美國柏克萊加州大學東方語文學系的陳世驤教授，於一九七一年以《詩經：套語及其創作模式》（*Shih Ching: Formulaic Language and mode of Creation*）獲得比較文學博士學位，並獲聘於西雅圖華盛頓大學，期間曾兩度回臺大客座講學（一九七五、一九八三），於一九九六年返國擔任東華大學人文社會科學院院長，二〇〇二年出任中央研究院中國文哲研究所所長。後於二〇〇七年擔任政治大學臺灣文學研究所講座教授，二〇一三年、二〇一四年擔任東華大學、臺灣師範大學講座教授。在研究與創作之間，以及在古典文學與新詩文之間，楊牧以豐美的學養與才情，從容兩端且成果斐然。

楊牧將「新詩」當作一個廣義的名詞，認為一部漢文學史，是「不斷呈現新詩的文學史」，如司馬相如、楊雄之於漢賦，張若虛、陳子昂之於初唐詩，「新」詩因此不必要「反傳統」。民國以來，在白話新詩「現代化」的過程中，其實一直保有一個正確的「傳統取向」，就在於掌握並轉化傳統資源，而進行無止盡的創新。[1]換言之，「創新」並不分古今、新舊，而「創造」或「創作」，其實與「傳統」或「古典」在時間長河中有如波濤翻攪，相互銜接與匯流。這樣的「新詩」觀念，可以突破一般基於年代、朝代而分期分體的文學史觀，而是透過細讀、比對、聯想、新變來體驗文學文本自身的宛曲隱微，同時也透過新文學創作，補充古典成說，甚至表達抗拒，不但更新了古典面目，也讓新文學的孳長刻劃出時代的變動意義。

追源：詩的萌生

一九五八年，楊牧高中畢業，暫居臺北。當時許多成名的詩人，欣賞這位少年詩人，招呼他一起參加在中山北路覃子豪（一九一二－一九六三）家舉行的週日聚會。[2] 沙龍主人覃子豪喜愛法國象徵派，書櫃裏盡是波特萊爾、馬拉爾美、魏爾崙、藍波、梵樂希等法國象徵派代表人物的書冊，尤其高懸「音樂乃是至高無上」的信仰，「音樂在一切事務之先」，彷彿是創作者所掌握到的一種神秘的金鑰。[3] 在事後追憶裏，詩學家楊牧，則並列這樣兩段關於詩與樂的評述：

> 詩是舞蹈，給出一種最可靠的表達方式，一種或者多種或甚至無窮變化的方式。……有時竟是大家攜手迎合天然的節奏，通過身心交感，彼此示意，提醒，當群體已分別領會那和諧，以及當偶發，劇烈的衝突轉而一起埋沒於激揚，悠遠的旋律，更證明是情感充沛，真摯，可以期待之於恆常的，……。[4]

1 參見楊牧：〈新詩的傳統取向〉（一九八三），《隱喻與實現》（臺北：洪範書店，二〇〇一），頁三－一〇。

2 參見楊牧：〈詩人穿燈草絨的衣服〉，《奇萊後書》（臺北：洪範書店，二〇〇九），頁一一－三三。

3 同前注，頁二二。

4 同前注，頁二一－二二。

> （音樂）也可能還有另外層次的指涉。通過筆下對若干屬性相近的有機客體之操縱，以發現高度自覺的內在結構，……目的在維持一最接近自然的，完整的修辭生態，圓融渾成的小宇宙，在隸屬於各種活潑諸原子之間，允許一持續的生滅活動，乃其中金剛不壞的成份勢必脫穎而出，決定了詩的聲籟格局，亦即是為我們心目中至高無上的音樂下定義。[5]

後一段引文提及「客體」、「原子」，強調自覺的操控與修辭術，以人為的語言文字，透過精準的製作技術，進而在詩中浮現「一個宇宙的覺識」（perception of a universe），也許呼應覃子豪醉心的象徵主義詩學。[6]但是前一段引文，熟悉〈詩大序〉的人，馬上可以看出這是結合詩歌舞樂，談身心交感、彼我和諧的天然節奏，是屬於「嗟嘆，詠歌，手舞足蹈」的中國詩學的起源論。這無疑是融入楊牧後來從事中國早期文學研究的體驗，並且藉著象徵主義的語言精鍊術，反過來自我探問，詩究竟是自然的流露或自覺的追尋，究竟是集體記憶的重複，或出自技藝的刻意打造？尤其面對遠古的文本，又該如何解釋群體共感與個人獨創之間的調協或變化？

一九六六年，楊牧進入柏克萊加州大學攻讀博士學位，師從陳世驤教授，開始研究《詩經》。陳世驤的詩學觀念以及對於新文學的看法，勢必深深影響楊牧，而楊牧在這段時期乃至往後陸續發酵的學思體驗，也必然與陳世驤之間形成潛在的呼應與對話。陳世驤是一位兼具民國新文學經驗的漢學家，在一九四一年出國前，即與英國詩人艾克敦（Harold Acton, 1904-1994）合作，共同翻譯且出版了最早的中國現代詩（選）英譯本 *Modern Chinese Poetry*。[7]他認為自己的研究固然從古代開始，但是一九三〇年代文壇變化的經歷，讓他相信中國文學的命脈正在於不斷創新的新文學與新觀念。而對於楊牧的愛重也往往溢於言表，如引用京都大學漢學名家小川環樹（一九一〇－一九九三）的讚賞，認為楊牧新詩集正是「五四」以來所發展而必然出現的好作品。[8]

「五四」以來的中國文學發展，牽涉新舊斷續、中西交涉的複雜面向，文學研究也不例外。陳世驤專注於古典文學研究，除了引入比較文學的視野，更借助傳統小學資源，深入詮釋早期經典。其中，最為人稱道的是借助古文字學的字源追索法，以中國最早出現於《詩經》的「詩」字，當時的書寫形式是左「言」右「㞢（之）」，而甲金文的「㞢（之）」代表

5　同前注，頁二七。

6　象徵派如梵樂希的說法，強調在人為語言的精準製作中才可以達到「詩狀態」（poetic state），如同看見一個新宇宙，見Paul Valéry, "Poetry," *The Forum* 81.4 (1929): 251-56。這與覃子豪屢屢論述象徵主義詩學有關，如陳義芝認為覃子豪可說是象徵主義在臺灣的傳人，見陳義芝：《聲納：臺灣現代主義詩學流變》（臺北：九歌，二〇〇六），第三章〈覃子豪與象徵主義〉，頁六五－八一。

7　Harold Acton and Chen Shih-Hsiang trans., *Modern Chinese Poetry* (London: Duckworth,1936).

8　陳世驤對於新文學的鼓勵與對於楊牧新詩創作的看重，見商禽：〈六松山莊——訪陳世驤教授問中國文學〉，收入張暉編：《中國文學的抒情傳統：陳世驤古典文學論集》（北京：生活・讀書・新知三聯書店，二〇一五），尤見頁三六〇－六二。

足之點踏進退，正以相反相成的往止進退，表示「詩」發源於舉手投足的舞樂；同時也與同樣帶有「㞢」的「志」（上㞢下心）字相結合，進一步表示意念的握定與發動，因而發現早在西元前第八至第九世紀間，中國的「詩」觀念，就已經是融會身與心、言與志為一體的節奏藝術。[9]

楊牧選擇《詩經》作為論文研究主題，同樣也致力於追源，但是，陳世驤是從共同的語根追索「詩」觀念的形成，楊牧則是從慣用的套語以及主題，追索詩篇的構成。這些已經完成並收入於《詩經》的「詩」究竟怎麼產生？那些重複出現的短語，如何就展開傳誦不絕的「詩三百」？雖然民國初年以來，許多學者努力將「詩」拉出《詩經》的牢籠，但是也不能就直接視之為自然發詠的民間風謠，楊牧強調應回到《詩》中的「詩」本身。借助Milman Parry（1902-1935）和Albert B. Lord（1912-1991）原用以分析歐洲史詩的口頭套語創作論（the theory of oral-formulaic composition），楊牧於*The Bell and the Drum: Shih Ching as Formulaic Poetry in an Oral Tradition*，認為《詩經》的「形式」，正保有口傳詩歌（oral poetry）那曾經生機盎然的詩的活力（poetic force）。[10]一方面這形式是有機的（organic），配合鐘鼓節奏的聲響模式，雖非後世嚴格的韻律規範；另一方面，這形式也是動態的（dynamic），因為口傳詩歌中，透過常見的套語以及主題，[11]聽眾其實就像獲得暗示的線索，自動地領會眼前此詩所歸屬的前後脈絡，而直接感受迴盪在不同詩作間卻相互扣連的弦外之音。

《詩經》的篇章大約成於西周到春秋中葉（約西元前十一至六世紀）之間，而紙張普遍用於書寫要到西元二世紀初的東漢，可以說在幾乎長達一千兩百年的時間裏，中國文學處於一個口傳與書寫的混合期，而口頭套語所衍生的主題聯想、意象類比，存在於各種可誦讀也可抄讀的《詩經》、樂府與五言詩中，活絡地開啟了上古到中古的文學之路。宇文所安（Stephen Owen）說自己在《中國早期古典詩歌的生成》（*The Making of Early Chinese Classical Poetry*）這本書中的論點，與口頭套語創作論可以相呼應（resonance），並提及楊牧（Wang Ching-hsien王靖獻）、Hans Frankel、Gary Shelton等人如何由口頭套語的角度分析《詩經》、樂府詩。[12] 宇文所安教授特別強調中國早期詩歌，應該視為「共享的行為」（shared practice），而非個別詩人創作的匯集（a collection of "creations" by individual poets）；這樣的詩歌涉及一個共享的知識庫（repertoire of knowledge），那是詩人、聽眾或傳播者共有的素養（competence）。[13] 而這正如楊牧所認為，在早期史詩或抒情詩中，在口傳與抄寫交疊的時

9 見陳世驤：〈中國詩字之原始觀念試論〉，文末自注寫成於一九五九年，發表於中央研究院歷史語言研究所集刊編輯委員會編：《慶祝董作賓先生六十五歲論文集》下冊（臺北：中央研究院歷史語言研究所，一九六一），頁八九九－九一二；後收入楊牧編：《陳世驤文存》（臺北：志文出版社，一九七二），頁三九－六一。

10 楊牧之博士論文，後出版成書，C. H. Wang, *The Bell and the Drum: Shih Ching as Formulaic Poetry in an Oral Tradition* (Berkeley: University of California Press, 1974)，關於口頭詩歌的生命力，參見頁一七。

11 此處關於《詩經》留存口傳「形式」的說明，見C. H. Wang, *The Bell and the Drum*, pp. ix-x。

12 見Stephen Owen, *The Making of Early Chinese Classical Poetry* (Cambridge, MA.: Harvard University Asia Center, 2006), pp. 11-12。

13 Stephen Owen, *The Making of Early Chinese Classical Poetry*, "Introduction," pp. 11, 14.

期，應該存在著能夠喚起說寫與閱聽雙方共同回憶的"argumentorum sedes"（或稱storehouses of trains of thought，思緒貯藏庫），[14]而「詩」的發生，正源自於這同時是記憶、也是技藝的「詩（思）路」集合。

變化：詩無邊界

楊牧曾特別強調，研究古典詩的現代學子，也許可以略過技巧而體驗古代詩人的經驗，但是對於古代詩人的詩——「已經完成的內容」（achieved content），則必須以「技術作為發現」（technique as discovery）的關鍵。[15]就《詩經》而言，創作的關鍵技巧並不在於字詞（word），而是必須掌握具有語法與韻律功能的短語形式；這些傳統的、成體系的套語，由詩人因應各式情境而流利地重組。[16]這裏不但尚未出現現代文學批評強調的個別作者與獨創性的議題，更重要的是對於《詩經》詩篇的研究，也很難有確切的分期與時序，如楊牧所說，《詩經》的形成期貫穿了周初至於孔子時代，每一首詩的文本在這麼長的「傳播過程」（the process of transmission）中，是流動而不固定的。[17]

我們甚至可以說由《詩經》降至於漢魏，在這個混合口傳與手抄的長時間傳播過程中，不但無法為詩進行確切分期，其實也無法確切分體，所謂四言、五言、七言詩或是《詩》、樂府、古詩的體類劃分，常常無法依序定形，強調循序發展的史觀式的詮釋顯然有所侷限。[18]沒有了「文學史」的強制論斷，對於「文學批評」而言，這反倒是一個很具有挑戰性的論述空間，甚麼是詩人組構作品的方法？在作品中既有與新變如何拉鋸與協作？會不會正是由「創作」這件事本身，才能談論流動性的「詩」及其變化「史」？

我們也許以《詩經》中四字句的重複短語（套語）為一種「語法韻律單元」（grammetrical unit），[19]但是，在《詩經》中曾出現一字句至於九字句的詩行，可見整齊四言的韻律結構並沒有必然的強制性，[20]而自由伸縮長短的句法構造，正是詩人將語義整體與靈活的音樂性相結合的例證。比如〈伐檀〉的第一章：

> 坎坎伐檀兮，寘之河之干兮，河水清且漣猗。
> 不稼不穡，胡取禾三百廛兮？（四—六）

---

14 C. H. Wang, *The Bell and the Drum*, pp. 99-100, "argumentorum sedes"這個詞是楊牧借自Curtius對Quintilian的引用，見頁九九。

15 Ibid., p. 126.又，"technique as discovery"語出"Technique as Discovery," in Robert Scholes ed., *Approaches to the Novel* (San Francisco: Chandler Publishing Company, 1966), pp. 141-60。

16 C. H. Wang, *The Bell and the Drum*, p. 22.

17 Ibid., pp. 95-96.

18 楊牧曾經自述，對於創作，是「自覺地，並不受實際生活處境的影響」，追究一首詩為甚麼寫、寫於何時何地，其實不重要；更重要的是有機浮動的修辭、人稱、時態所構成的事件，而不應太執著於文學史的是非好惡。參見《楊牧詩集III》（臺北：洪範書店，二〇一〇），〈自序〉，頁二〇—二一。

19 "Grammetrical unit"是楊牧引用R. F. Lawrence的說法，見C. H. Wang, *The Bell and the Drum*, p. 22。

20 C. H. Wang, *The Bell and the Drum*, pp. 38-39.

不狩不獵，胡瞻爾庭有縣貆兮？（四－七）
彼君子兮、不素餐兮。[21]

這首詩每章九句，句中字數由四言到八言不等，極變化之能事，而楊牧還注意到詞性的搭配與句法變化的關係。詩旨的核心在中間一對疑問句，分別為實詞四六與四七句式，末尾兩個感嘆詞「兮」字，雖不是為了語義需要，卻留有口傳的即席吟誦與自由描敘的痕跡。而疑問句之前第一句的動作「伐檀」，在擬聲詞「坎坎」中結實傳響，第二句的兩個「之」字，除了重複字音，還因為詞性不同，將視線延伸至於河邊，尤其第二個「之」字破解了平板四字句式，第三句原來只要四字實詞「河水清漣」，卻加上連詞「且」、助詞「猗」，透過綿延有致的詩行／視線，似乎反襯出「不稼不穡」以下四句突兀不平的聲線。而末尾戛然止於兩個四字句，如果去掉感嘆詞（兮）與代詞（彼），正收束在「君子不素餐」的全詩主旨。[22]

即便是《詩經》之後，整齊的四言或五詩，也可以在結構安排上，顯現聲音（voice）如何有效穿織意義的路徑。楊牧曾經盛讚漢代已見記載的〈箜篌引〉（公無渡河），認為是《詩經》口頭創作的復甦，可以作為樂府詩的代表。詩的本事先是白首狂夫不聽制止，墮河而死，其妻鼓箜篌而作歌，曲終投河而亡；目睹此事的朝鮮渡頭守衛霍里子高，以所聽聞轉知妻子麗玉，麗玉又引箜篌而描寫此聲歌，復傳予鄰家女麗容。[23]由創作到傳播的過程，皆引箜篌而寫其聲，並以聲傳，這麼質樸簡短的四言四句，幾乎是以聲音完成跨語際的翻譯，聽聞（聲、歌、曲）直接就是這首詩的形神。楊牧特別注意到這首詩除了三個「公」字，還應該有四個「河（何）」音字，因為聽音傳誦並不區辨「河」與「何」。最後一句「當奈公何」，藉由「何／河」同音，似乎延續這場以狂夫為主角的悲劇餘韻；但是，這句話又是狂夫之妻目睹悲劇、繼而作曲、並於投水前所吐露的心聲，楊牧以為此句「委婉沖淡，恍若隔世，遙遠而細微，彷彿升自歌者心血的奇花」，正凸顯漢語譯文「何／河」同音卻又不同義的妙手偶得。[24]

楊牧不只一次提到「古體詩」更能表現詩人的真性情，但是這份如同天籟的步調與聲息，卻有可能在講究格律與固定句法的「近體詩」中失去了意義；詩的「音樂性」，包含流動有序的節奏，合乎邏輯的轉折，其實並不來自於平仄四聲，而是有賴於作品的主題來指引與調控。[25]陶淵明〈讀山海經〉十三首的發端，就是以主題驅動整首詩的聲音結構：

21 引自漢・毛公傳、漢・鄭玄箋，唐・孔穎達正義：《毛詩正義》（臺北：藝文印書館，一九七九），頁二一〇。
22 此處詮釋參考楊牧：《一首詩的完成》（臺北：洪範書店，一九八九）中〈音樂性〉一文，並由詞性角度略作引申，頁一四七－一五〇。
23 此處所徵引，出自敘事極為詳盡的崔豹《古今注》，收於宋衛平、徐海榮主編：《文瀾閣四庫全書》第八六九冊（杭州：杭州出版社，二〇一五），頁六六八。
24 此處對於〈公無渡河〉的音韻結構說明，參見楊牧：〈公無渡河〉，《失去的樂土》（臺北：洪範書店，二〇〇二），頁一八九－二〇一，引號內文字出自頁二〇一。
25 參考楊牧《一首詩的完成》之〈音樂性〉一文，頁一四五、一五〇－五二。

孟夏草木長，遶屋樹扶疏，
眾鳥欣有託，吾亦愛吾廬。
既耕亦已種，時還讀我書。
窮巷隔深轍，頗迴故人車。
歡言酌春酒，摘我園中蔬；
微雨從東來，好風與之俱。
泛覽周王傳，流觀山海圖，
俯仰終宇宙，不樂復何如？[26]

楊牧透過重新標點，認為這八組對句僅有五頓。一頓於「吾亦愛吾廬」，開啟情景交融的詩境，繼而頓於「讀我書」、「故人車」、「與之俱」，描述自在閒適、別無外求的初夏日常；最後結束於「不樂復何如」，是化用《詩經》「既見君子，云何不樂」，[27]表達一種漫遊神話與傳說的純樸快樂。一般古詩通常是兩句一頓，楊牧由主題驅引，看出這首詩顯然不是慣用的聲音結構，這種「無結構的結構」，正如同這隨遇而安的存有行止，而詩人在「讀我書」的過程中，也曾荒忽流盪於無邊界的神話與傳說，這種樂趣已經在詩之外，在時空以外了。[28]

楊牧透過重新點斷句式、頓挫章法，呈現詩中聲口抑揚緩急所形塑的相對立、或相助成的聲氣態勢，強調一切修辭的有機交融，如同活生生的人，生命與形式都在持續的變化生成中。歷經《詩經》、辭賦、南朝的樂府、古詩，降至於所謂「唐詩」，其中所承接的遺產更為富厚，共享的知識庫讓詩創作不可能完全獨創，不論主題、典故、技巧、格調都有所承襲，但是也相互抗衡，文學史勉強畫分的體類勢必難以顯現彼此增生的活力。

自一九七七年起，歷經十五年，楊牧完成《唐詩選集》的編纂，就特別打破歷來「分體」編次的做法，而是依照作者出生年先後排列，以清楚呈現真正的文學演變。[29]或許正是這漫長的編選時光，楊牧注意到唐人好用典故，鎔裁「賦」義的創作，竟觸及中國詩學裏最重要的「抒情」與「敘事」的交涉，而將修辭術提升到詩學的高度。[30]

楊牧的老師陳世驤教授，允為「抒情傳統」的首倡者，認為在中國文學傳統中最精粹也最淵遠流長的就是「抒情詩」，正如同史詩、戲劇佔據西方文學傳統的最高地位。由《詩經》、《楚辭》所奠立的源於樂歌的組織形式，以及主體的內心獨白成為抒情詩的兩大要素，至於漢代樂府對於《詩經》的回歸，甚至大賦也透過麗藻與音韻促進了抒情傳統的深廣

26　引自逯欽立校注：《陶淵明集》（臺北：里仁書局，一九八五），〈讀山海經十三首〉，頁一三三。
27　語出《詩經．小雅》〈隰桑〉，引自漢．毛公傳、漢．鄭玄箋，唐．孔穎達正義：《毛詩正義》，頁五一五。
28　楊牧對於此詩的頓法分析，見〈詩關涉與翻譯問題〉，《隱喻與實現》，頁三二一－三二三。
29　楊牧：《唐詩選集》（臺北：洪範書店，一九九三），〈前言〉，頁一四－一五。
30　楊牧《唐詩選集》於〈前言〉談到唐詩中使用典故的技巧，已臻至隱喻一類，使「修辭學（rhetorics）上的用力勢必提升到詩學（poetics）的用力」，頁八。

度，往後即便出現戲劇、小說，於傾吐渴望、抱負或失意時，仍然憑藉抒情詩來表達情志的動盪。[31]陳世驤顯然強調一種祖傳的「抒情」本色，但是後來楊牧另闢蹊徑，大膽提出《詩經》早埋有「敘事」因子。

楊牧認為〈詩大序〉提及的「賦比興」三義，其中「賦」的手法，就是敷陳其事（narrative display），並以朱熹認定為「賦」的〈葛覃〉，說明那不只是事物的陳述（葛覃生長於谷中），同時是透過詩中角色對於物所認定的價值（可以織布做衣），來採取相關行動（清理衣物以歸寧），從而在詩中完成一個事件的直接敘述。[32]《詩經》中「賦」的手法，結合《楚辭》中能動的想像，後來發展成一種壯盛、博學、鋪聚的長篇大「賦」，形式上交織著對話、描述、感嘆、揄揚以利勸誡而自成一格。[33]而我們發現，即便到了東漢，樂府、古詩中仍然出現大量相同主題或重複的敘事段落（如〈艷歌何嘗行〉），[34]這些在在說明，楊牧走出一條不一樣的路，透過「賦」的追源，他發現中國文學傳統並非絕對以「抒情詩」為首位，反而是「抒情」元素與「敘事」細節的交替互補的獨特作風（a style that is mixed with the complementary alternation of lyric elements and narrative details）。[35]

經過詩、辭、大賦、樂府的交相提煉，到了唐詩，其中的敘事與抒情、描述與主張，彼此組織得更為流暢。比如初唐駱賓王的〈帝京篇〉，延續漢代以來巨麗的京都大賦，被認為是「以賦為詩」的代表；但是在交雜五、七言的描述中，卻出現取自陶潛〈歸去來兮辭〉的兩個三字句「已矣哉，歸去來」，突然由旁觀的敘述者洩露主觀的個人口吻，呼應「古來榮利若浮雲，人生倚伏信難分」的領悟。而盧照鄰的〈長安古意〉專寫長安長城裏數百年來的冶豔風華，則幾乎是以詠歌般的抒情語言（a songlike lyricism），裂解漢代賦寫京都的嚴整格式，詩中漢與唐的雙聲複調，就像陽剛的過去併入柔美的現在，長安大街上的生活與歷史好似如夢初醒，鮮亮地復活了過來。[36]

楊牧尤其盛讚張若虛的〈春江花月夜〉，將一種傳統的詩意指涉拓展為一個淒美的詩故事。原本，情景交融是傳統抒情詩的書寫慣例，偏愛以一種包攬全局的悠遠詩心，面對時空更迭、人生變換，張若虛此詩前半大致也是模擬樂府舊題的抒發方式，由「江天一色」談

31 參見陳世驤：〈中國的抒情傳統〉（楊銘塗譯），這是一九七一年美國AAS年會比較文學組的致詞"On Chinese Lyrical Tradition"，收入楊牧編：《陳世驤文存》，頁三一－三七，也可參見新近由楊彥妮、陳國球重譯的〈論中國抒情傳統〉，收入張暉編：《中國文學的抒情傳統：陳世驤古典文學論集》，頁三－九。

32 見Ching-Hsien Wang, "The Nature of Narrative in T'ang Poetry," *The Vitality of the Lyric Voice: Shih Poetry from the Late Han to the T'ang*, eds. Shuen-Fu Lin and Stephen Owen (New Jersey: Princeton University Press, 1986), pp. 217-52，關於〈葛覃〉屬於「賦」（敘事）的修辭技法，見頁二一七－一八。

33 見Ching-Hsien Wang, "The Nature of Narrative in T'ang Poetry," p. 220。

34 〈艷歌何嘗行〉從第五世紀至第七世紀都本於相同的故事雛形，參考Stephen Owen, *The Making of Early Chinese Classical Poetry*, pp. 107-13。

35 Ching-Hsien Wang, "The Nature of Narrative in T'ang Poetry," *The Vitality of the Lyric Voice*, p. 252.

36 關於〈帝京篇〉與〈長安古意〉的解釋，參考了Ching-Hsien Wang, "The Nature of Narrative in T'ang Poetry," *The Vitality of the Lyric Voice*, pp. 222-25，以及聞一多：〈宮體詩的自贖〉，《聞一多全集》第六冊（武漢：湖北人民出版社，二〇〇四），頁一八－二八。

到人生代代、江月年年的無窮無盡。但是，楊牧注意到此詩由「不知江月待何人」、「青楓浦上不勝愁」，為後半段的盼望歸舟揭開序幕。「誰家今夜扁舟子，何處相思明月樓」以下十八句，是由一位寂寞（lonely）又充滿期待（longing）的女性，來結構詩中的情節，這時候題目的「春江花月夜」就不再指向景色，或者只為托物寄情，亦即這五個元素不僅僅作為抒情的意象，反而是構成敘事質地的要素：

春，催化了愛意以及花的綻放；江，是舟船可能出現的通道；夜，靜謐而寂寥，然而，明月遍照大地，將兩個靈魂聯繫在一起。[37]

楊牧拉引出五種景物意象的內在聯繫——促進、連通、互動的此生彼長，有助於立體化且動態化綿綿的相思，也同時在這綿延的時空中，過去長久的等待、現在的埋怨，以及對於未來隱約的盼望，交織成為發展中的一個故事。[38]

楊牧甚至認為，唐詩中的敘事本質，不但突破詩、賦、樂府的體類與修辭約定，也表現在近體詩中短小省略的絕句上，如李白〈早發白帝城〉何曾拘守對句、押韻，反而以快速、密實、優雅的敘事節奏，顯示一種具有活力與原創性的「能動的絕句」（dynamic quatrain）。[39]如此，當「敘事」的質性貫穿古來詩、賦至於近體詩，與所謂「抒情」同其源流，「詩」的演變早已超出句法、韻律、主題、文類的片面規約，也翻越了結構模式在抒情與敘事上的二元分辨，無所依準的我們，反倒必須在這些溢出規範的自由與流動中，在這些跨界的相互借取的孳長中，才看出詩或文學本身所以能成為「傳統」的意義與啟示。

抵抗：詩的不安

所謂「傳統」因此不只一個定案的故事，所謂「古典」也不是被現代拋棄在後的剩餘；從套語（重複短語）研究出發的楊牧，在記憶與技藝的不斷重新組構中，看出不分古／今的共在，那包含反覆的模擬，更重要的是，同時也容許抵拒、出奇與非協和的聲音。

在柏克萊時期的創作集《傳說》中，楊牧嘗試藉由「面具」來發聲，尤其是透過歷史人物或事件，來完成類似「自我獨白」的戲劇性效果，[40]比如〈續韓愈七言古詩「山石」〉與

---

37 楊牧關於張若虛〈春江花月夜〉後半部的解釋，見Ching-Hsien Wang, "The Nature of Narrative in T'ang Poetry," *The Vitality of the Lyric Voice*, pp. 228-29。

38 楊牧認為張若虛這首詩的前後兩半，正好是從寫景到敘事的轉變（from picturesque to narrative），見Ching-Hsien Wang, "The Nature of Narrative in T'ang Poetry," *The Vitality of the Lyric Voice*, p. 229。

39 「能動的絕句」（dynamic quatrain），見Ching-Hsien Wang, "The Nature of Narrative in T'ang Poetry," *The Vitality of the Lyric Voice*, p. 232。楊牧在一九七〇年開始書寫的〈柏克萊〉（長篇散文）中，也提到一位康乃爾大學教授曾指出李白此詩的節奏，是模仿船行江上的動盪，閱讀此詩「猶有暈船之感」，見《年輪》（臺北：洪範書店，一九八二）第一部〈柏克萊〉，頁二五，又同樣寫於一九七〇年的〈唐詩舉例〉中，則附記這位康乃爾教授即Harold Shadick，見《傳統的與現代的》（臺北：志文出版社，一九七四，新潮叢書之二一），頁四二。Harold Shadick，正是吳興華燕京大學畢業論文的指導教授。

40 關於「面具」應用，詳見葉維廉跋文：《傳說》（臺北：志文出版社，一九七一，新潮叢書之一〇），頁一三三－一三六。

〈延陵季子掛劍〉。[41]〈延陵季子掛劍〉原是重然諾的故事，楊牧卻重設情節，放大季札北遊僅能掛劍、束髮、誦詩，儒學再無用武之地，暗示自己徘徊研究與創作的疲憊兩難；〈續韓愈七言古詩「山石」〉原是記敘傍晚、入夜到黎明的山水光景，最後興起「人生如此自可樂」的歸去來，但是楊牧續寫變成了改寫，套用與寺僧談佛畫的起頭，想的竟是城裏的旖旎險巇，而「我的學業是沼澤的腐臭和／官庭的怔忡」，「我不該攜帶三都兩京賦／卻愛極了司馬長卿」，身在山林而心存魏闕，反向擴大了志向的兩面性與矛盾性。

楊牧重設主題，讓事件離開原生文本，這是透過創作，再造「古典」。更重要的例子，是《傳說》中的〈武宿夜組曲〉。一九六九年，楊牧選修卜弼德先生（Peter A. Boodberg, 1903-1972）的「訓詁」學，疏證偽《古文尚書》〈武成〉篇。但是很快就產生懷疑，懷疑自己為何要被一篇經人掇拾、編造又刻意古奧的文字所欺騙，還要費力為它做注解？甚至對於追索「武王伐紂」這個史詩般的鉅大的典實，都感到意興闌珊。當時，楊牧透過〈武宿夜組曲〉的新詩創作，表達出抗議的情緒，並且在日後寫下“Alluding to the Text, or the Context”一文，進一步探討說話或書寫，究竟需不需要徵引典故，究竟間接提示是否比直接陳述更有效？[42]

這是一個創作先於論述的例子，也可以說後來的詮釋，其實是環繞著創作初始所興發的抵抗。傳說周武王伐紂的前一夜，軍旅至於商的郊野，士卒皆歌舞以待天明，故名此舞曲為「武宿夜」；而日後周人若以舞獻祭，則以「武宿夜」一曲最為重要，這是為了「假於外而以增君子之志也」。[43]楊牧〈武宿夜組曲〉有三段，第一段僅有兩句，直接徵引《尚書》〈泰誓〉[44]序文，講武王伐殷號召諸侯大會的日子，僅多出「於」字：

　　一月戊午，師渡於孟津[45]

相對於客觀簡略的文書筆法，接著兩段是那些落在國家檔案之外的，戰鼓喧噪、受傷的人與樹，以及充滿各式主觀的敘事聲音，如第二段後半：

41《傳說》，頁一－三、五－七。分別作於一九六八、一九六九。

42 新詩〈武宿夜組曲〉寫成於一九六九年，收入《楊牧詩集I》（臺北：洪範書店，一九七八），頁三七五－七六。關於楊牧對此詩創作過程的反思，見C. H. Wang, "Alluding to the Text, or the Context," in *Early China / Ancient Greece—Thinking through Comparisons*, eds. Steven Shankman and Stephen W. Durrant (Albany: State University of New York Press, 2002), pp. 111-18。後來楊牧將"Alluding to the Text, or the Context"一文翻譯成中文，題為〈武宿夜前後〉，收入《人文蹤跡》（臺北：洪範書店，二〇〇五），頁一七－三二。

43 參見漢．鄭玄注，唐．孔穎達疏：《禮記注疏》（臺北：藝文印書館，一九七九，十三經注疏本）卷四九〈祭統〉，頁八三三，而關於「武宿夜」，孔穎達引皇侃所選擇的說法：「皇氏云：師說《書》傳云：『武王伐紂至於商郊，停止宿夜，士卒皆歡樂歌舞以待旦，因名焉武宿夜。』」見同頁。

44 引自漢．孔安國傳，唐．孔穎達疏：《尚書注疏》（臺北：藝文印書館，一九七九，十三經注疏本），頁一五一。

45 楊牧：〈武宿夜組曲〉第一段，《楊牧詩集I》，頁三七五。

這正是新月游落初雪天之際
我們傾聽赴陣的豐鎬戰士
那麼懦弱地哭泣
遺言分別繡在衣領上，終究還是
沒有名姓的死者——
孀寡棄婦蓺麻如之何？當春天
看到領兵者在宗廟裏祝祭
宣言一朝代在血泊裏
顫巍巍地不好意思地立起[46]

《尚書》〈武成〉篇曾以「血流漂杵」形容牧野大戰的慘烈，[47]孟子認為周武王是以「至仁伐至不仁」，〈武成〉篇裏的描寫失真不實，[48]而司馬遷則透過伯夷、叔齊的採薇首陽，不食周粟，指出武王伐商或者根本就是「以暴易暴」。[49]但是，楊牧的創作，反過來藉由豐鎬來的懦弱戰士、最後無所依恃的孀寡，冷冷道出周王朝「不好意思地立起」，不但所謂聖王與仁德搖搖欲墜，還是對於首段躍躍欲發的史錄充滿嘲諷。

如何論斷這場征伐的是非，如何評價西周的道德倫理，以及更重要的是，如何從當代視野中，看出徵引典故、重銓史事的價值？楊牧由〈武宿夜組曲〉的末段，聯想起龐德（Ezra

Pound, 1885-1972）"The Return"一詩的首段，並列如下：

莫為雄辯的睡意感到慚愧
慚愧疲勞在渡頭等你
等你沉默地上船蒼白地落水
落水為西土定義一名全新的孀婦
孀婦
　　莫為凱歸的隊伍釀酒織布[50]

See, they return; ah, see the tentative
Movements, and the slow feet,

---

46 同前注，頁三七五－七六。

47 見漢．孔安國傳，唐．孔穎達疏：《尚書注疏》，頁一六二。

48 孟子曰「吾於〈武成〉取二三策而已矣。仁人無敵於天下，以至仁伐至不仁，而何其血之流杵也」，引自朱熹：《孟子集注》〈盡心〉下，見《四書集注》（臺北：藝文印書館，一九八〇）卷一四，頁1b-2a。

49 引自漢．司馬遷著、南朝宋．裴駰等集解：《史記三家注》（臺北：洪氏出版社，一九七四）卷六一，〈伯夷列傳〉，頁二一二三。

50 楊牧：〈武宿夜組曲〉第三段，《楊牧詩集I》，頁三七六。

> The trouble in the pace and the uncertain
> Wavering![51]

當龐德描寫自特洛伊戰爭歸來的軍士們，兩度以「姑且的 tentative（動作）」、「不安的 uncertain（手勢）」斷行，中間還有「遲緩的（步伐）」與「（步伐裏）多少困擾」，透過詩行節奏所體現的無疑是「巨大的猶豫」；[52]而楊牧則兩度以「莫為」的禁制口吻強力介入，並藉由首尾相銜的筆法，以「慚愧」、「等你」、「落水」、「孀婦」串聯成章，全然反向地解消凱旋來歸的英勇歌頌。

自一九六六年進入柏克萊，反（越）戰風潮方興未艾，美國學生在廣場上的雄辯與憤慨，讓來自戒嚴時期臺灣的楊牧無比欣羨也受到感染，在這時期的散文裏，就曾經以調侃的語氣寫下「周武王正在誓師閱兵，曰：『嗚呼，西土有眾，咸聽朕言』，準備渡河去血流漂杵」；[53]又提及〈武成〉篇說武王伐紂後偃武修文，「要專心弄點禮樂文化的活動」，許多年後，吳國公子季札看到〈大武〉舞，竟讚嘆不已，「美哉，周之盛也，其若此乎！」[54]語氣中明顯對於古代典實失去了信心。

然而，「武王伐紂」是中國文明史上的大事，也是一個眾聲喧嘩的巨大典故，它容許這些累積的懷疑與不安，也讓詮釋在不斷的論述中指出另一種詮釋的可能。一九七五年到一九八五年間，楊牧轉而注意《詩經》中關於征伐的描述，尤其是以文王為敘事中心的篇章，重新體認「武王伐紂」必須包裹在一組周王朝的建國史詩中，才能顯示出這個巨大典故的真義。楊牧首先考察《詩經》三百零五篇中，戰爭行役的詩大概有六分之一，主要特點都是省略戰情，轉而著重描摹疲憊的征夫與辛酸的思婦。其中所表現的厭戰情緒，對兵器的反感，視出征如舉喪，在在顯示與「武」相對的「文」，才是中國傳統中最受推崇的「英雄主義」特質。[55]根據這揚「文」抑「武」的觀念，楊牧從《詩經．大雅》中選出〈生民〉、〈公劉〉、〈緜〉、〈皇矣〉、〈大明〉五篇，如同一組完整的民族敘事詩，自周的始祖后稷的誕生神話開始，並且以善於稼穡的農神后稷，作為生命綿延的象徵，繼而是公劉帶領人民遷於豳地，到了古公亶父終於定居於岐山下的周原，〈皇矣〉、〈大明〉則聚焦於文王承天受命，以及經由牧野之戰，武王完成了建國使命。楊牧認為這五篇詩，以完整的敘事——包含農

51 "The Return," in *The New Poetry: An Anthology*, eds. Harriet Monroe and Allice Corbin Henderson (New York: The Macmillan Company, 1918), p. 258.

52 "The Return"的中譯與詮釋，見楊牧：〈武宿夜前後〉，《人文蹤跡》，頁二二三－二二四。

53 參見楊牧：《年輪》（臺北：洪範書店，一九八二）第一部「柏克萊」，頁三三，括號內武王所言出自〈泰誓〉，見漢．孔安國傳，唐．孔穎達疏：《尚書注疏》，頁一五四。楊牧於〈後記〉說明「柏克萊」於一九七〇年動筆，正是描述自一九六六年以來所濡染的反戰情境，頁一七七－七九。

54 見楊牧：〈柏克萊〉，《年輪》，頁五四－五五，季札觀樂，原出自《左傳》襄公二十九年，見楊伯駿：《春秋左傳注》第二冊（臺北：源流文化事業公司，一九八二），頁一一六五。

55 參考楊牧：〈論一種英雄主義〉，《失去的樂土》（臺北：洪範書店，二〇〇二），頁二五一－七一，以及〈古者出師〉，《隱喻與實現》，頁二三一－三八。

稼、遷徙、定居、婚姻、生育、天命、征戰等主題，歌頌周革殷命的正當性，正在於這集體經驗中的崇尚文治，重視生民，而非偏重武力殺戮，體現了「周之德」，故命之曰「周文史詩」（Weniad）。[56]

尤其是文王，幾乎就是史詩中的核心人物，即便是描述牧野之戰的〈大明〉，全詩八章，武王要到第六章最後才出現，更不用說《周頌》中反覆稱頌「秉文之德」、「文王之德之純」、「文王之典」，[57]幾乎都圍繞著文王既「清」、又「純」的德性，以之做為周王朝立國的根本精神。由精神文明的角度來看待，周革殷命，因此不只是氏族間的爭鬥，不只是政治權勢的角力，還應該是宗教與思想上的革新。[58]楊牧注意到〈皇矣〉篇中，兩度出現「帝謂文王」，也就是上帝親自向文王說話，文王不再是天／人之間的中介者（如巫卜），而已經是天命的行使者。而且這兩次訓告，一方面提示德行的內涵，比如專注、公允，不疾言厲色，不隨意施刑；[59]一方面也提出具體的國政指示。[60]比如上帝要文王去伐密與伐崇，目的是為了剪除暴虐與解救鄰國，同時也有助於以周做為核心的族群認同，從而推向與殷商競逐天下的高潮。[61]

楊牧由一開始對於〈武成〉的不安與懷疑，進而推演《大雅》中「周文史詩」的敘事秩序，又注意到承天受命與文王的德行相互綰合；上帝突然親自現身，實際指引翦商的軍、政舉措，而這正與文王的敬謹、堅毅，不張揚、不誇炫，時時保持「憂患意識」的風範互為表裏。[62]這一連串探索的意義，已經不只是重新詮釋一個巨大的典故，不只是為釐清歷史上的一場征伐事件，而是重新理解中國早期文獻書寫中關於宗教、思想與政治上的巨大變革，更重要的是，詩，在這當中扮演了一個關鍵性作用，那已經遠遠超過檔案記載的功能，《大雅》中的詩人謹慎的選擇敘事的角度與方式，或訓勉或祈祝，或對話或自問，或以「(后)稷」、「瓜瓞」隱喻人與萬物的生生不息，或以「篤公劉」的「篤」，以「明明在下」的「明」，頌美公劉的篤厚，與武王的明察天命；透過詩人綿延的視線，不但追蹤往聖的遺

56 「周之德」語出《論語》〈泰伯篇〉：「三分天下有其二，以服事殷。周之德，其可謂至德也已矣」，見朱熹：《論語集注》，《四書集注》卷四，頁一七a。「周文史詩」(The Weniad) 的命名及其意義，見〈論一種英雄主義〉，《失去的樂土》，頁二五四－五八，以及〈周文史詩——詩經大雅之一研究〉，《隱喻與實現》，頁二六五－三〇六。Weniad是結合Wen（文）與古希臘荷馬史詩Iliad。

57 見《周頌》的〈清廟〉、〈維天之命〉、〈維清〉，引自漢・毛公傳、漢・鄭玄箋、唐・孔穎達正義：《毛詩正義》，頁七〇六－一〇。

58 楊儒賓：〈殷周之際的紂王與文王——新天命觀的解讀〉，從宗教改革上來討論商紂與周文王的成敗，而如何從巫教社會成功轉型為有德的天命觀，正是其中關鍵，《深圳社會科學》二〇一八年第二期，頁三九－六一。

59 上帝要文王「無然畔援，無然歆羨，誕先登于岸」、「不大聲以色，不長夏以革」，這兩段文字見漢・毛公傳、漢・鄭玄箋、唐・孔穎達正義：《毛詩正義》，〈皇矣〉，頁五七一、五七三。

60 見〈周文史詩〉，《隱喻與實現》，頁二八四－八五。楊牧這裏的解釋引用了徐復觀先生的說法，出自徐復觀：《中國人性論史：先秦篇》（臺北：臺灣商務印書館，一九七九），第二章〈周初宗教中人文精神的躍動〉，頁二四－二七。

61 可參考楊牧對於〈皇矣〉的解說，見〈周文史詩〉，《隱喻與實現》，頁二八四－八六。

62 楊牧在〈周文史詩〉的最後，談到「憂患意識」是整部史詩構成的主題，見〈周文史詩〉，《隱喻與實現》，頁二九三－九五；明顯來自於徐復觀先生的啟發。徐復觀認為「周之克殷」是一個有精神自覺的統治集團所成就，而文王正具有深思能力與責任感的「憂患意識」，見《中國人性論史》第二章〈周初宗教中人文精神的躍動〉，頁二〇－二四。

跡，也追索天／人如何直接對話，道德觀念又如何突破巫教的邊界，而成為一種躍動的精神自覺，甚至成為後來禮樂文明的發端，而這無疑就是詩在早期中國介入公共事務的實踐力，「周文史詩」，聯繫、建構並傳播了一個劃時代的人「文」新共感。

惟詩而已

從〈武宿夜組曲〉到〈周文史詩〉，一個典故被置放回原來複雜難解的牧野征伐中，也被拋擲在現代反戰的頹唐失落裏。典故的存在，顯然並不只是因為被引用作為文本輔證，更主要是因為表現了創作者或詮釋者的主觀看法，不論是抗議或者致敬的眼光。當楊牧調整看待典故的視角，也就是調整自我看待的角度；不論是將典故作為文本裏的反諷或比喻，總是反向的揭露了自我。

楊牧曾經在〈為中國文學批評命名〉（Naming the Reality of Chinese Criticism）一文中，舉出鍾嶸評論曹植的話語為例：

> 其源出於《國風》，……嗟乎！陳思之於文章也，譬人倫之有周、孔……[63]

這樣的評論並不合乎當前運用理論且講求嚴密分析的模式，但是我們必須正視，中國的文學批評，常常是在表達評論者自己（private、personal）一心所嚮往，並邀請知音共賞。當鍾嶸將文學中的曹植比擬為倫理世界的周公、孔子，楊牧認為這是鍾嶸表達了自己的知識與品味；當他看出曹植的詩作所到達的境界，也如同提升了自己人格的境界。換言之，這不全等於現代學院中的文學批評，而是一種文學思想，也是某種人生哲學的無盡思索與追求，包括對於倫理制度（周孔禮樂）以及呈現人生的藝術形式（國風）的批判性品味。[64]這也許才是詩人、批評家與藝術所企及的高度與實踐。

楊牧深知觸及作者「文心」的艱難，而文學評論的戰場中，每個人因為相異的學識、品味，更難認定有唯一正確的詮釋。但是，對於詩及其評論，楊牧懷抱著一個質樸的信仰：

> 通過時間，穿越那暗晦，不定，破碎，將所有短暫的意氣和靜默掇拾，縫在一起，並且再現我們曾經的英勇和憂鬱，使之長久，長久存在於一不斷生生的結構（而不僅祇為固定的文本）的，惟詩而已。[65]

---

63 C. H. Wang, "Naming the Reality of Chinese Criticism," *The Journal of Asian Studies* 38.3 (May 1979): 529-34, 後由楊澤譯為〈為中國文學批評命名〉，見《中外文學》八卷九期（一九八〇年二月），頁六一－一三。鍾嶸評曹植，原文出自《詩品》上品，見曹旭：《詩品集注》（上海：上海古籍出版社，一九九四），頁九七。

64 此段鍾嶸評語及楊牧的說法，見C. H. Wang, "Naming the Reality of Chinese Criticism," p. 529，中譯見〈為中國文學批評命名〉，頁七。

65 引自《楊牧詩集Ⅱ》（臺北：洪範書店，一九九五），〈自序〉，頁③。

這是創作、也是詮釋的境遇。如果有一首詩，如思絲綴合，幾經連斷，最終在架構自八方的細密網絡中浮現，那麼這「看似簡單的文本往往是潛在浩瀚的，可以吸納，包容好幾種或者無數的詮釋」；那也許是懷疑、不安，也許是調侃或抗議，正是這些在長遠時間裏連綿往復、互補共生的自我觀點，終於會交織出「詩」這個「生生不息的結構」！[66]

66 此處引號內文字，以及關於「生生的結構」的解釋，參見《楊牧詩集Ⅱ》，〈自序〉，頁二一。

一、評論：同情與智慧

《水之湄》之湄†
——王萍時期初探

廖啟余*

一九七二年，王靖獻先生改換筆名為楊牧。隨之而來的風格異變，今日多稱為「楊牧轉型」。或著眼成熟風格的獲致，或著眼臺灣認同的表出，[1]楊牧轉型的意義頗不乏申論。當回顧文獻，我卻也發現楊牧轉型成其為課題，始於更換筆名稍後。當時楊牧的產出尚寡，論「轉型」，也只限《燈船》（一九六六）至《傳說》（一九七〇）的風格演變，[2]從非葉珊與楊

† 本文寫作於美國密蘇里州聖路易。文獻工作多賴王柄富、沈正芳、林宇軒、郭哲佑、曹馭博、梁醴、楊智傑、蔡政洋越洋義助，特此銘謝。並感謝審查委員斧正。

* 聖路易華盛頓大學比較文學系博士候選人。

1 「《傳說》出版時，葉珊已經找到了與他的生命圖式吻合的語言，儘管他是以摧毀過去的心情為之，卻宣告了真實的誕生。《傳說》出版後次年，葉珊從詩中消失，楊牧則巍然升起。」見向陽：〈「傳說」楊牧的詩〉，收入須文蔚編：《臺灣現當代作家研究資料彙編50 楊牧》（臺南：國立臺灣文學館，二〇一三），頁一二九－三〇。「他的散文……終於表現出精神朝向故鄉花蓮回歸的慾望。既像回憶錄的文體，又像絕美藝術的追求，使他整個生命產生一種永恆的土地認同」。見陳芳明：〈抒情的秘密〉，收入氏編：《練習曲的演奏與變奏：詩人楊牧》（臺北：聯經出版，二〇一二），頁ii－iii。

2 如楊子澗：〈傳說中的葉珊到年輪裏的楊牧〉，收入張漢良編：《中國現代文學評論集》（臺北：中華文藝出版社，一九七七），頁一五八－二〇一；陳芳明：〈燃燈人——燈船時期的葉珊〉，《書評書目雙月刊》四期（一九七三年四月），頁四－一九；傅敏、陳鴻森：〈蓋棺話葉珊〉，《笠》四八期（一九七二年四月），頁六四－六七。

牧整體，此所以方今之論「轉型」難免浮泛。「轉型」有意無意本質化了楊牧；更關鍵的，文學史的「轉型」敘述從不只分期描述，總還是價值判斷。抬舉後來與貶斥先在相互支持，以後見之明，取代了事發當下的因果。以蔡明諺〈論葉珊的詩〉的操作方法為例，[3] 此文歷數了葉珊特徵的楊牧新變，卻難免一封閉系統，隱有循環論證之嫌。亦即，楊牧轉型是葉珊之變的外在結果，又是葉珊之變的內在動因。果真葉珊的變化莫不以楊牧為趨歸，這正服務於前述目的論，化約葉珊為楊牧的預備階段。

如何克服這一目的論，又如何評估王靖獻先生的早期文學？此所以《水之湄》集外允為關鍵。首先，我願詳辨《水之湄》的雙重風格，論時間，則約以一九五八年為界。其早出者與集外相彷彿，我且稱之為「王萍風格」，可由報刊上的集外詩，連同〈Juvenilia〉索引而得。首當敘明，先生以「王萍」發表者蓋寡，我如此稱之，並無意否認論筆名，葉珊實屬大宗，僅意在拈出本文於風格歷程的判斷，亦即早期葉珊另有表現。但明乎王萍前行，繼而葉珊，終於楊牧，不過替目的論增加了一階段，是以此外，於讀者所熟識的葉珊聲腔，我也將嘗試辨認箇中的外來影響。令我們揣摩有種風格為先生取捨，甚至為師友左右，王萍的重要性在此。

相當程度，詩的表現乃基於對此一表現的反省，即所謂詩學思考。論思考之抽象，或有助於揭示王萍以至葉珊也具連續性。在體系粲然的《奇萊前書》，我將取用當較可信的對話，〈胡老師〉與〈來自雙溪〉，推估王萍「真實乃一種想像」的語言建構論立場。而較之葉珊的《水之湄・後記》僅數語提及「沉思」與「默想」，我將轉而尋求王靖獻先生的〈自由中國詩壇的現代主義〉（一九五九）一文，以定位「象徵主義論戰」中，先生的世代位置。我將聚焦蘇雪林、言曦、覃子豪的共通性，以揭示戰後文人對民國文學的選擇性繼承。此文與〈後記〉、《奇萊前書》的通性，正有以存焉。

花開在心裏

王靖獻先生作詩觸角深廣，博採古典，致意鄉土，旁及解嚴以來的臺灣社會變遷，凡此，這卻不礙人們視「抒情」為先生的最大特徵。[4]這未必是文體意義的，也有關內容，諸如心聲的朗現，美的探索與冥契的追求等等。在《六十年代詩選》（一九七一），瘂弦便指出「每一個少年人對於神、自然、生命和愛情所作的驚奇的詢問，所得到的便是像葉珊的詩那樣的答覆」。[5]一九八〇年，蕭蕭同樣寫道「『美』，應該是基於情的一種心靈上的契合。有情斯有美，基本上說，楊牧是一個抒情詩人」。[6]評析〈水之湄〉，蕭蕭同樣著眼內容：「我

3 蔡明諺：〈論葉珊的詩〉，收入陳芳明編：《練習曲的演奏與變奏：詩人楊牧》，頁一六三－一八八。

4 須文蔚編：〈研究評論資料目錄〉，收入氏編：《臺灣現當代作家研究資料彙編50楊牧》，頁三五一－四三三。

5 張默、洛夫、瘂弦編：《六十年代詩選》（高雄：大業書店，一九七一），頁一四四。又，此處瘂弦提到葉珊提筆「迄今不過短短的四年」。若以《水之湄》出版為最下限，此推薦語之作當不晚於一九六四，早本詩選至少七年。

6 蕭蕭：《燈下燈》（臺北：三民書局，一九八〇），頁二二三。

在這兒坐了四個下午，沒有人走過，寫出寂寞之意……為甚麼是『四個下午』呢？也許沒甚麼道理，就是四個下午而已。」[7]到了劉益州嘗試分類《水之湄》中的「水」意象（二〇一三），指出水體不同，意義各異，[8]仍未著眼語氣、句型、結構等因素其實參與了意義的給出。或就說，內容不能脫離形式的中介。忽略形式，我們如何能確知詩的主旨，遑論是否抒情？那麼，《水之湄》出版雖逾半世紀，並非已無探討的空間。

臧否《水之湄》形式，日後民生報的副總經理孫鍵政允為首出。一九六四年，大學生的他主張現代詩當「借助內心體驗的感受，重間接筆法的描敘」。[9]讚美〈水之湄〉之餘，孫鍵政還批評了集中另一詩〈懷人〉「沒有美的存在，顯得呆板，遲鈍，嚴格來稱是談不上詩的句子」。雖流於印象，半世紀前，已見證有人察覺了《水之湄》風格不一。

〈水之湄〉

我已在這兒坐了四個下午了
沒有人打這兒走過——別談足音了

〈寂寞裏——〉

〈懷人〉

你的尋訪棄在晨矮裏，啊！
那乳色的跫音在低迷的雁陣裏散了
多少雲悠然踱來，在我窗下飲午茶，
在我的花瓶上捏出裂紋。

鳳尾草從我椅下長到肩頭了
不為甚麼地掩住我
說淙淙的水聲是一項難遣的記憶
我只能讓它寫在駐足的雲朵上了

南去二十公尺，一棵愛笑的蒲公英
風媒花把粉飄到我的斗笠上
我的斗笠能給你甚麼啊
我的臥影之姿能給你甚麼啊

四個下午的水聲比做四個下午的足音吧
倘若它們都是些急躁的少女
無止的爭執著
——那麼，誰也不能來，我只要個午寐
哪！誰也不能來 10

你的尋訪那麼突然，
來去，像那個瘦瘦的兵士，
愛誇口，愛回憶，偶爾也
愛刻幾個篆字在我的小門上。
11

兩相對照，雖都藉著「我」向「你」談論孤獨，〈水之湄〉表現了疏離，〈懷人〉則有份惦記。就形式而言，兩者差異何在？

首先，〈水之湄〉插入了「四個下午」、「南去二十公尺」，其為未加說明的數量詞，乃〈懷人〉所無。量詞，蔡明諺主張是種刻意的修辭技術——量詞精確，能超拔現代詩於庸常，增添陌異感，[12]也就貢獻於「我只要個午寐／哪！誰也不能來」，這份結論的自囚。陌異感卻也是反差的一部分，畢竟抽離的同時，說話者也渴望溝通，這才讓「寂寞裏——」單獨成段，又不懈追問「能給你甚麼啊？」擺盪於量詞的陌異與口吻的深情，〈水之湄〉獨特的張力或許在此。

〈水之湄〉藉語氣直顯說話者的神情，同樣異於〈懷人〉。〈懷人〉也流露神情，也運用語氣，卻多了層情節的包裹。〈懷人〉第一段講述雲朵憑質量揑出裂紋，次段則懷想有位登門不遇的士兵。「士兵登門不遇」是結果，寓於情節中，即「愛刻幾個篆字在我的小門上」。重點既在本句，前此則為鋪陳，可見於「愛」起頭的疊句兩截，好流暢其誦讀。這流暢感，終於搭配末句的刻字情節，給出一份熨貼之感。相反的，〈水之湄〉既缺乏情節意義的重心，排比是直接服務了語氣，兩度「能給你甚麼啊」，疊加的語氣顯得凌厲，正覆案了說話者的抽離。

〈水之湄〉與〈懷人〉若反映了《水之湄》風格之別，怕就在詩行聯繫的強弱。如〈水之湄〉一類經營陌異感的作品，除了量詞（如「邁前三步」、「第五街」、「第七頁」），更還有外譯詞（「朱麗」、「維納斯」、「蒙特卡羅」），與奇譎的詞組（如「花似的額」、「白色的傾斜」、「黑色的子午線」）。詞句炫眼，卻不如雲朵聚攏能捏碎瓷瓶，士兵相矢而門上刻字，與前後文存在可推敲的關聯。準此，《水之湄》「弱連結」的詩除〈水之湄〉，尚有〈大的針葉林〉、〈傳統〉、〈默罕默德〉、〈摺扇〉、〈給愛麗絲〉、〈海市〉、〈籬子外〉、〈日子〉、〈足印〉、〈蝴蝶結〉、〈夾蝴蝶的書〉、〈浪人和他的懷念〉、〈不知名的落葉喬木〉、〈星是唯一的嚮導〉、〈四月譜〉、〈腳步〉、〈心中閃著你的名字〉、〈山上的假期〉、〈黑衣人〉、〈夏天的事〉〈你的復活〉、〈風暴〉、〈瓊斯的午後〉、〈十月感覺〉、〈梯〉、〈岸上的結語〉、〈西牆〉、〈夢中〉、〈午之焚〉、〈消息〉、〈那個年代〉。而「強連結」的詩，且不論全篇渾然，抑或連結散見於局部，〈懷人〉外更包括〈寄你以薔薇〉、〈路於秋天〉、〈二次虹〉、〈劫掠者〉、〈冬至〉、〈死後書〉、〈禁酒令〉、〈歸來〉、〈秋的離去〉、〈偶然〉、〈冬雨〉、〈港的苦悶〉、〈月季花開〉、〈小站之夜〉、〈懷王渝〉、〈風之掠過〉。

---

7 同前注，頁二二三。

8 劉益洲：〈楊牧《水之湄》的水意象試探〉，《創世紀》一四三期（二〇一二年六月），頁一四九－五八。

9 孫鍵政：〈試評水之湄〉，《大學生》六卷一期（一九六四年三月），頁一。

10 葉珊：《水之湄》（臺北：藍星詩社，一九六〇），頁三八－三九。

11 同前注：《水之湄》，頁三七。

12 蔡明諺：〈論葉珊的詩〉，頁一七九－八〇。

估定連結強弱，進一步，是具有史的意義。參照《楊牧詩集I　一九五六－一九七四》所繫年，強連結的詩集中出現在一九五七年，一九五八年漸少，數目為弱連結的詩所超越，後者至一九五九年已穩居多數。[13]但到了《花季》前期（一九六二），即一九六一年，強連結之製重新出現，至一九六二年寫作〈給一個十九世紀的伐木人〉，[14]雖無關十九紀的時空，敘寫他人則情節連貫，可謂已開敘事獨白體的濫觴。要言之，「弱連結」的詩係一九五八至一九六○年所獨有。

一九五八至一九六○年所寫，多錄入《水之湄》第三輯。蔡明諺嘗泛稱葉珊風格並不穩定，[15]正以此輯為最。考諸〈楊牧年表〉，這正當高中尾聲到大學初期。[16]尤可注意者，一九五八年夏至於一九五九年夏，先生暫寓九條通（林森北路一九八巷），[17]親炙於臺北文壇，特別是遠長於自己的外省詩人。先生探求風格，當就在前輩與同儕的影響中。[18]所謂早期葉珊「在複製某種抒情風格、聲調，而這種色彩並非其所獨有」，[19]因此，我們當可以更作推究。

首先，始自強連結時期，我們便已發現鄭愁予（一九三三－）經久的影響。超乎「想是『三月之旅』太冷了」這類字詞語氣的肖似，[20]或更還有造境設景的相承。誠如唐捐所言，鄭愁予頗嘗發揮「融戲劇性於抒情詩」的技術。[21]準此，與葉珊〈懷人〉相彷彿的鄭愁予〈客來小城〉所以妙，尤其次段「客來小城，巷閭寂靜／客來門下，銅環的輕扣如鐘／滿天飄飛的雲絮與一階落花」，[22]其實在輕輕叩門竟響如洪鐘，掀動雲絮與花英；葉珊〈懷人〉則更含蓄，深深惦記才需門上刻字，卻是難辨的篆字，正與乎一分矜持。唯到了臺北時期，葉珊似嘗試不假情節，而直露敘述者的神情。〈夢中〉「向晚，有約會開在眉梢」，以氣氛救濟轉品的生硬，尚屬鄭愁予手法，上句卻是「用匕首把眸子分割」。兩不相涉，或因心儀著洛夫的

13 一九五六年作〈歸來〉、〈秋的離去〉。一九五七年作〈寄你以薔薇〉、〈路於秋天〉、〈二次虹〉、〈大的針葉林〉、〈劫掠者〉、〈冬至〉、〈死後書〉、〈禁酒令〉、〈偶然〉、〈港的苦悶〉、〈月季花開〉、〈日子〉、〈不知名的落葉喬木〉。一九五八年作〈冬雨〉、〈傳統〉、〈默罕穆德〉、〈摺扇〉、〈給愛麗絲〉、〈小站之夜〉、〈海市〉、〈懷人〉、〈水之湄〉、〈籬子外〉、〈足印〉、〈蝴蝶結〉、〈夾蝴蝶的書〉、〈浪人和他的懷念〉、〈星是惟一的嚮導〉、〈我的假寐〉、〈黑衣人〉、〈夏天的事〉、〈夢中〉、〈午之焚〉、〈風之掠過〉、〈消息〉。一九五九年作〈四月譜〉、〈腳步〉、〈心中閃著你的名字〉、〈山上的假期〉、〈你的復活〉、〈風暴〉、〈瓊斯的午後〉、〈十月感覺〉、〈梯〉、〈岸上的結語〉、〈西牆〉。一九六〇年作〈懷王渝〉、〈那個年代〉。楊牧：《楊牧詩集I》（臺北：洪範書店，一九七八），頁三－九四。

14 本詩首見於《文星》雜誌一九六二年六月號。葉珊：〈給一個十九世紀的伐木人〉，《文星》五六期（一九六二年六月），頁八七。

15 蔡明諺：〈論葉珊的詩〉，頁一七三。

16 須文蔚編：《告訴我，甚麼叫做記憶：想念楊牧》（臺北：時報文化，二〇二一），頁三三六。

17 楊牧：〈瘂弦的深淵〉，收入陳義芝編：《臺灣現當代作家研究資料彙編37 瘂弦》（臺南：國立臺灣文學館，二〇一三），頁一一七。

18 楊牧：《奇萊後書》（臺北：洪範書店，二〇〇九），頁二一一。

19 蔡明諺：〈論葉珊的詩〉，頁一六八。

20 葉珊：《水之湄》，頁二一。

21 劉正忠：〈伏流，重寫與轉化——試論一九五〇年代的鄭愁予〉，《清華中文學報》二四期（二〇二〇年十二月），頁二四九。

22 鄭愁予：《鄭愁予詩集一　一九五一－一九六八》（臺北：洪範，一九七九），頁一二二。

凌厲。[23]同理，與《水之湄》同時期寫作的〈罌粟花〉採瘂弦（一九三二—）的瘋人視角，「他們殺害著我／在我的血液中飲茶、午寐」，[24]本足批判庸常，[25]葉珊卻一轉回到「……七月的小樓外／夕陽落了，落入他們的長髮中」以渲染情韻。葉珊北上學藝，我們不妨設想，仍以鄭愁予為基型。

葉珊的語氣同樣自鄭愁予變出。唐捐云鄭愁予善以「宣告式的語句」開篇，[26]頗可與葉珊一比。

〈偈〉

不再流浪了，我不願做空間的歌者
寧願是時間的石人。
然而，我又是宇宙的遊子，
地球你不需要我。
這土地我一方來，
將八方離去。[27]

〈歸來〉

說我流浪的往事，哎！
我從霧中歸來……
沒有晚雲悻悻然的離去，沒有叮嚀；
說星星湧現的日子，
霧更深，更重。
記取噴泉剎那的撒落，而且泛起笑意，
不會有萎謝的戀情，不會有愁。

說我殘缺的星移，哎！
我從霧中歸來……[28]

宣告起首，即論斷居先，也就需逆向展開文意，此所以鄭愁予的〈偈〉有「然而」這理直氣壯的一轉。論〈歸來〉，「晚雲」以至「不會有愁」這五行恐怕就是過去。但孰為現在？一旦缺少轉折詞，這恐怕不那麼清晰。設想，若顛倒語序為「我從霧中歸來，說我流浪的往事」（末兩行亦同），「霧中歸來」也就屬所回顧的「往事」之一部份。至若原詩的順序，「霧中歸來」究屬當前亦或往事，竟十分不易推敲。那麼，若說宣告式開頭為〈偈〉奠下了意義轉折，〈歸來〉則用以服務聲腔。蔡明諺泛稱可供辨識的聲音，是葉珊一貫的追求，又主張「葉珊的詩句都是完整的單行收束，較少有文意跨行的情形」，[29]也就猶可分說。——「文意跨行」只描述了可見的分行技術，不及各行的語序轉承。何況，葉珊經營聲音也有兩

23 葉珊：《水之湄》，頁八六。
24 葉珊：〈詩兩首・罌粟花——開在瘋人院裏〉，《文學雜誌》八卷三期（一九六〇年五月），頁四六—四七。
25 劉正忠：〈傾訴・換位・抽離——瘂弦的複合式抒情〉，《臺大中文學報》五九期（二〇一七年十二月），頁二一六。
26 劉正忠：〈伏流，重寫與轉化——試論一九五〇年代的鄭愁予〉，頁二三六。
27 鄭愁予：《鄭愁予詩集一　一九五一—一九六八》，頁一二〇。
28 葉珊：《水之湄》，頁一六。
29 蔡明諺：〈論葉珊的詩〉，頁一七四。

類：一是如少作〈歸來〉，調度句型內部的隱性轉承；二是如《花季》以降，藉排比、對偶、類疊、韻腳等顯性布置，切換在多重語速間。過渡之際，葉珊所取法於朗暢明快者，余光中允為關鍵。錄於《天狼星》的〈少年行〉（一九六〇）有「朽，與乎不朽，一流，與乎二三流／不成問題的問題，老教授／留給你自己吧／西敏寺教堂已經夠擁擠」，[30]錯雜的ㄡ、一韻，連同犀利的類疊，正與一九五九年十一月，《文星雜誌》葉珊的〈黑色的跫音〉相彷：

我回來，咳！只為了
愛思慮，愛獨個兒走
愛把小橋兒踏出聲響……
愛看看你，看你死了時
是不是匕首銹了，在花下
靜靜的銹了，在花下[31]

本詩除了「愛」，更有「在花下」構成疊字和韻腳，可謂複雜了〈懷人〉一詩的音韻設計，又足堪下啟《花季》鋪陳古典以接出白話的手法，如「紅牆自紅，綠葉自綠／你行過，在英語天地裏」等等。[32]但本詩獨有的加速效果，連同一份漠然，怕就獨屬於余光中。

黃用自也不該忽略。其〈靜夜〉有「靜夜的星空沉落在湖中——／噢，我站立的地方真合適／也可以仰摘／也可以俯拾／那些像是藍葡萄的果實」，[33]不妨出於仿擬，葉珊也寫出「每個向晚，我都在棚下等你／我看到葡萄成熟，看到葡萄墜落／而且看到風刮起，刮來一個冬」。[34]多年後楊牧更揭出一份詩學思考：詩攸關詩人自覺立定一「合適」的位置，[35]或就說，搬挪句式不可任性而為，當以體物緣情的角度為據。《水之湄》第三輯有〈岸上的結語〉（一九五九），末段云：

笑談星移斗換的事在這裏
你的智慧是雨是白霧是東去的漩渦
我不被囚禁，巍然走著

30 余光中：《天狼星》（臺北：洪範書店，一九七六），頁七。
31 葉珊：〈黑色的跫音〉，《文星》三卷二期（一九五八年十二月），頁三二。
32 葉珊：《花季》，頁五六。
33 黃用：《無果花》（臺北：藍星詩社，一九五九），頁一九。
34 葉珊：〈南非洲〉，《野風》一三三期（一九五九年十月），頁三二。
35 楊牧：《奇萊後書》，頁一五五。

走向一列修修的林。[36]

「我」顯出一面迎未知，而背離「你」的歷程。準乎這一運動，葉珊所嘗試與其是置換句型如〈歸來〉，毋寧更像舒張詞組，即次行「雨－白霧－東去的漩渦」，以反襯末兩行「我」的沉著。

將《水之湄》繫年，我們能發現此前「強連結」與此後「弱連結」，兩種風格的詩。兩者都攸關口吻的經營，卻有暗示與直露之別。這兒我也檢視《水之湄》全書在情節、語氣上的「鄭愁予」基型，並視一九五八年以降弱連結的詩，與王先生旅居臺北，涉身詩壇允有一正相關。若說取法瘂弦、余光中、黃用等人，讓葉珊的自我面貌日益清晰，則略早於一九五八年，當品味遠為單純，中學時的葉珊如何迎拒鄭愁予影響？又有否本來面目？凡此，我將在下節探索。

花開在唇畔

既然《水之湄》「只是我三年來所有作品的四分之一」，[37]可知方當執筆，王靖獻先生已累積大量軼稿。《水之湄》錄詩五十首，則三年來（一九五七年夏至一九六〇年夏）先生作詩應有兩百首，等分為三，則年均近七十首。《楊牧詩集I》又將始年前推至一九五六，[38]如此，連同王萍、蕭條等筆名在內，[39]一九五六年至於《水之湄》出版，總數可能達二百八十首之多。悉數我並無從掌握，階段性的檢索成果詳見附表。而我於「王萍時期」從寬認定，這包含了一九五八年弱連結時期前的軼作，且不論署名王萍與否。

一九五〇年代詩壇不乏盛事，攸關王先生者卻少。著眼《現代詩》辦刊，「創世紀」立社等等，王先生不啻一後進。但在眾多本省青少年，王先生所受青睞獨多，卻非後進本身能解釋。倘剋論作品，一九五六年就讀新竹女中的汀幸寫有〈夜的哀歌〉或許可見一斑。本詩以第一人稱描述女子支頤窗口，見遊子來去，聽「熟悉的達達的馬蹄聲」，終於床邊淚流。[40]若這衍自鄭愁予的〈錯誤〉，則原詩「我達達的馬蹄是美麗的錯誤」正高明在失望不必以流淚揭出。[41]較之門上篆刻的〈懷人〉，同輩青年如何繼受與創造前人，其造詣大抵如此。若就以〈夜的哀歌〉為文藝愛好者的基準，王先生努力「現代化」，戲劇性與修辭力不妨即一大關懷。

比文藝愛好者略窄，則屬地方刊物構成的地方文壇。但北上學藝前，王先生的花蓮時

36 葉珊：《水之湄》，頁八二－八三。
37 葉珊：《水之湄》，頁九五。
38 楊牧：《楊牧詩集I》，頁一。
39 葉步榮：〈空山不見人——懷念楊牧〉，收入須文蔚編：《告訴我，甚麼叫做記憶：想念楊牧》，頁四一。
40 汀幸：〈夜的哀歌——給遠離了家鄉的羽〉，《野風》九四期（一九五六），頁六三。
41 鄭愁予：《鄭愁予詩集I　一九五一－一九六八》，頁一二三。

期，考諸《水之湄》則毋寧朦朧，遑論師友影響。[42]經蔡明諺考證，[43]我們依稀可知這主要圍繞著《東臺日報．海鷗詩頁》同仁，含編輯陳錦標（一九三七－），知名客語詩人葉日松（一九三六－），連同隨國民黨來臺，短暫任教花中的胡楚卿（一九二三－一九九四）等等。但如今詩頁亡失，查找同仁作品只能於他處設法。葉日松有少作〈南中國海〉（一九六二）「夜夜／有夢自北方來／有響往南方去／有藍星投向旗／旗飄著美麗的明天／在南中國海上」，[44]陳錦標的〈七十二烈士頌〉（一九五五）「像七十二顆殞落的星閃著瞬息的光芒／用生命的火花耀滿了黑暗的太空，／靜靜地躺下去了，留下的是隕石，／在地球表面永駐著生命的一席」，[45]乃至胡楚卿的〈寄珍尼〉（一九五二）之一節，「遠了啊／原始人類底森林／追不回來的夢／讓視野化作蒼冥。／是沒有歌的笑／還是沒有笑的歌／歛盡了的餘暉／凍結了的冰河」。[46]如同上見，變造語序如葉珊〈歸來〉者殊少。論〈寄珍尼〉一節大量採用排比句，也頗類同張自英〈誓〉「用腳／踩出路！／用血／灌溉自由！／用頭顱／贖回大陸！」、[47]鍾雷〈慶祝總統復職週年獻辭〉「看吧！聽吧！／歡呼像海湖的洶湧，／爆竹像震天的雷鳴！」。[48]那麼，上見的直白用句或不乏反共戰鬥詩、甚至抗戰朗誦詩的文體繼受。有鑒於此，王先生的「鄭愁予化」，以錯雜的句式複雜語氣的表出或就是一大關懷。但葉珊絕非一意模倣，我們不妨藉著王萍的詩稍加推求。

為便於闡釋，我麤分王萍的詩為三類。《水之湄》未定稿一類，詳見附表二。如〈傳統〉，嘗刊登於《公論報》〈藍星〉詩頁。[49]藍星版修改了三處方才定稿。一是標點符號，有兩處驚嘆號，日後被改成了逗號，一處破折號則被改成了驚嘆號。二是換行，本來獨立的「闊葉樹」一行，日後被串上「但這沙地……」成一長句。三是末行「他的獵槍」，日後被刪去了。標點符號、換行兩類改動不害文意，不妨設想乃基於考量音樂性，原先的標點毋寧讓語氣更不尋常，更有利戲劇性的呼喊，「闊葉樹」一句獨立成行，也令語氣不像定稿來得蹙迫。至於被刪去的「他的獵槍」，功能應在全詩的餘韻。綜上，定稿前夕，葉珊也許是衷意散文的冷峻以傳遞現代感：邁向原子能的未來，傳統有份憂忡。藍星版則摻雜抒情的喟嘆，更似鄭愁予基型的重申。

其二為發表而未錄的集外作。一九五五年《自由青年》的「學府風光」專欄，有花蓮中學的王萍所撰趣聞三則。一云「某君之白鞋塗滿白粉，走起路來，粉屑飛揚，腳底生煙，被

42 〈後記〉：「幾年來，影響我最深，使我受益最大的是黃用。……洛夫、瘂弦、光中、夏菁、望堯及子豪諸兄的鼓勵和協助，也都是使我難忘的」，並未提及花蓮師友。葉珊：《水之湄》，頁九五。

43 蔡明諺：〈論葉珊的詩〉，頁一六四－一六五。

44 葉日松：《讀星的人》（臺北：中國野風出版社，一九六四），頁一四。

45 陳錦標：〈七十二烈士頌〉，《幼獅文藝》二卷四期（一九五五年四月），頁三三。

46 楚卿：〈抒情小唱〉，《野風文藝》四七期（一九五二年十二月），頁二七。

47 張自英：《聖地》（出版地不詳：黎明書屋，一九五〇），頁九。

48 鍾雷：《偉大的舵手》（臺北：文壇社，一九五五），頁七。

49 葉珊：《水之湄》，頁二一－二二；《公論報》六版〈藍星詩頁〉，一九五七年九月二十七日。

譬為『騰雲駕霧』」，[50]殆非現代詩，卻見證執筆之最初，先生已掌握一定的書面格式語，雖說比起實質的情節聯繫，少年王先生更重視修辭。這頗雷同於「遊湖、翻船、雨中跌成落湯雞」的王萍〈山居的日子〉：

撐十二節的竹篙，在兜滿清風的斗笠，在湖上。
在湖上，呼吸夕陽將逝的桃紅和湖水蕩漾的清沁。
希冀有綴滿星輝的茅廬，蹲在湖畔，山腰……
山雨乃隨著竹筏的傾覆踩破碎的音符而來。[51]

雖然，自一九五五至一九五七年底，王萍作品的聯繫性穩定增加。約與〈山居的日子〉同時，王靖獻有〈軍前歌〉。

啊！我有號角，我有歸心，
我有意志，我有頭顱，
西邊是雪的舞踏，罪惡的踐踏，
紅色的洪水氾濫……[52]

這一節訴諸排比、類疊，仍是反共戰鬥詩，「號角」、「歸心」、「頭顱」等用詞卻鮮明遠過庸常之作。有紅潮云云固屬是懸想，論舞踏白雪，赫見其下奔流著赤禍，這份戲劇性更見證強連結的手法，令〈軍前歌〉毅然突破這一文類的窠臼。此間敵情，若每每被洛夫昇華至存有的焦慮，「紅色的洪水氾濫……」（連同刪節號的語氣）毋寧訴諸轉喻，可視為鄭愁予風格的轉出，正如唐捐之評鄭愁予佳作「有客觀對象可以依附，本自能避免情緒的濃膩」，[53]至於一九五七年〈藍星〉詩頁的葉珊〈春雨外一章〉、〈港渡及懷念〉、〈憂鬱的意念〉、〈你在橋上〉、〈落寞的陽春〉似又不及，[54]此不贅。

一九五六年冬季號《現代詩》所載〈幻及其他〉，應屬王靖獻先生最早期的詩，也預告

50 王萍：〈學府風光．花蓮中學〉，《自由青年》一四卷六期（一九五五年九月），頁二九。

51 王萍：〈夢．山居的日子〉，《新新文藝》三五期（一九五七年六月），頁一五。本詩按《奇萊前書》當作於一九五五、一九五六年間，見楊牧，《奇萊前書》（臺北：洪範書店，二〇〇三），頁三七二。

52 王靖獻：〈軍前歌〉，《幼獅文藝》六卷一期（一九五七年五月），頁二八。

53 劉正忠：〈伏流，重寫與轉化——試論一九五〇年代的鄭愁予〉，頁二四九。

54 葉珊：〈春雨外一章〉，《公論報》六版〈藍星詩頁〉，一九五七年四月二十六日；葉珊：〈港渡及懷念〉，《公論報》六版〈藍星詩頁〉，一九五七年五月二十日；葉珊：〈憂鬱的意念〉，《公論報》六版〈藍星詩頁〉，一九五七年八月三十日；葉珊：〈你在橋上〉，《公論報》六版〈藍星詩頁〉，一九五七年十一月二十九日；葉珊：〈落寞的陽春〉，《公論報》六版〈藍星詩頁〉，一九五七年十二月十三日。其中〈港渡〉一詩又見《公論報》六版〈藍星詩頁〉，一九五七年十一月二十三日。

了《水之湄》的發展。[55]〈幻及其他〉含小詩兩首，與另一首略長的〈過程〉。〈花〉每段兩行，共兩段：「長頸瓶亦有其影子，當／夜來臨時。／而花的影子，早遺落了／在蜂聲營營的地方」。〈幻〉亦然：「在我夢的亞馬遜河畔，／一隻企鵝迷途了……／從水底老出一輪浸爛了的月，／太陽自天上戛然而墜」。兩詩多是描述，難說有甚麼抒情性。若稍加發揮，我們不妨釋〈花〉對比了永生的人造物，與死亡所開啟的生機，隱有方思的理趣；〈幻〉則無非年輕作者的想像，若更雕琢用語、隱去文脈，則顯是日後「無情節」的詩所從出。在略長的〈過程〉，第三節為「這兒淒涼，有甚於荒唐的墓地，／苔癬吻著蕨草的足，／愚笨的蝸牛馱著他的屋宇／這兒，缺少溪水的哄笑／和雨絲的溫存……」。按文意銜接，「蕨草的足」、「愚笨的蝸牛」，缺乏溪水和雨絲，應屬墓地描寫，卻不見得渲染荒唐的氣氛。隔年五月《現代詩》又刊出〈除夕夜〉：[56]

垂直的紅薔薇的依戀是怪濃的，
月橘把影子輕輕按在花徑上。
人們守住殘餚，辨消瘦的笑謔頡頏，
貼著耳，向幸福索取春天。

冷冽的茶裏浮動上昇和消瘦的煙影，

我把燭火描在窗口，數風的嘆息。
鐘聲很輕，叩不響我的心靈。
時間的囈語飄著衣香，在呢喃裏暗淡
子夜在寂寞裏搖曳而去……

全詩分三段，都收束在鮮明的抒情。這當然有別於前詩〈過程〉之徒有描述，但三段結尾如何彼此聯繫、加強，又如何服務「除夕」的題旨，卻尚屬脫略。換言之，於描述賦予因果與視角，方有情節；而藉情節透顯敘述者的口吻與情意，方得〈懷人〉一類強連結的詩。而這一時期，正如稍晚的〈懷人〉，強連結的詩雖都富於戲劇性，所抒之情未必都婉約。短詩〈流螢〉有「我展開地圖。在橋闌小憩——／一個島，給藍星織就。／但那是心，自一張信紙上雕塑成型」，[57]比鄭愁予而略顯發露。至如〈落葉〉下署「四十五年九月」，[58]這首極早

55 王萍：〈幻及其他〉，《現代詩》一五期（一九五六年十月），頁三〇。葉珊：〈落葉〉，《公論報》六版〈藍星詩頁〉，一九五七年十一月二十二日。
56 葉珊：〈除夕夜〉，《現代詩》一八期（一九五七年五月），頁一四－一五。
57 葉珊：〈流螢〉，《公論報》六版〈藍星詩頁〉，一九五七年十一月一日。
58 葉珊：〈落葉〉，《公論報》六版〈藍星詩頁〉，一九五七年十一月二十二日。

期之作的第二段云：

聽！聽那暗綠的風修修然捲起，
說夢境是經緯的綠藻織綴的，
而有一天，當海水退了，大海是谷！
那麼說蘆葦將垂懸著，點開白霧！

將葉落說成一個夢境，為綠藻所編織。復加推衍：葉落的縱谷原為海底，惟當海底裸裎，竟可見蘆葦懸垂縱谷之中。此番虛實交替是憑藉想像，論想像乃攸關美的驚悸，則又比鄭愁予來得磅礴。儘管，上引各詩是散見一九五六至一九五七一年間，與其他參差之作同期，王萍詩藝似未必達致自覺的創獲。

尚有第三類——王靖獻先生欽定的《奇萊前書．Juvenilia》（即英文「少時軼作」）。此中〈蔗花〉、〈朱雀〉嘗刊於一九五八年的《藍星詩頁》，今又微調，[59]另有三首能上溯至一九五六年，足資推敲先生的「本來面目」，茲各錄一段：

夜乃緩緩地褪色
以及晨光微笑掀起

地底紗裙。風極思
歸去

——〈風的歸去〉（一九五六）

盲者在碼頭等我，星在海底
憂愁著。此刻
路不向鐘聲——撞鐘的人老了
啊百合花，有人揮手
是誰幽幽在我心中投影？
柿子樹下有人坐著，久久
她想些甚麼？

——〈午後八時十三分〉（一九五六．五）

七月來時，我曾想過

59 葉珊：〈蔗花〉，《公論報》六版〈藍星詩頁〉，一九五八年一月五日；葉珊：〈朱雀〉，《公論報》六版〈藍星詩頁〉，一九五八年五月十六日。兩詩可對照楊牧：《奇萊前書》，頁四一三－一六。

想臨崖時我的飄搖，
想走上橋樑時那咕咕的鳥聲，
想你倚欄時，那美麗的流水。

——〈七月來時〉（一九五六．六）[60]

〈風的歸去〉就如〈歸來〉，都佈下重複的句型，但比之〈歸來〉於中段只羅列名詞（晚雲、星星、噴泉等等），本詩的動詞頗費琢磨，即晨光「掀起」了地的紗裙。〈午後八時十三分〉可謂弱連結的早期之作，文脈不易捕捉，惟句式的銜接遠為流暢，更兩度運用「跨行」，比葉珊時期而略早。[61]〈七月來時〉之「咕咕」兼狀鳥鳴與水聲，堪稱巧妙。其句式俐落一方面於一九五八年後而為少見，一方面比之黃用所影響〈岸上的結語〉，「臨崖」、「飄搖」、「倚欄」等古典詞彙，又是日後的葉珊經營氣氛所獨鍾：

一幢小屋，一隻貓
窗外時有冷冷的風雨
壁上一抹烏雲，是啖我咖啡的貓
她也蒼老了，時時想到幼小的銅鈴。

——〈結語〉[62]

貓喝了咖啡竟就蒼老，以至變為烏雲，驅遣窗外蒼老的風雨以悼念頸上的銅鈴。這想像鮮活，情節豐富之作，楊牧繫於一九五八年八月。〈下樓〉、〈你的面容〉兩詩作於一九五八年十月、一九五九年一月，「道爾頓」、「二次三項式」、「朱麗」、「七支短短的蠟燭光」等數量詞、外譯詞、奇詭詞組日益浮現，正當葉珊飛快寫著《水之湄》弱連結的詩。

本段首先嘗試重構王靖獻先生的中學交遊。復以此為背景，探索《水之湄》前期的「王萍風格」。根據文獻類型，王萍作品可分為報刊上的《水之湄》初稿、《水之湄》集外，與未發表的〈Juvenilia〉之作。考察三類文獻，當發現在創作初步，王靖獻先生與鄭愁予詩法頗有淵源，也發現《水之湄》強連結的詩，當輯出自一九五八年前的白描之作。上述也令風格斷代更為精確：一九五六年底，先生已執筆寫作，詩的連結性於一九五七年漸強，雖不乏並行的其他風格。至一九五八年秋，乃漸為弱連結的詩所取代。易言之，一九五六年底至於一九五八年秋這一年多，有相仿但不盡同於葉珊的「王萍風格」，存在《水之湄》之內之外。

60 楊牧：《奇萊前書》，頁四〇八－一一。其中〈七月來時〉，有若干元素被重組，改寫為〈輕愁〉。葉珊：〈輕愁〉，《今日新詩》八、九期（一九五七年九月），頁一一。
61 蔡明諺：〈論葉珊的詩〉，頁一七四。
62 楊牧：《奇萊前書》，頁四一八。

把酒講凱末爾的故事

論詩的構成，可見的文字下，尚有調遣文字所需的美學反省，方能擺脫慣性，有所創獲，考諸航母級的詩人如王靖獻先生，則尤其如此。進一步，思想較不易變動，若說強連結的花蓮王萍，終為弱連結的臺北葉珊取代，那麼嘗試還原《水之湄》時期的美學探索，正足揭示王萍與葉珊不乏內在承繼，以供全面地衡量少年王先生的文學歷程。

《水之湄》如何思考詩？最現成的答案當存乎〈後記〉：詩是「沉思和默想後開出的花」、「將詩人一己的感覺顯示給你」。[63]要能不強作解人，這寥寥數語當歸於本土青年所初涉的外省詩壇，才能有穩妥的理解。但就如前述，〈後記〉既是葉珊所寫，與王萍必有段距離。而礙於文獻，王萍所思所想則僅見於《奇萊前書》，實乃楊牧敘述的一部，如〈她說我的追尋是一種逃避〉分裂自我以詰難美與現實，[64]允非中學生所能設想。換言之，王先生的「後見之明」與「輩分之晚」，構成了這一探索的雙重挑戰。

顧慮後見之明，取用《奇萊前書》，我認為比起獨白，對話當較為可靠。以此為準，揭示王萍的思索者，一在〈胡老師〉。感念胡老師之餘，所謂「我說你有湘西，我沒有，可是不要緊，我可以聽你細說那一切」卻不只孺慕。[65]同一處楊牧寫道：

> ……是想像，從來不曾是我的親自體驗，雖然一定發生過。他說想像很好。我問：

「想像很好嗎？」他答：「想像很好。」我問：「簡樸的文辭比用力的文辭好嗎？」他答：「不一定。再試試。」我說我也不確定用力一定就不好，何況要到達簡樸也一樣須用力。但我了解想像是好。[66]

這兒對舉想像與體驗，用力與簡樸，隱隱指涉一實在論慣見。所謂實在論，我指的是「真實乃客觀存在，其感知不待符號中介」這一思想信念。本乎實在論，真實既昭然若揭，也才令文辭相應與否有個不移的判準；進一步，文辭既只為反映既存的真實，所謂「簡樸」也者，也就貶低一切無關反映者為雕琢，此亦即「用力」。但這顯非〈胡老師〉立場。這對師生看來，真實顯非現成，有賴符號中介，那麼「用力」也就表示以文辭捕捉真實，儘管這看似「簡樸」的反映，都不免狀物極形的苦功。那麼，楊牧雖也承認〈山居的日子〉難免用力，描述實在的體驗，與傳達虛構的想像，論「文辭能產述真實」的建構性，兩者並無不同。這是就強連結的詩來說。

另一則在〈來自雙溪〉，其紀錄與少年好友「顏」的爭辯云：

63 葉珊：《水之湄》，頁九五。
64 楊牧：《奇萊前書》，頁二四三—六二。
65 同前注，頁三七三。
66 同前注。

他說：「『雙溪蚱蜢舟』不美？」

我說：「問題的癥結就在這裏。」

他重複說：「『只恐雙溪蚱蜢舟，載不動許多愁』」，不美？」

我回答：「雙溪這地名很美，但不需要說『蚱蜢舟』才美，也不需要『載不動許多愁』。這就是癥結所在。」[67]

楊牧回憶，他們辯的是舊詩詞是否侷限了舊詞藻之美。但「雙溪這地名很美」，涵義卻比辯護古典派而深長。無關「蚱蜢舟」、「載不動許多愁」，「雙溪」之美見證了取用古典，並無關任何統攝性的本質。詩人能夠，也應該，剝除原脈絡以煥發舊詞藻的新意。換言之，「雙溪」之美恰如其他新詞藻，乃美在它協同其他詞藻，啟動其他脈絡的潛能。那麼，我們也就能揣摩葉珊如何竟大量援引量詞、外譯詞，與奇譎詞組。這是就弱連結的詩而言。

合觀〈胡老師〉與〈來自雙溪〉，王萍與葉珊似乎見證了詮釋學循環的兩途——文辭能表達主觀想像，惟一經表達，文辭也成為客觀現實的一部，並激盪起更多想像。果然如此，分別言之，則強連結的詩乃先存一想像的情境，再以文辭捕捉；弱連結的，則先立定文辭，再據以煥發想像。次第雖異，肯定語言的建構性則一。但淪陷區的湘西何以只能遙想，李清照的〈武陵春〉何以足供賞玩？此中所流露戰後臺灣的中國結，頗可以一探。

換言之，王靖獻先生「輩分之晚」，實有資一窺戰後文學的主流史述。一九五九至一九六〇年，蘇雪林與覃子豪曾爆發「象徵主義論戰」。隨戰事擴大，蘇雪林一方添入了筆名「言曦」的邱楠（一九一六－一九七九），覃子豪則有余光中、黃用為之助威。在大專青年一輩，海洋詩社的余玉書援引胡適，附和蘇雪林，寫成〈從新詩革命到革詩的命？〉；[68]至於王先生雖見重於余玉書所辦詩刊，[69]仍毅然捍衛覃子豪。一九五九年十二月，先生以本名撰成〈自由中國詩壇的現代主義〉反駁余玉書，至乎批評胡適「不很了解現代主義」。[70]當爬梳此一論戰，學者多是正反並舉，進一步，以現代個人之「新」與威權保守之「舊」把握兩者，[71]王先生參戰則屬餘波，腳色亦不甚鮮明。凡此，我毋寧抱持一審視——見人者不能自見，倘非如今撰述莫不採現代派視角，這才於論戰中的王先生無甚可說？

較之立場，我毋寧更關心世代——基於生長背景，雙方如何脈絡化了當前論爭？以此觀之，蘇雪林（一八九七－一九九九）視現代詩人們乃一九五〇年代的李金髮，所謂「大陸淪

67 同前注，頁三八七。

68 余玉書：〈從新詩革命到革詩的命？——從「現代主義」的新詩在臺引起論戰說起〉，《大學生活》五卷一一期（一九五九年十月），頁二九－三一。

69 如葉珊：〈倚纜〉，《海洋詩刊》一卷一二期（一九五八年十月），頁一二七。

70 王靖獻：〈自由中國詩壇的現代主義〉，《大學生活》五卷一四期（一九五九年十二月），頁二九。

71 如陳政彥：《跨越時代的青春之歌：五六零年代臺灣現代詩運動》（臺南：國立臺灣文學館，二〇一二），頁九〇－九二、一三七－三九；楊宗翰：《臺灣新詩評論：歷史與轉型》（臺北：新銳文創，二〇一二），頁八七；陳芳明，《臺灣新文學史》（上）（臺北：聯經出版，二〇一一），頁三五一－五六。

陷，這個象徵詩的幽靈又渡海飛來臺灣」，[72]本屬民國文學的判斷，而重申了一九三七年她所作〈過去文壇病態的檢討〉的見解。此文蘇雪林譴責魯迅的「刀筆文學」與張資平、郁達夫的「頹廢文學」。後者固然內容淫穢，論無病呻吟，徒以描寫眩人耳目，同樣毒害民心，「希特拉的焚書運動……我想為保持民族健康起見，這種手段，有時是不可少的」。[73]同樣的，邱楠所以反對特定的表現手法，毋寧是憂心「五十年後，我們可能真成為一個沒有詩人的國家」，[74]也頗重複一九三四年他的另一篇文字〈與傅東華君論大眾語文學〉。傅乃左傾文人，與邱楠相同，都視文學為政治附庸。但兩人實則同不勝異，畢竟馬克思主義論文學是由下至上，以社會為基礎，至若邱楠所謂「文學始終是大眾（不專指第四階級）的前哨，嚮導，而不是『後備軍』，跟著大眾『盲人瞎馬』的亂跑的」，[75]則由上至下，以國族為出發，而屬一九三〇年代黨國《華北雜誌》所引介，以復古為革新的法西斯大潮。[76]然而，戰後現代詩的反對者思想「不正確」，我絕不想如此指摘。畢竟，當覃子豪（一九一二—一九六三）反駁蘇雪林，稱「詩越進步，詩的欣賞者就越少，『曲高和寡』，是世界詩壇整個的現象」[77]，我們實不當遺忘在一九三七年〈詩人的動員令〉，覃子豪呼籲詩人要當「民族的歌手」，[78]及至抗戰漸露曙光的一九四四年，在〈詩接近大眾的新途徑〉，詩人該訴諸口語，甚至搭配音樂與繪畫媒材，好運動大眾，服務革命，仍為覃子豪所屢屢申述。[79]

若在民國，蘇雪林、言曦、覃子豪政治化的文學觀毋寧相近，[80]這也表示在戰後臺灣，雖程度各異，去政治的轉變則一。覃子豪自最為徹底，蘇雪林與言曦之為論敵，卻又何嘗不由法西斯的動員宣傳，退卻到了法西斯的審美品味？至於黃用（一九三五－）、余光中（一九二八－二〇一七）的文學養成既多在抵臺之後，兩人參戰已全是就文學論文學，不復考量政治需要。準此，戰後臺文文壇殊為可怪者，莫過於民國文學的選擇性忽略。研究者如陳芳明即表示象徵主義論戰代表了五四沒落，現代崛起，[81]當事人也莫不如此——一九五九年，胡適接見余玉書，當商榷現代主義，他同樣申明「寫詩還是要求其平易動人，老嫗都

72 蘇雪林：〈新詩壇象徵派創始者李金髮〉，《文壇話舊》（臺北：文星，一九六七），頁一五九。

73 蘇雪林：〈過去文壇病態的檢討〉，《文藝月刊》四卷一期（一九三七），頁八。

74 言曦：〈歌與誦：新詩閒話之一〉，《中央日報》七版（一九五九年十一月二十一日）。

75 邱楠：〈與傅東華君論大眾語文學〉，《華北月刊》二卷三期（一九三四），頁一四。

76 法西斯主義之為一本質的現代政治現象，高唱復古，其實是選擇性地「國族化」了文化遺產，絕非保守主義。見 Roger Griffin, *Modernism and Fascism: The Sense of a Beginning under Mussolini and Hitler* (New York: Palgrave MacMillan, 2007)；Emilio Gentile, *The Struggle for Modernity: Nationalism, Futurism,and Fascism* (London: Praeger, 2003)。又，國民黨引介了法西斯主義，不代表有以實行。其統治實情見王奇生：《黨員，黨權與黨爭：一九二四－一九四九中國國民黨的組織形態》（上海：上海書店，二〇〇三）；Nai-Te Wu, "The Politics of a Regime Patronage System: Mobilization and Control in An Authoritarian Regime," Ph. D. thesis, The University of Chicago, 1987。

77 覃子豪：〈論象徵詩派與中國新詩〉，收入蘇雪林，《文壇話舊》，頁一六七。

78 覃子豪：〈詩人的動員令〉，《文化戰線》六期（一九三七），頁二〇。

79 覃子豪：〈詩接近大眾的新途徑——論詩畫合展底意義〉，《聯合週報》四版（一九四四年四月二十九日）。

80 本文僅舉論戰之大者。至於與覃子豪往復辯難的「門外漢」，因身分未明，暫且無法探究。

81 陳芳明：《臺灣新文學史》（上），頁三五四。

解，才是好詩」。[82]陳芳明與胡適口徑一致處，正在藉著忽略白話文的政治效應，一筆勾銷一九一九至一九四九，三十年間的文學動員史：民族主義文學運動（一九三〇）、文藝大眾化（一九三四）、延安講話（一九四二）。

若視《水之湄．後記》乃葉珊的觀戰心得，此文具體而微地折射出了戰後本省青年的文學史視域。與其套用後加的詮釋，認定現代主義幽微地批判了黨國威權，我毋寧偏好更質實的理解：一九六〇年，當葉珊藉「沉思」、「默想」、「顯示一己的感覺」，拒絕了能溝通的白話新詩，不自覺地，也否認了其所參贊的動員政治。那麼，《奇萊前書》的王萍雖屬建構，論「個人的文學」與「集體的政治」兩種想像乃本質地不同，卻與〈後記〉一脈相承。正因中國無關亟待動員的生民，而屬可堪想像的符碼，鐵幕的湖南，「封建」的雙溪，才成其為本省青年的文學資源。進一步，當戰後文學研究揚言政治介入，卻因護教多元價值，旋又墮入非政治的個人主義。若臺灣文學總是國族文學，而國族奠基總是前民主，因而非民主的，我們又何能避談動員，主權與決斷？這正是「象徵主義論戰」的民國脈絡所扣問於臺灣文學者。

鷺鷥停在他身上

本文將王靖獻先生的《水之湄》風格析分為二，又嘗試以一九五八年秋前的集外脈絡審視之。我發現，當王萍隱沒，我們熟知的葉珊也漸漸清晰，此即先生旅居臺北，躬逢現代詩盛世的同時。當這份取捨贏來了詩名，我們猜想，怕也定性了讀者的第一印象，因而為成年的先生所再三返顧——不僅弱連結的詩曇花一現，《燈船》（一九六六）反思現代主義之餘，[83]更藉〈落在肩上的小花〉修訂鄭愁予的〈錯誤〉。[84]當〈Juvenilia〉輯出，我們推敲，兩冊奇萊書都煥發著一份重寫生平，頡頏定見的努力。那麼，不論文獻鉤沉，或理論探索以揭示戰後現代詩的反動員傾向，我願相信王靖獻先生的少年史，不該因稱美楊牧轉型而見輕。先生的少年史是甚麼？

「再見，你們是我的秘密」。[85]這樣讀〈秘密〉，答案難免就是海德格式的。王萍構成了楊牧的歷史，卻是楊牧界劃了王萍的視域。那麼，一代代辛勤學詩者，所希冀至大的快樂，寧非一切潛能俱皆實現，終至老去的時光承諾，我們將一無所有？

再見，是的，您是我們的秘密。

---

82 余玉書：〈胡適之先生訪問記〉，《大學生活》五卷三期（一九五九年六月），頁二六－二七。
83 葉珊：《燈船》（臺北：愛眉文藝社，一九七〇），頁二－三。
84 葉珊：《燈船》，頁七一－七二。
85 楊牧：《奇萊前書》，頁四三〇。

……

下兩表僅呈現我所得原件

1.1《水之湄》（一九六〇・五）未刊少作與《水之湄》未定稿

日期	題目	刊物卷期	筆名	備註
一九五五				
9.16	學府風光・花蓮中學	《自由青年》一四卷六期	王萍	三則短文
一九五六				
	午後八時十三分	《奇萊前書・Juvenilia》		
Jun	七月來時	《奇萊前書・Juvenilia》		
10.26	幻	《現代詩》	王萍	
10.26	花	《現代詩》	王萍	
10.26	過程	《現代詩》	王萍	
	風的歸去	《奇萊前書・Juvenilia》		未標月日
一九五七				
4.26	春雨	《公論報》	葉珊	

4.26	遠了，那是往事	《公論報》	葉珊	
5.20	港渡	《公論報》	葉珊	
5.20	懷念	《公論報》	葉珊	
May	海上	《今日詩刊》五期	葉珊	
	遠了，汀	《今日詩刊》五期		
	感受之什	《今日詩刊》五期		
	悲戚的季節	《今日詩刊》五期		
	遲來的春天	《今日詩刊》五期		
	舟上	《今日詩刊》五期		
May.	軍前歌	《幼獅文藝》六卷一期	王靖献	
May	除夕夜	《現代詩》一八期	葉珊	
Jun	夢	《新新文藝》三五期	王萍	
Jun	山居的日子	《新新文藝》三五期		
Jun	畫像	《創世紀詩刊》九期	葉珊	
8.23	港渡	《公論報》	葉珊	
8.30	憂鬱的意念	《公論報》	葉珊	

9.27	傳統	《公論報》	葉珊	收入《水之湄》
Sep	雪原晚安	《今日詩刊》八、九期	葉珊	
	輕愁	《今日詩刊》八、九期	葉珊	
	你底院落	《今日詩刊》八、九期	葉珊	
	鳳凰木	《今日詩刊》八、九期	葉珊	
10.11	舞姿	《公論報》	葉珊	
10.20	穆罕默德	《文學雜誌》三卷二期	葉珊	收入《水之湄》
11.1	流螢	《公論報》	葉珊	
11.8	歸來	《公論報》	葉珊	收入《水之湄》
11.15	十二月	《公論報》	葉珊	
11.22	落葉	《公論報》	葉珊	
11.29	你在橋上	《公論報》	葉珊	
Nov	星夜	《奇萊前書・Juvenilia》		
Nov	朱雀	《奇萊前書・Juvenilia》		載《公論報》一九五八年五月十六日署名葉珊
12.6	港的苦悶	《公論報》	葉珊	收入《水之湄》

12.13	落寞的陽春	《公論報》	葉珊	
Dec	蔗花	《奇萊前書・Juvenilia》		載《公論報》一九五八年一月五日，署葉珊。
12.1	大的針葉林	《現代詩》二〇期	葉珊	收入《水之湄》
一九五八				
Jan	亞馬遜河	《野風文藝》一一二期	葉珊	
1.10	浪人和他的懷念	《公論報》	葉珊	收入《水之湄》
2.14	十一月份	《公論報》	葉珊	
Feb	汐	《奇萊前書・Juvenilia》		
Apr	秋的離去	《文星雜誌》一卷四期	葉珊	收入《水之湄》
Mar	番石榴	《現代詩》二一期	葉珊	
Mar	冬至	《野風文藝》一一四期	葉珊	
	鈴聲	《野風文藝》一一四期		
3.6	劫掠者	《公論報》	葉珊	收入《水之湄》
	鄉音	《公論報》		
3.28	漂流	《公論報》	葉珊	

Apr	舊事	《野風文藝》一一五期	葉珊	
Apr	不知名的落葉喬木	《野風文藝》一一六期	葉珊	收入《水之湄》
	皈依	《野風文藝》一一六期		
4.11	消息	《公論報》	葉珊	收入《水之湄》
4.25	寄黃用	《公論報》	葉珊	
Apr.	那阿拉伯人蹲在火爐邊	《創世紀詩刊》一〇期	葉珊	輯為〈牽涉四題〉
	DOME	《創世紀詩刊》一〇期		
	駝峰・謊言	《創世紀詩刊》一〇期		
	夜譚	《創世紀詩刊》一〇期		
5.23	噴泉	《公論報・藍星詩頁》	葉珊	
Jun	懺悔星期二	《野風文藝》一一七期	葉珊	
	冷與熱	《野風文藝》一一七期		
7.6	午之焚	《公論報》	葉珊	收入《水之湄》
7.13	足印	《公論報》	葉珊	收入《水之湄》
7.27	微醉	《公論報》	葉珊	
Aug	結語	《奇萊前書・Juvenilia》		

Oct	下樓	《奇萊前書・Juvenilia》		
Oct	倚纜	《海洋詩刊》一卷一二期	葉珊	
11.20	黑色的跫音	《文星雜誌》五卷三期	葉珊	
一九五九				
Jan	你的面容	《奇萊前書・Juvenilia》		即《現代詩》〈你的面龐〉一篇。
3.23	你的面龐	《現代詩》二三期	葉珊	
	摺扇	《現代詩》二三期		收入《水之湄》
	黑衣人	《現代詩》二三期		
	山退四十里	《現代詩》二三期		
Apr	夢中	《創世紀詩刊》一一期	葉珊	輯為「一月之醒」
	日子	《創世紀詩刊》一一期		收入《水之湄》
	懷人	《創世紀詩刊》一一期		收入《水之湄》
	月季花開	《創世紀詩刊》一一期		收入《水之湄》
May	星是唯一的嚮導	《文星雜誌》五卷一期	葉珊	收入《水之湄》
Jul	夾蝴蝶的書	《創世紀詩刊》一二期	葉珊	收入《水之湄》

	蝴蝶結	《創世紀詩刊》一二期		收入《水之湄》
Oct	給愛麗絲	《創世紀詩刊》一三期	葉珊	收入《水之湄》
	腳步	《創世紀詩刊》一三期		
Oct	南非洲	《野風文藝》一三三期	葉珊	
	冬	《野風文藝》一三三期		
	故事	《野風文藝》一三三期		
	鑰匙	《野風文藝》一三三期		
	春雨	《野風文藝》一三三期		
Nov	海市	《筆匯》革新版一卷七期	葉珊	
	釁鼓的漢子	《筆匯》革新版一卷七期		
	夏天的事	《筆匯》革新版一卷七期		收入《水之湄》
Dec	自由中國詩壇的現代主義	《大學生活》五卷十四期	王靖獻	論說文字
一九六〇				
5.20	罌粟花	《文學雜誌》八卷三期	葉珊	
	雙鯖魚	《文學雜誌》八卷三期		

1.2《水之湄》定稿差異[86]

〈大的針葉林〉	
初發表	《水之湄》定稿
沉默陰影裏的是跫音和笑語，	沉默陰影裏的是跫音和笑語
籐羅的張望和**明滅的星火；** **和海的叫喚，和沙灘的夢，**	**籐**羅的張望，和沙灘的夢。
末兩行獨立成段，末句刪節號作結。	末兩行併入上一段，無刪節號，無句號。
〈劫掠者〉	
初發表	《水之湄》定稿
劫掠者自草原上來，像**一些**風	劫掠者自草原上來，像**一陣**風
○睡裏的小愁，而且輕輕吻它。	**瞌**睡裏的小愁，而且輕輕吻它。

86 此處之定稿，指《水之湄》初版時之定稿。日後《水之湄》收入《楊牧詩集I》時又有若干字詞修訂，因與本文探討之議題較無涉，在此從略。

你何不拾些露回家，悄悄的，當三更時分，	你何不拾些露回家？悄悄的，當三更時分，
〈**歸來**〉	
初發表	《水之湄》定稿
說我流浪的往事，**哎**！	說我流浪的往事，**唉**！
記取噴泉剎那的**散**落，而且泛起笑意，	記取噴泉剎那的**撒**落，而且泛起笑意，
我從霧中歸來……	我從霧**中**歸來……
〈**秋的離去**〉	
初發表	《水之湄》定稿
笑意自眉間，揚起，隱去；	笑意自眉間，揚起，隱去，
一如**素**色的耳語失蹤，	一如**紫**色的耳語失蹤，
秋已離去，是的，留不住的；	秋已離去，是的，留不住的，
〈**傳統**〉	
初發表	《水之湄》定稿

——這足跡好輕好細啊！	**縮排多一格**，「——這足跡好輕好細啊！」
月亮促使潮汐。	月亮促使潮汐，
啊，北斗！那骷髏眼洞裏◯出鄉愁。	啊，北斗，那骷髏眼洞裏泛出鄉愁。
但這沙地好寂寞呀——	**併入上一行**，「但這沙地好寂寞啊！——這裏應該
這裏應該有**綠**的闊葉樹！	有好的闊葉樹！
守在橋頭，河水凍了，家在極地◯！	守在橋頭，河水凍了，家在極地吧？
全詩末行「他的獵槍很舊很舊的……」	刪除
〈**穆罕默德**〉	
初發表	《水之湄》定稿
我們憶起哈里發的地氈，和爆裂的瓶	我們憶起了哈里發的地氈，和爆裂的瓶
看見馬達加斯加犀牛的小**寐**	看見馬達加斯加犀牛的**睡眠**
〈**港的苦悶**〉	
初發表	《水之湄》定稿
無一度銀河氾濫，我們想——	**每**一度銀河氾濫，我們想——

初發表	定稿
水手刀偷偷流淚，我的鞘鏽了	水手刀偷偷流淚，我的鞘**韡**鏽了
〈**摺扇**〉	
初發表	《水之湄》定稿
出自那堆**雪**裏，摺扇裏有我的	出自那堆**雲**裏，摺扇裏有我的
冬天。小舟滑過去了，滑到你**的**手指間哪	冬天。小舟滑過去了，滑到你手指間哪
〈**月季花開**〉	
初發表	《水之湄》定稿
把酒講凱末**爾**的故事，我看到	把酒講凱末**耳**的故事，我看到
月季花開，鷺鷥停在他身上	月季花開。鷺鷥停在他身上……
〈**懷人**〉	
初發表	《水之湄》定稿
你的尋訪棄在長靄裏啊！	你的尋訪棄在長靄裏，啊！
——在我的花瓶上捏出裂紋	——在我的花瓶上捏出裂紋。

〈足印〉	
初發表	《水之湄》定稿
夜半，趕路者用隕星照**亮**地圖嗎？	夜半，趕路者用隕星照**循**地圖嗎？
在肩下**敞**開	在肩下**散**開
〈蝴蝶結〉	
初發表	《水之湄》定稿
你是門外放蕩的卡門。	你是門外放蕩的卡門
歲暮的風擁你向**南**，你的背影顯示	歲暮的風擁你向**北**，你的背影顯示
〈浪人和他的懷念〉	
初發表	《水之湄》定稿
此去五十年，大風雪將淹沒**了**所有的橋和路。	此去五十年，大風雪將淹沒所有的橋和路。
誰能守住我的金絲雀**？**打掃我甬廊？	誰能守住我的金絲雀，打掃我**的**甬廊？
並且談我愛聽的露絲瑪麗？——啊**！**露絲瑪麗	並且談我愛聽的露絲瑪麗？——啊露絲瑪麗……
……	

在那梅雨季的日午和黃昏，用輕風……	在那梅雨季的日午和黃昏，用輕風
掃過每個小鎮子，翻起白**楊**間的酒旗，找我。	掃過每一個小鎮子，翻起白**揚**間的酒旗，找我。
〈不知名的落葉喬木〉	
初發表	《水之湄》定稿
秋風是比較溫順些**啦**，自從他們旅行過後，	秋風是比較溫順些**了**，自從他們旅行過後，
雖然總在那麼一個季節	雖然總**是**在那麼一個季節
現在，只有那樹了，那樹	現在只有那樹了，那樹
〈星是惟一的嚮導〉	
初發表	《水之湄》定稿
你在揚起的蝕葉中	**她**在揚起的蝕葉中
在那**河**，那失戀的滂沱中	在那**夜**，那失戀的滂沱中
那是懷念在你的蒙特卡羅	那是懷念，在你的蒙特卡羅
〈夏天的事〉	

初發表	《水之湄》定稿
甩髮者走入弧中，頓覺相隔萬里	甩髮者走人弧中，頓覺相隔萬里
南方不屬於你，你立**於**萬籟之下	南方不屬於你，你立**在**萬籟之下
穿雨衣的少年，啊**！**那少年屬於你	穿雨衣的少年，啊那少年屬於你
你的每一個蕩漾都在風後	你的每一個蕩漾都在風後。
我把你七重的影抹去	**讓我抹去你七重的影**
〈夢中〉	
初發表	《水之湄》定稿
啊，雨在寧靜的路上落著密密的不幸	「密密的不幸。」換到下一行。
〈午之焚〉	
初發表	《水之湄》定稿
全詩末行「而星子在吊鐘花上淌些眼淚了……」	刪除
〈消息〉	

初發表	《水之湄》定稿
回家的路上，許多鳥屍、	回家的路上，許多鳥屍，
許多睜圓了又笑著的眼	許多睜圓了**而**又笑著的眼
執槍的在茶肆裏擦汗。	執槍的**人**在茶肆裏擦汗，
這傻子卻永遠美麗。	這傻子卻永遠美麗——
一千零一次，日子的〇停時，	**一百零七次，用雲做話題，嗨！**

現代主義的抒情形構†

——論楊牧的十四行詩

曾琮琇*

現代漢詩發展的前半世紀，「格律／自由」曾經是重要的美學問題。西方的十四行詩（sonnet）之為一種詩體的參照對象，在新月派新格律運動的推動下，形成一股形式實踐的熱潮；卞之琳、朱湘、梁宗岱、吳興華等詩人都在這股熱潮中，寫過為數不少的作品。尤其馮至（一九〇五－一九三三）《十四行集》（一九四二），為十四行詩漢語化奠定基礎。

如果說，我們視馮至《十四行集》為漢語十四行詩發展成熟的徵象，那麼，楊牧（一九四〇－二〇二〇）則是對十四行詩探索最深，產量最豐的詩人。楊牧（本名王靖獻）以葉珊為筆名，[1]寫下第一首十四行詩〈夾蝴蝶的書〉（一九五八）時才十八歲，從花蓮赴臺北準備重考。這個時期，臺灣五、六〇年代的現代詩運動方興未艾，紀弦擎起「前衛」、「知

† 楊牧十四行詩是筆者博士論文〈漢語十四行詩研究〉中的核心討論對象。由衷感謝指導筆者完成博士論文的蔡英俊教授，與鄭毓瑜院士與劉正忠教授的提點，以及兩位匿名審查者的審閱，使本文有大幅度的修改與深化。更感謝楊牧先生，讓我們聚在一起。一起仰望。

* 國立臺北大學中文系助理教授

性」等現代主義主張，提供便於歸檔的詩學模式。但誠如劉正忠所指，這類顯層風潮之外或之下，「抒情」始終是詩的內在動能，「（抒情）雖看似『基本』，卻是許多重要詩人的詩學底蘊。」[2]從這個角度來看，即便有前衛、知性等強勢話語，十四行詩作為一種抒情詩體，隨詩人思維認知、生命歷程與現實世界的發展，一直在楊牧筆下生長變化。〈傳說〉（一九六七）由八首十四行詩組合而成，表現楊牧對十四行詩試探與發明的決心。有趣的是，漢語十四行詩自二、三〇年代以降，對格律的依循與規範，包括音步、韻腳、體式等；這些逐步建立起來的「傳統」，到了楊牧筆下，幾乎無迹可尋。

然而，倘若以傳統的十四行詩框架為標準，如抒情、格律等，來討論、置疑或評斷十四行詩的優劣得失，這樣的評斷，其實低估十四行詩體的現代意義。某種程度也限制了我們對十四行詩的想像。楊牧引用現代主義詩人艾略特（T. S. Eliot, 1988-1965）〈傳統與個人才具〉（Tradition and the Individual Talent, 1919），說明面對傳統的兩個重要概念，其一，「傳統非繼承便能贏得；如果你想要它，你就必須通過心志的努力始能獲得」，這就是所謂的歷史意識（historical sense）；其二，是過去與現在並行相生的認知：

> 我們下筆頃刻，展開於心神系統前的是無垠漫漫的文學傳統，我們紙上任何構造，任何點，線，面，任何內求和外發的痕迹，聲音無論高低，色彩縱使是驚人的繁複，狂喜大悲，清明朗淨，在在都有傳統的印證，卻又與過去的文學迴異，卻又如此確切的屬於

現代，和今天的社會生息相應。惟有理解傳統，認知過去的詩人，始能把握到他與他的時代的歸屬關係。[3]

基於這一層認識，我們以楊牧十四行詩為討論文本，試圖彰顯在現代主義的觀照下形構出來的抒情樣貌。主要關懷有二：首先，楊牧的「現代抒情」如何與這一傳統格律詩體相互生產？其次，漢語十四行詩的發展脈絡下，如何看待楊牧的轉折意義？由是，本文梳理出三個與現代主義看似衝突，但輔車相依的詩學概念為討論主軸：先是探討楊牧對「格律問題」的重新思考，然後討論非典型格律下的形式實踐，最後是楊牧之於「古典」的現代轉化。希望透過楊牧十四行詩與詩論的討論，深入楊牧詩學體悟與詩歌創作的核心；並思考在「自由／限制」、「複沓／變奏」，「古典／現代」等看似矛盾的詩歌概念中，楊牧的十四行詩如何展現現代主義的抒情形構。

---

1 在葉珊之前，楊牧還使用王萍、蕭條、焦矗等筆名，有關楊牧以王萍為筆名的討論，詳見蔡明諺：〈論葉珊的詩〉，收入陳芳明編：《練習曲的演奏與變奏：詩人楊牧》（臺北：聯經出版，二〇一二），頁一六四－六七。楊牧在《楊牧國際學術研討會》（二〇一〇年九月二十五日）提供奚密另外兩個筆名的資訊。參見奚密：〈楊牧：現代漢詩的Game-Changer〉，收入陳芳明編：《練習曲的演奏與變奏：詩人楊牧》，頁一五。

2 劉正忠：〈板蕩之際的現代抒情——重探一九四〇、一九五〇年代漢語詩學〉，「近代史觀與公共性研討會」宣讀論文（臺北：國立政治大學主辦，二〇一三年十二月二十日），頁三二。

3 楊牧：〈歷史意識〉，《一首詩的完成》（臺北：洪範書店，一九八九），頁六四－六五。

自由／限制：格律問題的重新思考

陳芳明在《臺灣新文學史》曾經指出，楊牧「從未寫過格律詩，但著迷於變化多端的十四行，他的抒情，極其冷靜，可以說完全來自於現代主義的影響」[4]。此段論評，凸顯楊牧的十四行詩，既自十四行詩脫胎而來，又跳脫傳統十四行詩的格律限制。在陳氏的說法裏，「楊牧的十四行詩——自由詩」、「傳統十四行詩——格律詩」似乎成為一組對立的概念。不過，自由與格律，在楊牧十四行詩中的展現，非但不能斷然二分，反而是一組相互生產、發明的詩學概念。

作為現代詩的「Game-Changer」[5]，楊牧的十四行詩在格律上的創造性轉化，或許是漢語十四行詩發展的契機；另一方面，楊牧也自詡為「右外野的浪漫主義者」。形諸於十四行詩語言的浪漫精神，本文以為是格律觀點的超越與延展；甚至，浪漫主義的接受，亦使楊牧對格律問題有極為深刻的理論性思考。究其論述，表現在兩個方面：有機格律（organic form）與音樂性。在「有機格律」上，〈詩的自由與限制〉（一九八〇）說道：

> 自由詩體是現代詩的基礎，而天然渾成的格律（organic form）必不可免，乃是自由詩的限制。我的信念來自我對於六朝以前古詩體式的觀察，也來自我對於英國浪漫時期文學理論的實踐和服膺。……每一首詩都和樹一樣，肯定它自己的格律，這是詩的限制，

但每一首詩也都和樹一樣，有它筆直或彎曲的生長意志，這是詩的自由。[6]

由此觀之，楊牧視「格律」為自由詩的必要限制。這一觀點，與當時現代派主張「革去了格律的命的自由詩，遂成為我們這個詩壇的主流」（紀弦）的說法有本質上的不同。「organic form」以及植物的比喻，為浪漫派詩人柯勒律治（Samuel T. Coleridge, 1772-1834）的說法。柯勒律治認為詩歌的形式具生命力，會「隨著詩歌本身的發展在內部成型，與素材本身的特性相適應」[7]。這一點上，既不同於南朝末葉之於聲律的嚴格規範，也與二十世紀初新格律運動用音尺、字數來規範，而生產出的均齊的、預先設定好的節奏不同。楊牧將上述的格律視為「惡例」：「他們全盤使用音韻規律作詩，遂覺是有了詩的音樂性了，所以無論內容如何空洞，可以朗朗上口就是詩」（一九八八）[8]。楊牧在古詩與浪漫主義的基礎上加以闡釋

4 陳芳明：《臺灣新文學史》（下）（臺北：聯經出版，二〇一一），頁四四一。

5 奚密用「Game-Changer」這一術語肯定楊牧透過文學實踐，建立新的文學習尚和文學價值，進而改變詩壇生態。參見奚密：〈楊牧：現代漢詩的Game-Changer〉，收入陳芳明編：《練習曲的演奏與變奏：詩人楊牧》，頁一－四二。

6 楊牧：〈詩的自由與限制〉，《禁忌的遊戲》（臺北：洪範書店，一九八〇），頁一六五。

7 原文：「The organic form, on the other hand, is innate; it shapes as it develops itself from within, and the fullness of its development is one and the same with the perfection of its outward form.」Charles O. Hartman, *Free Verse: An Essay on Prosody* (Princeton: Princeton University Press, 1980), p. 92。

8 楊牧：〈音樂性〉，《一首詩的完成》，頁一五二。

舊有格律的問題。這段文字值得我們特別留意的是，一般而言，在文學批評裏，「form」指的是文學作品的「形式」、「體裁」，而楊牧卻用「格律」來翻譯「form」，可以看到兩層意義。

楊牧沿用「格律」一詞，以否定、推翻舊有格律的定義，並給予新的解釋。楊牧曾自我表述：「我之不再相信音步章法，甚至不願以腳韻為依據，是為了免除知識的依賴性」[9]，此其一。寄寓了為現代漢詩之格律尋找現代意涵之意味，此其二；[10]擴而言之，新格律運動在一九三〇年代走向失敗，從楊牧「有機格律」的探索中，開啟現代漢詩格律可能的新方向。

「有機格律」的說法深受浪漫主義啟發，而楊牧「音樂性」的探索，則是「有機格律」進一步的強化。這一層音樂性的詩學體會來自於魏爾崙（Paul Verlaine, 1844-1896）一段著名的話：「音樂乃是一切之先」（De la musique avant toute chose）與覃子豪的詩教。楊牧認為，在現代世界思索詩的音樂性，不能再局促於樂器、伴奏、歌唱、朗誦等概念，「詩的音樂性指的是一篇作品裏節奏和聲韻的協調，合乎邏輯地流動升降，適度的音量和快慢，而這些都端賴作品的主題趨指來控制。」[11]據他觀察，現代詩的秘密，其實就在於如何安排音樂性的美，以及如何將文字加以驅遣、組織，而形成「詩的聲籟格局」。[12]就詩的音樂，楊牧提供另一層次思考：

> 通過筆下對若干屬性相近的有機客體之操縱，以發現高度自覺的內在結構，決定何

> 者先行，何者觀望，跟進，或逕任其亡佚，目的在維持一最接近自然的，完整的修辭生態，圓融渾成的小宇宙，在隸屬於各種活潑的諸原子之間，允許一持續的生滅活動，乃其中金剛不壞的成分勢必脫穎而出。[13]

這裏，聲隨意轉的音樂跳脫制式的、外顯的材料，進入詩的內在結構，形式／內容相互共鳴；牽一髮而動全身，成為一不可或分的整體。而音樂本身的精神意志，感性表達的能量，並非傳統形式所能規範。

如果說，「有機格律」是詩的工具、手段，那麼，「音樂乃是一切之先」則是詩的終極追求。這一見解，不僅與浪漫主義運動息息相關，與「有機格律」的說法相互生產，也和陳

---

9 同前注，頁一五五。另外楊牧在一次訪談中談及押韻一事，說道「當我不喜歡它有韻出來，還會把字改換削掉韻腳，就怕它太完美」，楊牧並非不知道韻之所長，而是在深入理解後，勇於擺脫，超越。這段話可其格律觀點相互參照。見蔡逸君：〈搜索者夢的方向——楊牧VS.陳芳明對談〉，《聯合文學》一六卷一二期（二〇〇〇年十月），頁一四。

10 楊牧〈詩的自由與限制〉將形式問題簡化為格律問題，思考的正是格律的自由與限制，「形式問題，一向是我創作經驗裏最感困擾，而又最捨不得不認真思考的問題。所謂形式問題，最簡單的一點，就是我對格律的執著，和短期執著以後，所竭力要求的突破。突破是為了肯定詩的自由，執著是為了承認詩的限制。」見楊牧：〈詩的自由與限制〉，《禁忌的遊戲》，頁一五三。

11 楊牧：〈音樂性〉，《一首詩的完成》，頁一四五。

12 楊牧：《奇萊後書》（臺北：洪範書店，二〇〇九），頁二二一－二二七。

13 同前注，頁二一七。

世驥的抒情傳統相互呼應。

根據陳世驥的揭示，「以字的音樂作組織和內心自白作意旨」是抒情傳統的兩大要素，因此中國抒情詩「注意的是詩的音質，情感的流露，以及私下或公眾場合的自我傾吐」[14]。再者，陳世驥又從「興」等字源考據，特別強調詩歌的音樂性，並以《詩經》為例，說明詩人如何以「複沓」（burden）、「疊複」（refrain），尤其是「反覆迴增法」（incremental repetitions）來流露個人的情感，以達所謂「抒情」的旨趣。[15]這些說法，皆成為楊牧「有機格律」的有力註腳。

理解楊牧的十四行詩，如果用傳統之音節固定、章句要求、韻腳原則作為評價標準，則把楊牧詩最重視的審美價值——「音樂性」犧牲掉了。楊牧便是從「有機格律」與「音樂性」中出發，探索各種十四行形式的可能，使其美感經驗跳脫傳統格律的框架，召喚「人生意義的洞見和覺悟」[16]。

非典型格律下的形式實踐

一般來說，十四行的格律準則，指的不免是前八後六或四四三三的段式，抱韻或交韻，音尺或字數等等之類。依據本文對十四行詩的界定來檢錄目前楊牧出版的詩集，可歸入十四行詩的文本共計三十四首（詳如附件一）。其中不乏以十四行體式構成的長詩與詩系。以段式而言，楊牧的十四行詩突破傳統意體或英體的限制，段式變化多端。如「5-5-4」（〈夾蝴蝶的書〉）、「7-7」（〈傳說〉、〈開闢一個蘋果園〉）、「14」（無分段）（〈晚雲〉、〈雛菊事件〉、〈招展〉）、「13-1」（〈我從海上來〉），甚至在由十四行詩組成的長詩或詩系例如〈十四行詩十四首〉中涵括多種不同段式：「5-9」、「4-10」、「14」、「7-7」、「13-1」；甚至在此詩系的第五首，出現了「5-10」（行數凡十五行）的十四行詩。

楊牧在一場座談會談自己的十四行詩說道：「我稱它為十四行詩，因為數一數，正好十四行。」他觀察到，近二、三十年的好幾位臺灣詩人，他們寫十四行詩的時候就是十四行詩，不管意大利語或者伊麗莎白時代的英體怎麼做；而是限制自己、使它在某一種形式之內，可以剛剛好地表達清楚的一種藝術品：「我深深相信十四行剛剛好，就像杜甫相信八行剛剛好。」（二〇〇四）[17]「十四行詩」對楊牧來說，已經從「格律」問題提升到藝術形式的層面，成為楊牧一門獨特的詩藝。楊牧從十四行詩的基本形式出發，大膽實踐非典型的格律。以下，我們從「追求不完美的韻」與「複沓與變奏」兩個層面，探討楊牧非典型格律下

14 陳世驤：〈中國的抒情傳統〉，《陳世驤文存》（臺北：志文出版社，一九七二），頁三一－三七。

15 陳世驤：〈原興：兼論中國文學特質〉，《陳世驤文存》，頁二一七。

16 這段話乃摘取高友工之詮釋。高友工：〈文學研究的美學問題（下）：經驗材料的意義與解釋〉，《中國美典與文學研究論集》（臺北：國立臺灣大學出版中心，二〇〇四），頁一〇二。

17 路人庚：〈楊牧、屠岸、陳傳興、許悔之：他們在島嶼寫作〉，「鳳凰網讀書會」一三七期，參見網址https://site.douban.com/book.ifeng/widget/notes/7544441/note/281094810/（檢索日期：二〇二三年三月十日）。

的詩意展演。

追求不完美的韻

韻腳安排上，即便楊牧詩集中零星出現工整腳韻的詩作，[18]但整體而言，楊牧有刻意「避韻」的痕跡。以〈傳說〉（一九六七）[19]第五首的末七行為例：

他無意在昆蟲採集隊的旗子邊
靦腆地生長。那種倉皇撤退的民族
月光照著成熟的身體，一把銹箭插著
從膝蓋升高到了肩膀，久久便是
雙星歇足的橋樑——直到不勝焚燒
在他們的腳掌下斷裂，像圖騰的偶然
你們為甚麼驚怖逃亡，黥面的惆悵？

這個詩例中，韻式極不明顯（除了「邊」、「然」，但這兩個韻又押得太遠，構不上琅琅上口的條件）。凡是同韻的字都可以押韻，所謂押韻，是把同韻的兩個或更多的字放在同一位置上。一般總是把韻放在字詞的最後一字，所以又叫「韻腳」；[20]如果韻腳在十四行詩裏的功能，在於為詩凝固、定型，那麼這裏，詩人則有意將詩溶解化，非典型化。因此，詩人將可以成為韻腳的詞語（如「生長」、「倉皇」、「肩膀」等）安排在詩行中的不同位置，或出現在詩行頓挫之前，或出現在子句之中。如此一來，即便沒有形成規律、一致的聲響，韻字不落在句尾，卻錯落其間；彷彿與倉皇逃亡的情緒一同起伏，跌宕。

由此觀之，在楊牧看來，押韻雖然不必然是十四行詩體的必要條件，但適時，適當出現的韻，對詩中情緒、思維而言，具有強化的作用。換言之，詩人跳脫韻腳、韻式等商籟規則，將之視為表達情感、思維的修辭工具或方式。這裏有必要說明的是，儘管楊牧強調避免「完美的韻」，在楊牧的十四行詩中其實不乏韻腳的佈置。〈十年〉（一九九四）[21]一詩書寫生物在自然與利益之間生存的景況，其描寫圍繞在「氣根」、「盆栽」、「青山」、「密葉」等植物意象中。首句「他們蜿蜒升高，並且勇敢」，押「ㄢ」韻，「蜿蜒」二字韻同樣為「ㄢ」，成為這一詩行主要聲音，但「ㄢ」的韻腳一直要到第十一行才再度出現：

18 例如〈爽約一〉（二〇〇一）、〈爽約二〉（二〇〇一）、〈零時差〉（二〇〇一）這三首皆非十四行詩，寫作於同年，韻腳也使用抱韻模式，我們或可看作詩人在某一階段特定創作思維的實踐。以上三詩出自楊牧：《介殼蟲》，收入《楊牧詩集Ⅲ》（臺北：洪範書店，二〇一〇），頁三九二、三九四、三九六。

19 楊牧：《傳說》，《楊牧詩集Ⅰ》（臺北：洪範書店，一九八〇），頁四二三－三二一。

20 有關韻腳的定義與用法，詳見王力：《現代詩律學》（北京：人民大學出版社，二〇〇四），頁五二－五七。

21 楊牧：《楊牧詩集Ⅲ》，頁二〇二－二〇三。

聽水壩那邊急落的山泉：
所有語言都可以
意會但有些似乎已經慢了十年

人為意象「水壩」與前面的植物意象產生強烈的反差。除了意象反差，也是時間的落差：一種對於因人為介入而生物消亡，今非昔比的遺憾。借由第一行「ㄢ」韻（「泉」、「年」）再度回歸，產生了文明操縱（通過語言），無奈矛盾的情結；韻與情感結構相互依違的關係，不言自明。

韻腳的錯落安排，還包括一九七八年寫的三首十四行情詩（〈從沙灘上回來〉（一九七八）、〈晚雲〉（一九七八）、〈那不是氾濫的災害〉（一九七八））。這一年，詩人回花蓮，在火車上認識了甫從劇校畢業，獨自行旅的夏盈盈。就在這一年底，詩人又從普林斯頓返臺，與夏盈盈訂婚，隔年初結婚。[22]其間的詩，「每一刻都是一份光彩，對我來說，每一首詩都是對於生命和愛情的擁護」[23]。我們讀楊牧這段期間所寫的十四行詩，洋溢喜悅與期待。〈從沙灘上回來〉（一九七八）[24]寫道：

暮色從沙灘上回來
夏天在石礁群中躲藏

在海洋中，夏天依然輕呼着
自己的名字。我不免思索
季節遞嬗的秘密。時間
停頓；歲月真假的問題——
年代循環的創傷，而我
聽到伶人在雜沓上車
一些臨時演員在收拾道具：
歷史不容許血淚的故事重演
他們動人的戲必須告一段落

曾珍珍曾以政治詩來解讀此詩，認為此詩寫於中美斷交前後之際，乃為臺灣潛藏的安危懷憂致哀。[25]但是，如果將詩中若干意象、情節，比對楊牧與夏盈盈的相識相戀的過程，確若合

22 參見張惠菁：《楊牧》（臺北：聯合文學出版社，二〇〇二），頁一六四。
23 楊牧：〈《海岸七疊》詩餘〉，《楊牧詩集Ⅱ》（臺北：洪範書店，一九九五），頁五二〇。
24 楊牧：《海岸七疊》，《楊牧詩集Ⅱ》，頁二六八－六九。
25 曾珍珍：〈楊牧作品中的海洋意象〉，《同樣的心：楊牧生態詩學、翻譯研究與訪談錄》（桃園市：逗點文創結社，二〇二一），頁四四。

符節。例如「在海洋中，夏天仍然輕呼著／自己的名字」或可看作詩人對情人（夏盈盈）的呼喚，「而我／聽到伶人在雜沓上車」則可解釋為兩人在火車上初識的情景之再現。詩中雖然沒有直接點出第二人稱的「你」，但頗有私人的情感密碼在其中，仍可視為一首描寫愛情的商籟。[26]從韻腳觀之，第三行「著」和第八行「車」押「ㄜ」韻，第四行「索」、第七行「我」、第十一行「落」押「ㄛ」韻，第五行「間」和第十行「演」押「ㄧㄢ」韻，韻腳雖多，但韻與韻之間相隔較遠，並且散亂雜沓，表現詩人對愛情再度降臨的或雀躍，或期待，或不安的種種複雜情緒。直到最後三行，穩定而強烈的韻腳出現：

在天黑以前。這時我又聽到
兵營裏一支黃昏的號角
遠遠地蓋過了不安的海潮

沙灘、礁石、海洋、海潮……，這些都是詩人身心雙重流浪的海洋隱喻。而命定的相遇——盈盈的出現，有如「兵營裏一支黃昏的號角」，漂泊的心靈獲得歸處。詩人自言此時：「我下筆往往是從容不迫的，所以我想像我又恢復我本來應該保有的安詳的面貌」[27]。這一安頓的力量反映在兩個仄聲的韻腳「到」、「角」，篤定沉穩的，掩蓋了「不安的海潮」。

穩定的韻腳在兩首商籟情詩〈那不是氾濫的災害〉（一九七八）[28]、〈晚雲〉（一九七八）[29]

特別明顯。它們未依循十四行詩的格律法則，卻各有各自的主韻，前者以「ㄨ」為主韻，後者以「ㄥ」為主韻，都表達了一種歲月靜好，現世安穩的人生願景。另外，本文注意到，傳統格律視「同音押韻」為忌，而楊牧不僅不避使用同音押韻，更使用同字押韻，刻意保留傳統格律所不容的破綻，例如：「我已囤積了足夠的糧米和書」、「我總該又已經寫了好幾本書」、「足夠一年烹食，十年的閱讀」、「你和孩子們不愁沒東西讀」（以上出自〈那不是氾濫的災害〉）與「我們觀察寧靜的風」、「『你如何斷定這一刻寧靜的風？』／『坐好坐好，你做扶桑我做風』」（以上出自〈晚雲〉），這裏彰顯的就不只是格律的限制，還有格律的自由。

晚期的楊牧已無法滿足於單純的詠歎，其「格律」甚至刻意尋求一種濁重的音韻，與亦趨嚴密繁瑣的思辯語式相輔而成。以〈希臘〉（二〇〇九）[30]為例：

諸神不再為爭坐位齟齬

---

26 丁旭輝指出，「《海岸七疊》中除了〈從沙灘上回來〉和〈出發〉之外，都是情詩」，這個判斷還有討論空間。丁旭暉：〈在天地性靈之間：楊牧情詩的巨大張力〉，《彰化師大國文學誌》二三期（二〇一一年十二月），頁一六。

27 楊牧：〈《海岸七疊》詩餘〉，《楊牧詩集Ⅱ》，頁五二〇。

28 楊牧：《海岸七疊》，《楊牧詩集Ⅱ》，頁二七二－七三。

29 同前注，頁二七〇－七一。

30 楊牧：《長短歌行》（臺北：洪範書店，二〇一三），頁一－二。

群峰高處鐫琢的石碐上深刻
顯示一種介乎行草的字體
乃是他（她）們既有之名，永遠的
浮雲飄流成短暫的殿堂，各自
佔有著，俯視遠處海水洶湧
發光，讓我們揣測那激盪的心
惟此刻一切都歸於平淡，就像
右前方那安詳坐著的小覡且依靠
一株海棠近乎透明地存在著（象
徵遺忘）對過去和未來
聽到的和看到的都不再關心，縱使
早期凡事擾攘遠近馳驟的赫密士
曾經奔走把彼此不安的底細說分明

就押韻形式而言，這首十四行詩除了第七行、倒數第四行、最末一行的「心」、「來」、「明」，其他詩行刻意結束在仄聲字，如「豔」、「的」、「自」等，以顯低沉遲滯。〈希臘〉作為《長短歌行》的序詩，寄寓詩人晚期書寫的心跡。楊牧不諱言他在《長短歌行》充滿

「tears and fissures」（破碎與分裂）的晚期風格。[31]「晚期風格」是阿多諾（Theodor Ludwig Wiesengrund Adorno, 1903-1969）對貝多芬的「晚期風格」的談論。阿多諾指出，重要藝術家晚期作品往往在形式上棄圓融而取破碎。薩依德（Edward W. Said, 1935-2003）的《論晚期風格》（*On Late Style: Music and Literature Against the Grain*）一書則延續此議題，並進一步從音樂延伸至文學作品，同時強調：

> 晚期風格本質裏有一種緊張，棄絕資產階級式的老化，堅持愈來愈增加的離異、放逐、不合時代之感，晚期風格表現這樣的意識，而且——更重要的一點——這是自我支撐之道。[32]

在薩依德論點，這種晚期風格不同於中國傳統詩學所謂「漸老漸熟，乃造平淡」（蘇軾語）

---

31 曾珍珍：〈英雄回家——冬日在東華訪談楊牧〉，《人社東華》一期（二〇一四年三月），網址：http://journal.ndhu.edu.tw/e_paper/e_paper_c.php?SID=2。在這篇訪談稿之前，劉正忠已以「晚期風格」的概念討論楊牧的《長短歌行》，見劉正忠：〈擬代、新主體和晚期風格——試論楊牧的《長短歌行》〉，《「主體與他者：兩岸當代詩」學術研討會論文集》（臺北：中央研究院中國文哲研究所，二〇一三年九月二十四日），頁三一。

32 薩依德著，彭淮棟譯：《論晚期風格：反常合道的音樂與文學》（*On Late Style: Music and Literature Against the Grain*）（臺北：麥田出版，二〇一〇），頁九八。

的老熟特性；楊牧的《長短歌行》中同樣可以找到晚期風格的特性——即採取一種不平淡，不和諧也不合時宜的書寫路徑，意圖與當代文學習尚保持距離。

尋此脈絡，詩人選擇以十四行詩書寫，顯然也是借由詩體本身的基礎，為益趨繁複的哲思進行突破常規的試驗。楊牧在〈長短歌行・跋〉談及這首詩說道：

> 我曾經如此傲慢無知，沉著於個人的愚昧俯視深水裏的影，奈何左右衝撞如同逆風的水仙；遠處看到早期凡事擾攘遠近馳騾的小覡赫密士，這時就安詳依靠著一株海棠，近乎透明地坐在那裏。他象徵遺忘——在我們完整或不完整的寓言裏。[33]

詩人自剖〈希臘〉一詩，自擬作希臘神話中的赫密士。[34]赫密士（Hermes）在「凡／神」、「生／死」之間扮演了一個「傳訊者」的位置；楊牧取其象徵意義，陳述一名身具「引渡」、「傳遞」等多重身份的詩人我，在經歷騷動紛亂的生命歷程後，展現「惟此刻一切都歸於平淡」的決心。

借由赫密士的形象與際遇，楊牧發抒內在的想望，以寄託遲暮之年的情感經驗，乃至現實層面的思索變化；進而將抽象的情感思維轉化為普遍性的意涵，諸如死亡、時間。但是，楊牧這裏的「回歸平淡」，與語言文字走向淺白或趨俗媚世之間，並不構成必要的關聯，甚至相反。從「格律」角度看來，這首十四行詩每行的最後一字，除了第七行「心」，第十一行「來」與最後一行「明」字為平聲，其餘皆以仄聲字結尾，造成短促、猛烈、決斷的音韻效果。本文以為，這樣不和諧的效果並不是出於偶然或不經意，而是詩人刻意經營的結果。

複沓與變奏

面對西方十四行詩傳統，楊牧投注相當多的心力，在創作實踐中思索並轉化；目的是為此一傳統詩體尋求現代的抒情聲音。其實，不僅西方十四行詩，中國抒情傳統的詩學教養，也對詩人的格律觀念產生直接影響。其中，「興」作為中國詩的源頭，之於「字的音樂性」起了重要作用，陳世驤指出：

> 興的因素每一出現，輒負起它鞏固詩型的任務，時而奠定韻律的基礎，時而決定節奏的風味，甚至於全詩氣氛的完成。「興」以迴覆和提示的方法達成這個任務，尤其更以

33　楊牧：《長短歌行》，頁一三六。

34　赫密士（Hermes）在希臘神話中，不僅具有牧羊人、旅行者、吟遊詩人、商人和小偷的守護神之角色，同時也是靈魂的引渡者與天神的信使，負責將眾神意旨轉譯、解釋並傳達給世人，但眾神之意旨透過語言、文字之轉譯傳達，往往變成既清晰又隱晦，似是而非。為能真正明瞭諸神之意旨，因此對於語言、文字有理解詮釋之必要。詮釋學（Hermeneutics）的源流最早可溯至赫密士（Hermes）神話。

「反覆迴增法」來表現它特殊的功能。

……（中略）

……錯綜豐富而自然的音響佈置，獨特卻不牽強的節奏，外加動人而新鮮如大自然萬物初生時渾概的意象，這種種的核心就是「興」，因為「興」還保留著古老風格裏歌樂舞踊緊密結合的精粹。[35]

這一文明初啟的聲音，在現代語境中所召喚的歷史意識與西方商籟、當下處境的衝擊結合，在楊牧的十四行詩醞釀出新的感性。而這一種新的感性，往往以複沓、回環來防止散逸，〈雛菊事件〉（一九七六）[36]寫道：

一束雛菊被分離
分離的下午，遠方
發生震撼人心的
事件。我猶在揣測
河水將如何載走
一葉小舟，樓上的人
將如何開始，然後

結束一首送別的歌
如何回頭用雙手捧著
一束被分離分離了的
雛菊，後悔不曾
教自己醒來，今早
醒來在更遠
更遠的露營

實際上，在楊牧早期十四行詩，反覆加疊的修辭已經出現。例如「泥橋上移動著你花似的額，今夜／今夜，你又自黃土路上來／下階之後，你將已是走入茫茫一片了」（〈十月感覺〉（一九五九）[37]）、「夢著迢迢如烟的園囿／／園囿啊，讓我來化做一聲嘆息」（〈給智慧〉（一九六二）[38]）前例中，前一句句末的句尾與後一句句頭的「今夜」前後相鄰以渲染氛圍，製造節奏；後一例則連接了第一段段末與第二段段首，使前後兩段的詩意即便在分段後仍直

35 陳世驤：《陳世驤文存》，頁二三二－二三三；二五〇。
36 楊牧：《北斗行》，《楊牧詩集Ⅱ》，頁七四－七六。
37 楊牧：《水之湄》，《楊牧詩集Ⅰ》，頁七九－八〇。
38 楊牧：《花季》，《楊牧詩集Ⅰ》，頁一六〇－六三。

接聯繫起來。不過，頂針修辭技巧並沒有對這兩首十四行的結構、詩型產生決定性的影響。

詩人筆下的「雛菊」事件的雛菊，加上說話人「我」的種種揣測，我們或許可以和雛妓遭遇（或一些被迫分離的悲劇事件）聯想在一起。詩前半部的「測」與後半部連押的三個韻腳「歌」、「著」、「的」，具有前後呼應的效果。此外，值得注意的是「興」的因素如何在這首十四行詩被呈現。

首先，是意象的重複使用：「一束雛菊被分離／分離的下午」、「一束被分離分離了的／雛菊」。前者在全詩的第一行，「一束雛菊被分離」顯然起了領句的效果，後者則是第一行的意念疊加。楊牧曾不憚其煩地，在陳世驤的基礎上，用巴里（Milman Parry, 1902-1935）與勞爾德（Albert B. Lord, 1912-1991）的「套語系統」（formulaic system）研究《詩經》中「套語」（formula）這種形式要素，並給予以下界定：「由不少於三個字的一組文字所形成的一個條理分明的語意單元；此一單元在相同的韻律節奏下，或在一首詩裏或在好幾首詩裏反覆出現，以表達一定的概念。」[39]此例亦可看成「套語」之一種。

另一方面，詩人對〈味吉爾〉手法的詮釋頗值得本文借鑒，他表示：「我沒有完全因襲詩經的民謠風格，一唱三嘆的「反覆迴增體」（incremental repetition），決定加以變化……，目的也是貫串全詩，使其渾成。」[40]質言之，詩人雖然對詩經的體式有所承襲，但並不是照單全收。這裏，詩人關注到重複的效果，也關注重複的變化。因此，儘管語詞相似，通過排列組合，意涵卻更為飽滿——「雛菊」從一個意象出發，注入了「說話人」對某一「事件」

的思考後，「捧著／一束被分離分離了的／雛菊」才結合了雛菊意象與「事件」，成為一首完整的詩〈雛菊事件〉。再來，詩人擅於將句型重複，在〈雛菊事件〉使用的是「如何」句型：

河水（A）將如何載走
一葉小舟（B），樓上的人（C）
將如何開始，然後
結束一首送別的歌（D）
如何回頭用雙手捧着（E）

「A將如何B，C將如何D，（C）如何E」，這一句型使說話人的思維形象化、具體化。面對已然發生的「事件」，「將如何」的重複句型製造了一種「莫可奈何，又如何能夠」的不解與憂傷情調。施事者「A」與「C」和受事者「B」與「D」、「E」之間，看似無關，而

39 C. H. Wang, *The Bell and the Drum: Shih Ching as Formulaic Poetry in an Oral Tradition* (Berkeley: University of California Press, 1972), p. 14.

40 楊牧：〈詩的自由與限制〉，《禁忌的遊戲》，頁一六八。

又將流水意象與人的形象聯結在一起，「雛菊事件」的分離似乎也在這裏暗示了公理與正義的問題。最後，「一束雛菊被分離／分離的下午」重複了分離，但這一詞語儘管相同，且以頂真尾首聯結，也有詞性上的變化，前者為動詞，後者為名詞，凸顯「分離」的被迫性。

而這一慣常使用的「反覆迴增法」和「複沓技巧」，在楊牧後期十四行詩的詩行中漸漸消失了，反而頻繁出現斷裂與破綻。比如，上文提到的〈希臘〉一詩將語言規則中不能拆分的雙音節詞「象徵」斷開成「象／徵」，從行／句的「斷－連」關係中製造一種「不和諧音」。「經過3020光年細心排列終於／就緒，開始以不等的光度試探彼／此，互相調節——容忍」（〈招展〉（二〇〇一）[41]）中的「彼／此」，亦可作如是觀——即在沒有因果邏輯的情況下將約定俗成的詞彙進行拆解，再加上語言方面，調動生硬冷僻與繁瑣的詞彙與句法，詞彙上好比「齟齬」、「鐫琢」、「石稜」、「小覡」，語法上如「惟此刻一切都歸於平淡」、「右前方那安詳坐著的小覡且依靠」。〈與人論作詩〉（二〇一一）雖仍承襲楊牧一貫自由格律的概念，在語言形式上，也有明顯的轉變。其一，是句法，語言趨於繁複，「或破碎的形狀印證無妄之波光粼粼」、「允許我以破曉時分目睹」，「拗峭櫻櫚」等詰屈聱牙的文言語式，穿插在相對自由的格律之間。據劉正忠觀察，詩人刻意避開「自己優為之歌謠複沓，化甜美為苦澀之句。他不要簡單的詠嘆，反而執著地用彷彿哲學思辨、邏輯推理的語式，進行商榷、推演、確認。」[42]

其二，是隨機的分行斷句，如「聽不見箜篌上下交響，看不／到水邊有陰影迅速自樹巔跌落」，在沒有格律因素支援的情況下，「凡慣例上不宜斷處在他皆成可斷」。其三。是虛詞和轉折語的大量運用，「使他的詩句繞來繞去，有時竟使人迷路於多霧的山谷。他常常帶我們去探觸抽象的事與物，但話題卻滾雪球般愈來愈多，困難，卻出奇地華美。」[43]這樣一個時代，詩人反其道而行，「舉凡意象符號／與聲韻等皆隱約築起心牢將你我／於拗峭樱榈間幽禁」。楊牧《長短歌行》裏的十四行詩，音韻常擺盪於反常與詰聱之間；不僅向早期慣常使用的「反覆迴增法」和「複沓技巧」告別，也告別了婉轉悠揚的抒情韻律。

「古典」的現代轉化

如果我們單從「傳統／現代」、「敘事／抒情」、「格律／自由」等絕對對立的概念，質疑或評斷優劣得失，無法真正理解楊牧在漢語十四行詩史上的轉折意義與典範價值。〈十四行詩十四首〉中，出現了大量中國古典詞彙、意象、典故，乃至文言語法。好比「支頤的委頓，久久地無言／雙眉如寒禽撲翅」、「古人懷沙的第二天，我搶灘／登陸於拂曉。」不過，在同一首詩中，也有「四月是一片纏綿迎拒的／園子」這樣融合中國傳統意象和西方現

41 楊牧：〈介殼蟲〉，《楊牧詩集Ⅲ》，頁三八六－八七。
42 劉正忠：〈擬代、新主體和晚期風格——試論楊牧的《長短歌行》〉，《「主體與他者：兩岸當代詩」學術研討會論文集》，頁四〇。
43 同前注。

代主義傳統的詩句。

前文提到楊牧對艾略特「歷史意識」的體會。我們發現，楊牧的十四行詩書寫大量提取古典，並不在模擬、複製傳統，而是為傳統在現代詩體，啟動它的現代意義。換言之，本文關注的，是楊牧如何通過古典語彙、形式的鍛鍊與轉化，傳達抒情傳統的精神，為源自西方傳統的十四行詩體注入漢語思維。〈夜歌之二．雪融〉（一九七一）[44]由三首十四行詩組成，每首詩式都是非正規的「六－七－一」結構，每一首的第二節都以時間副詞「起初」一詞為始，第二節的最末一行，以「乃潮濕淹沒了」連接詩的最後一行，分別是「一個春回的夜」、「一個夏蟲的夜」、「一個秋水的夜」。詩人談及〈夜歌之二．雪融〉寫道：「其實是格律詩的一種，而那種格律之產生，與我夙夜抄寫《詩經》未始無關，我為了自我鍛煉，考驗耐心，曾枯坐抄錄《詩經》一遍，創作思維，當然大受初民聲籟之影響。」[45]

這樣一來，這組詩系在「起初／……／乃潮濕淹沒了／／一個□□的夜」這樣季節推移的套語作用，形成一個有機的聚合結構。在獨立的三首十四行詩之間，因為存在季節的起興，便產生動力的交響；「其整體效果已不止是全部詩篇累加的總和，而是部分詩篇相加的『和』再加上部分相乘的『積』。」[46]無論在氛圍的塑造，情感的流動，如樂譜上的漸強記號，既是主題的回歸，又是情感的加強。如同何雅雯所論，「雪融」成為整首詩的基本形態，象徵一種情感的決堤與擴散，在想像中推移的季節更加強了情感的崩潰：不只是如雪水奔流般的、空間的鋪展，同時也是時間性的漫延。[47]此外，借用鄭毓瑜的論點，套語作為一種形式，「不是單方面『重複』而是多方面『響應』；不只是映照意旨情態，也同時是文化禮儀以及風土名物的全體經驗的湧現。」[48]

意旨情態的觀照之外，詩人通過「春回」、「夏蟲」、「秋水」等古典意象產生一聯想的整體，其在其中的作用，同時是一種古典經驗的召喚；擴而言之，十四行詩之為一種格律詩體，楊牧在詩體中演繹，彰顯的，不是商籟格律，卻是《詩經》重章疊唱的「格律」藝術；質言之，詩人意圖從古典漢詩的源頭為漢語十四行詩尋找新形式的決心，已經非常清楚。

另一方面，抒情詩中隱喻表達或間接描述的修辭格具有的魔力與魅力。弗萊以盎格魯‧撒克遜時期，「織入奇妙花紋的」的審美評語加以類比：「正像魅力近似一種魔術般的逼迫感一樣，奇妙地織入詩品的物體，……也類似一種迷惑或魔術般地將你俘虜的東西。」[49]

---

44 楊牧：《楊牧詩集I》，頁四七九－八二。

45 楊牧：〈瓶中稿．後記〉，《楊牧詩集I》，頁六二二。

46 參見吳潛誠：〈衡論詩的長短以及詩系〉，《詩人不撒謊》（臺北：圓神出版社，一九八八），頁二四八－四九。

47 何雅雯：〈創作實踐與主體追尋的融攝——楊牧詩文研究〉（臺北：國立臺灣大學中國文學研究所碩士論文，二〇〇〇），頁五六－五七。

48 鄭毓瑜：〈重複短語與風土譬喻——從詩經「山有……際有……」、「南有……」重複短語談起〉，《清華學報》新三九卷一期（二〇〇九年三月），頁五。

49 諾思羅普．弗萊（Northrop Frye）著，陳慧、袁憲軍、吳偉仁譯：《批評的剖析》（*Anatomy of Criticism: Four Essays*）（天津：百花文藝，一九九八），頁四一六。

〈夜歌之二・雪融〉除了形式的古典特徵，所動用的文言詞彙與歐化句法交織，寄託了詩人對古典的鍾愛，如「躡足的死寂」（行為動詞＋抽象形容詞）、「夭亡／是愛的全部」（具體動詞作名詞＋抽象名詞），這些華麗的古典語言與看似不協調的抽象概念組合而成的詞組，起了隱喻的作用。

為文字詞藻染上詭異華麗的色彩，半規律的鏗鏘聲調向前伸張，這是詩人「古典的驚悸」。不過，詩人並不滿足於片刻的喜悅和驚悸。換句話說，詩人在接受語言、詞藻、典故、聲韻等的古典力量之後，也意識到這些外力——美麗的詩詞佳句對現代詩的干擾：

> 當我們下定決心以全部敏銳的心靈去體驗的時候，我們和外物之間自有一種 immediacy，那是藝術創造的根本保證。倘若那 immediacy 遭受古典詩詞的渲染，創造的過程恐怕就產生缺失：我們和自然外物之間橫了一道微塵，失去密切結合的力量，只能浮華地作些敷衍文章，借助古人的美文佳句，永遠表現不了自己。[50]

這是「古典的教訓」。它告訴我們，必須擺脫這些古典的干擾，並且通過現代詩創作的思維和言語，從古典的精神意志，產生更高層次的啟示，發現藝術的理性與良心。[51]

〈南陔〉（一九七八）[52] 一詩，詩人一面讀書，「低吟張衡的四愁／Tutti li miei penser parlan d'Amore」；一面思念遠方的情人，「想你這是應該已經去到了／我不可能確定的一個地方」，最後借由〈南陔〉這一有目無詩的篇名，[53]形成「情人－詩（南陔）」之間的隱喻關係。換言之，無論是「南陔」或是詩人筆下的十四行詩，「好遙遠好近」的你，無疑是「正規受話人」──詩人所隱喻的對象。[54]

不過，詩的受話人空間裏，除了「正規受話人」，也包含了主體回溯的受話人，與作為讀者形象的受話人。這三種受話人同時存在在情詩中，使得「詩篇」同時是私我的、雙邊的、與公器的。[55]誠然，〈南陔〉中的正規受話人皆以「你」出現，向「你」傾訴思念，而其中也不乏詩人自己的獨白：

> 我將保持我冷靜從容的態度：

---

50 楊牧：〈古典〉，《一首詩的完成》，頁七四。

51 同前注。

52 楊牧：《禁忌的遊戲》，《楊牧詩集Ⅱ》，頁二〇〇－二〇二。

53 〈南陔〉這首十四行詩，由兩個段式「七－七」的十四行詩組成，同時也是〈詩經．小雅〉中的一有目無詩的篇名。〈詩經．小雅．南陔．序〉云：「〈南陔〉，孝子相戒以養也。……其義而亡其辭。」楊牧從這一抒情傳統的根源出發，但詩中的意義已非孝親之意，而以現代處境與感受加以回應。

54 陳義芝認為〈南陔〉典出詩經，不只有對古典的鍾情，理想的嚮往，還有戀愛中詩人的自我揭秘。參見陳義芝：〈住在一千個世界上──楊牧詩與中國古典〉，《風格的誕生：現代詩人專題論稿》（臺北：允晨文化，二〇一七），頁一三九－四一。

55 古添洪：〈受話人空間與情詩〉，《不廢中西萬古流：中西抒情詩類及影響研究》（臺北：臺灣學生書局，二〇〇五），頁九八。

一個古典的學術追求者不在乎
身外的事務，聽任綠草越長
越長，在窗外陪伴我默默讀書

四行詩之內，押了三個尾韻（「度」、「乎」、「書」），以及一個行中韻（internal rhyme）「務」。第三行與第四行首尾相接，「長」字既可讀「ㄓㄤˇ」，又可唸「ㄔㄤˊ」。這些可能的讀法，「造成一種接續不斷、綿衍相生的印象，幾乎無窮無盡」[56]，頗有一番故作正經與矜持的味道，但思念也如自然生長的綠草，無法停止。而詩中即便第二人稱的「你」，卻是使用「你應該……」、「想你這是應該……」等假設語氣；從中，我們感受到一種自我思量和冥思的獨白味道。

詩人訴諸於但丁、張籍的抒情模式，不啻塑造了某種「讀者」意識，以召喚公眾的讀者進入詩人的語境之中。如此看來，像〈南陔〉作為一首抒情詩，描述愛情之外，蘊藏的詩學能量，超越一般「情詩」所能概括。擴而言之，〈南陔〉從《詩經》中的〈南陔〉借題，也是「借題發揮」；在「說話人－受話人」的對話結構下，作「愛情－學術」、「情－詩」互文指涉，為此一有目無篇的〈南陔〉增添具有現代意義的抒情想像。

相較於〈南陔〉向古典借題，幾首《長短歌行》十四行詩裏的古典話語運用，則顯現詩人面對古代典籍的氣定神閒，優雅從容。〈與人論作詩〉[57]首句「今日天氣佳」，出自陶詩〈諸人共遊周家墓柏下〉：「今日天氣佳，清吹與鳴彈。（……）未知明日事，余襟良已殫」。劉正忠以「晚期風格」加以概括，指出，此詩從題目看來是在「論作詩」，但玩味其辭，特別是倒數第四行「都將紛紛熄火，滅去，如賢愚不肖」，裏面具有死亡陰影的隱喻，即老去的詩人有一種在時間邊緣下創作的感慨：「與其說陶公墓邊作樂之詩，被轉換為論詩之詩，不如說是楊牧刻意製造兩者之間的隱喻關係。寫詩本身，正如破曉前的『眾宿和絃』，既然未知明日事，此刻且盡量竭殫我的襟懷吧。」[58]〈獨鶴〉（二〇〇九）既延續《時光命題》〈鶴〉（一九三三）的生命思索，[59]同時賦予牠多重文化意涵。首先，詩人鋪陳古希臘文學中先知者的角色，[60]「預言地站立／或許將對我們宣告／有些啟示」，再將先知者與

56 孫維民：〈自由詩的音樂性——以楊牧詩為例〉，《臺灣詩學》二七期（一九九九年六月），頁一二四－一二七。

57 楊牧：《長短歌行》，頁三六－三七。

58 劉正忠：〈擬代、新主體和晚期風格——試論楊牧的《長短歌行》〉，《「主體與他者：兩岸當代詩」學術研討會論文集》，頁三一。

59 〈鶴〉與〈獨鶴〉之間延續性來自兩個部分。其一，〈鶴〉（一九三三）前引杜甫詩「獨鶴歸何晚，昏鴉已滿林」，〈獨鶴〉之詩題名即取其象徵意涵。二，「於是我聽見一單獨的／長唳從或許的方向／傳來，」（〈鶴〉）與「或掀動兩翼於朝暉裏有形與無之舞／以一聲長唳發自我們失落的九皋深處」（〈獨鶴〉）化用〈詩經．小雅．鶴鳴〉「鶴鳴于九皋，聲聞於天」。以上二部分都是以中國傳統文學中的鶴的形象作自我投射。

60 「伊比庫斯的鶴」是古希臘神話中的一段故事，描述抒情詩人伊比庫斯（Ibycus）遭一群強盜謀害，臨終前託付飛過的鶴群為他報仇。鶴因此在西方文學裏往往具有先知、預言與正義使者的意涵。伊迪絲．漢彌敦（Edith Hamilton）著，余淑慧譯：《希臘羅馬神話：永恆的諸神、英雄、愛情與冒險故事》（*Mythology: Timeless Tales of Gods and Heroes*）（臺北：漫遊者文化，二〇二〇，二版），頁三七一－七二。

抒情自我相互疊合：「陌生的異類先行者以同樣的／冷眼回望那偶發的次情節／暴亂的訴求——／認知這時風中／和我一樣稀有的始終／是這種不可或忘的嶙峋之姿」，最後，收束全詩在長句「或掀動兩翼於朝暉裏作有形與無之舞／以一聲長唳發自我們失落的九皋深處」，演繹詩人暮年心境：既是塵世間踽踽的獨行者，也是振聾發聵的先行者。「鶴鳴于九皋」典出〈詩經．小雅．鶴鳴〉，鶴是楊牧抒情自我的隱喻，放在這一抒情詩體底下，更能展現詩人在比較文學視野中獨到的領受與轉化。

十四行詩作為一種情感結構，通過古典的現代語境「與人論作詩」，試圖破壞詩的框架——包括繁複的意象符號，美好的聲韻結構等。質言之，詩人以十四行詩回應了抒情傳統的現代意義；即當代詩的功用，不是修辭學的問題，也不是個人情感品質如何的問題，而是傳統價值剝蝕後信心重建的難題——「一個生存與否（to be or not to be）的問題。」[61]

結語：舊體新聲

十四行詩（sonnet）之為一種抒情載體，在漢語化的過程，「十四行詩」、「商籟」是較被接受的譯名；前者彰顯其形式，後者著眼於聲籟。[62]一九二、三〇年代的新格律運動，無論韻式，音尺與字數等格律準則，已差不多定型。楊牧作為「Game-Changer」，他的現代格律，樹立漢語十四行詩的一種範式。借用楊牧自己的話，「所謂形式問題，最簡單的一點，就是我對格律的執著，和短期執著以後，所竭力要求的突破。突破是為了肯定詩的自由，執著是為了承認詩的限制。」[63]這裏，楊牧彰顯的不只是十四行詩的限制，還有十四行詩的自由。

置身風起雲湧的現代主義風潮，楊牧十四行詩的實踐，是他參與與回應的方式之一。他將十四行詩當作自我超克的理型，既乘載大量西方古典資源，又刻意與詩體習尚保持距離。從早期反覆迴增、韻腳參差錯落，到晚期音韻濁重；在自由與限制、複沓與變奏、古典與現代等詩學議題，展開多層次的辯證。看似違離、破壞十四行詩傳統，從楊牧自己對格律的觀察體會來看，不啻是一種現代意義的更新。從這層意義來看，這一詩體提供了楊牧「現代－傳統」對話的詩意空間；也讓我們思考，十四行詩的現代抒情，如何在時代與個人之間尋找新的聲音。

61 蔡英俊：〈「詩」與「藝」——中西詩學議題析論〉，收入柯慶明、蕭馳編：《中國抒情傳統的再發現》（上）（臺北：國立臺灣大學出版中心，二〇〇九），頁二四一。
62 詳見曾琮琇：〈漢語十四行詩研究〉（新竹：國立清華大學中國文學系博士論文，二〇一四），頁四一－四八。
63 楊牧：〈詩的自由與限制〉，《禁忌的遊戲》，頁一五三。

附件一：楊牧十四行詩一覽（一九五八－二〇二〇）

詩集	十四行詩
《水之湄》	〈夾蝴蝶的書〉（一九五八）、〈十月感覺〉（一九五九）
《花季》	〈給智慧〉（一九六二）
《船燈》	〈微雨牧馬場〉（一九六三）
《傳說》	〈傳說〉（一九六七）
《瓶中稿》	〈開闢一個蘋果園〉（一九七二）、〈夜歌之二：雪融〉（一九七一）、〈十四行詩十四首〉（一九七三）
《北斗行》	〈問舞〉（一九七六）、〈雛菊事件〉（一九七六）
《禁忌的遊戲》	〈南陔〉（一九七八）
《海岸七疊》	〈從沙灘上回來〉（一九七八）、〈晚雲〉（一九七八）、〈那不是氾濫的災害〉（一九七八）、〈出發——給名名的十四行詩〉（一九八〇）
《有人》	〈昨天的雪的歌〉（一九八五）、〈旅人十四行〉（一九八一）、〈再見十四行〉（一九八四）
《完整的寓言》	〈我從海上來〉（一九八六）、〈村莊十四行〉（一九九〇）、〈其實〉（一九八七）

《時光命題》	〈宗將軍挽詩并誄〉（一九九二）、〈子夜〉（一九九四）、〈十年〉（一九九四）、〈構成之二：盆景〉（一九九五）、〈松下〉（一九九六）
《涉事》	〈一仕女之畫像〉（一九九八）
《介殼蟲》	〈招展〉（二〇〇一）、〈閏四月〉（二〇〇一）、〈失題〉（二〇〇五）
《長短歌行》	〈希臘〉（二〇〇九）、〈獨鶴〉（二〇〇九）、〈罌粟二〉（二〇〇九）、〈與人論作詩〉（二〇一一）

雙人舞的內在對話
——楊牧詩的傾訴結構

李蘋芬*

智識與美的追索，詩人面對社會、自然，乃至真實為何物的自我詰問，在楊牧的詩中，經常透過頓呼格（apostrophe）的方式來完成。所謂頓呼格，在抒情詩的情況下，是設置一個不在場的、第二人稱的「你」，藉由「我對你說」的句法來推動詩意的行進和演變。[1]頓呼格中的傾訴對象，不只限於他人，更能包括對於物或是抽象的對象。本文以「傾訴結構」來指涉這樣的詩意模式，它不只能佈置出詩的整體氛圍，也應當被視為建構一首詩的骨架與主

* 國立政治大學中文所博士候選人

1 有關楊牧如何採用頓呼格的手法來完成戲劇性的抒情（dramatic lyrics），參見黃麗明（Lisa Lai-Ming Wong）著，詹閔旭、施俊州譯，曾珍珍校譯，《搜尋的日光：楊牧的跨文化詩學》（*Rays of the Searching Sun: The Transcultural Poetics of Yang Mu*）（臺北：洪範書店，二〇一五），頁六四－八六。劉正忠述及鄭愁予早期詩作時，指出詩人藉由「你（受話者）——我（發話者）」的結構，形成「對面傾訴的氛圍」，特別是其詠物詩如〈桃〉、〈花圃〉等，構成初期作品的基本模式。劉正忠：〈伏流，重寫與轉化——試論一九五〇年代的鄭愁予〉，《清華學報》二四期（二〇二〇年十二月），頁二二一－二五。以此延伸而論，楊牧詩的「你——我」除了是發話者對受話者的傾訴，更形成詩人與內在自我對話的冥思，也透露他對文體形式之思考。

要概念。

在詩的傾訴結構中，「我」和「你」兩種人稱，構成了一首詩的對話基礎。對話，無非是人和人之間情感交換、傳遞的關鍵，詩就將如此一來一往的交涉、對抗、讓步，以及質疑與理解，完整的呈現。但是我們不能遺忘的是，詩的發生，最初起源於詩人面向內在自我的獨白。就如艾略特（T. S. Eliot, 1888-1965）著名的「詩的三種聲音」，第一種是詩人面對自我的聲音，對象也可能是無人（nobody），第二種則是詩人對預設的聽眾說話，第三種則是詩劇（poetic drama），在詩人創造戲劇角色時產生的韻文（verse）。[2] 由此而論，楊牧詩中的人稱就有了多樣的可能性。其中，情詩所展示的可能性十分豐繁。彷彿對著內在自我悠緩傾訴的態度，讓情詩之「情」不顯出唐突、躁進，取而代之的是因為種種不確定的感受，與隨之而來的猶疑和徘徊狀態。本文透過檢視楊牧詩中的傾訴結構，分別從「不在場的對象」、「一分為二的『我』」和「文體的互通」探討其效用與詩學意義。

不在場的對象：隱密的說話

在楊牧的情詩中，傾訴結構是最基本的模式。創作於一九七七年〈蘆葦地帶〉就是一個絕佳的例子，本詩開頭的第一節，詩人設置了「一個寒冷的上午」的時間：一個冬日，接續而至的是空間和人的情狀：「在離開城市不遠的／蘆葦地帶，我站在風中／想像你正穿過人羣」。藉此揭示出抒情主體「我」獨處的場景，而「想像」是這首詩的關鍵，正是因為這起手式的「想像」，預言了「我」和「你」之間難以平衡又不斷頡頏的關係，也暗示「我」對於「你」的強烈依戀，足以延續這份虛構的想像。

詩中「我」在這靜默等待與想像的情境裏，極為虔誠的「數著」並「揣測」周遭盆景、榕樹的身世，從「陽臺裏外」的線索，可以推測出「我」原來是置身室內的空間，而詩題所謂「蘆葦地帶」，或許是敘述者遙想兩人回憶的、存在於過去的地點，也可能是由此設想傾訴對象。這數行看似無足輕重的描述，事實上隱然傳達了「我」如何耐心的獨自度過某段時間。接著，我們發現這首詩最重要的傾訴對象「你」仍然不在場，第二節這麼寫道：「那時你正在穿過人羣／空氣中擁擠著／發光的焦慮／我想阻止你或是／催促你，但我看不見你」。一切都是從想像出發，那發光的焦慮其實並非來自「你」，而是在冬日的室內獨身等候（甚至不明白在等候甚麼）的「我」。

論者曾指出自《傳說》之後，楊牧的情詩隱去細節，因而使讀者難以索解，《北斗行》也是如此。[3]這其中隱含了為作品索隱的意圖，但是正因為抒情詩以精心布局的象徵、暗示與隱喻來構成，事件也經過裁剪和重組，凝聚出某一個經驗的片段。甚至，它的創造過程

2 T. S. Eliot, "The Three Voices of Poetry," in *The Complete Prose of T. S. Eliot. Vol. 7: A European Society 1943-1957*, eds. Iman Javadi and Ronald Schuchard (Baltimore: Johns Hopkins University Press, London: Faber and Faber, 2018), pp. 817-33.

3 丁旭輝：〈在天地性靈之間——楊牧情詩的巨大張力〉，《彰化師大國文學誌》二三期（二〇一一年十二月），頁一一一—一一三。

「是修辭的聯想過程，其大部分隱伏在意識的表層之下，是由一系列雙關語、音響環鏈、含糊其辭及頗似夢幻的依稀回憶構成之物」，抒情詩即誕生於這「聲音與意義」的結合。[4]若要憑藉詩來聯繫作者的生平紀事，難免猜臆的成分。儘管〈蘆葦地帶〉藏有許多「類似夢幻」的構成物，但它並非楊牧的晦澀之作，作為一首表達懸而未決之情的情詩，尚有許多值得詳讀的細節，也有像是「針頭扎疼了纏著線團的／食指：是的你也和我一樣／強自鎮定的，難免還是／難免分心」這樣明白淺顯的句子。「針頭扎疼食指」的動作描繪中，表現出戀人之間秘而不宣的心靈相契。而同一節內出現的「針黹」、「毛線」、「線團」等縫紉相關的意象叢，似在述說「我」希望補綴兩人之間的裂隙，更重要的是，預感事物即將在某個時刻改變，也為詩最後兩節的作鋪墊。

第二段的末兩節，是為全詩的收束之處。承繼著此前重複了兩次的「決心讓你表達你自己」一句，平靜的和諧狀態漸次的裂出不規則的紋理，而後終於崩坍：「直到我在你的哭聲中／聽到你如何表達了你自己／我知道這不是最後的／等待，因為我愛你」。[5]全詩採取「我－你」的傾訴結構，仔細慎微地選用物象來形塑抒情對象的樣態，又持護著一種時隱時顯的詩意，尤其結尾的「因為我愛你」，將此前的等待、悲哀，以及對不在場的你的諸般想像，凝鑄於這一行沒有回音的傾訴。

對於結尾那看似熱烈而坦率的告白，楊佳嫻嘗就全詩的結構而言，提出精確的解釋：「全詩從故作趑趄冷淡，到情感表現漸強，一點一點揭示脆弱，以承認假裝來帶出不再假裝，結尾的『我愛你』才能水到渠成，不顯庸俗。」[6]我們或可想像，寫下〈蘆葦地帶〉時，未屆不惑之年的詩人，雖然早已告別了葉珊時期的少年習氣，但在文學上執意追求理想的心意不變，譬如「對於詩的設想與憧憬」。[7]他在情熱與冷靜之間拿捏表白的節度，完成一首具有故事性的佳構。倘若就題目來說，詩人其實已經給出這首詩背後的端倪：離別的預感。蘆葦性喜潮濕，在古典文學傳統中多和寒夜、雨露、夜風等象徵季節與時刻的詞組一起出現，情感則多親友離別愁苦、孤獨自省的況味，例如賈島〈送耿處士〉：「川原秋色靜，蘆葦晚風鳴。」[8]而蘆葦亦名蒹葭，這當然讓讀者聯想「所謂伊人，在水一方」的情感隱喻，以及葉珊〈水之湄〉括號內的「寂寞裏——」。[9]上述的背景，使〈蘆葦地帶〉一詩更加

4 這是弗萊（Northrop Frye）為「典型的詩歌創造」給予的定義，見諾思羅普・弗萊（Northrop Frye）著，陳慧、袁憲軍、吳偉仁譯：《批評的剖析》（*Anatomy of Criticism: Four Essays*）（天津：百花文藝，二〇〇六，二版），頁四〇一。

5 楊牧：〈蘆葦地帶〉，《楊牧詩集Ⅱ》（臺北：洪範書店，一九九五），頁七九－八四。

6 楊佳嫻：〈如何親近楊牧的詩？聲響、火焰與泥土〉，「端傳媒」，來源網址：https://theinitium.com/article/20200318-culture-yang-mu-rip-by-yang-jia-xian/（瀏覽日期：二〇二三年三月十四日）。

7 楊牧於《瓶中稿》的自序提到年過三十的感慨，並認為那是一種介於少年與中年之間的狀態：「這時生命中總難免有一種奇異的衝斥力，又想突破現實的氛圍，那是一種尋覓摸索的心情，有點陌生，有點熟悉，略帶十五、六歲之迹像可是又不完全一樣……（中略）這其中尤其包括一些對於詩的設想與憧憬。」見楊牧：〈瓶中稿自序〉，《楊牧詩集Ⅰ》（臺北：洪範書店，一九七八），頁六一七。

8 唐・賈島，黃鵬箋註：《賈島詩集箋註》（成都：巴蜀書社，二〇〇二），頁一〇一－一〇二。

9 感謝審查人提示〈蘆葦地帶〉、〈蒹葭〉之間的互文性，本文由此延伸、聯繫葉珊的〈水之湄〉，勾勒楊牧詩「蘆葦系譜」的開端。

清晰可辨，這首詩始終盤繞著不安的情緒，楊牧以弛張有度的詩行，使得意義在明白和艱深之間求取平衡。而傾訴對象「你」的可解與不可解，也能同時彰顯。

有意思的是，頓呼格不只是作為表層的修辭手法，更值得被視為作者與讀者共享情感的重要媒介。一如黃麗明曾主張：「楊牧詩中的說話者分享著他的內在情感，這種作法最近於西方所定義的，抒情詩乃無意間聽到的言談——尤其是對『不確定、未具象化的他者』說的言談——這樣分享內在情感，並無礙於讀者對詩中真情流露的訴求做出回應。」[10]在詩裏，不一定指涉真實對象的「你」，產生了邀請讀者參與其中的效果。透過詩裏的不特定受話者（addressee），詩人擴大了想像的界限，讀者則帶著預先的期望來閱讀，從詩中獲得更新期望的可能性。後文以〈雙人舞〉為例：

你向東北偏東行
遂舉步進入了樹林，失蹤
但還在我眼神手勢和足音
在我具體的存有裏顫搖璀璨
我看不見你？我
只能這樣感知你是在那裏輕輕
踮起腳尖在長滿菇菌的方向

是輕輕遊走的。陽光傾瀉你身上

「雙人舞」這一題目所揭示的，是兩人——也許是戀人，或擁有默契的舞伴——相互配合，肢體相協調的動態。然而第一節中，進入樹林的「你」卻是「失蹤的」，楊牧詩中不在場的戀人，再度成為關鍵的傾訴對象。意念的綿延，就依憑著對於不在場的相思，繼續敷衍。羅蘭．巴特（Roland Barthes, 1915-1980）《戀人絮語》中，曾如此描述情人不在時的情境：「無時不在的我只有通過與總是不在的你的對峙才顯出意義。」[11]這當中值得注意的是，「對峙」所指出的人際狀態，既是相互抵抗，也是共生：你存在我之中，我的存在也因為你而完成。

傾訴對象的失蹤，反而成就了最頑固的在場（presence）。因此「眼神手勢和足音」有你，甚至「具體的存有」亦有你，使得敘述者「感知」到了對方各種「輕輕」的舉動，那很可能是基於想像和記憶的。推至第二節，接續著前一節「陽光傾瀉」，它如此開頭：「這時背景的晨霧／也已經散去大半」，似也在隱隱的暗示「我－你」之間的共舞，從起初充滿臆測、幻想的模糊地帶，逐漸來到一種較為清楚的狀態，並且變得更加動盪而激切：

---

10 黃麗明著，詹閔旭、施俊州譯，《搜尋的日光》，頁五五。

11 羅蘭．巴特（Roland Barthes）著，汪耀進、武佩榮譯：《戀人絮語：一本解構主義的文本》（*Fragments d'un discours amoureux*）（臺北縣：桂冠，一九九四），頁六。

這時背景的晨霧
也已經散去大半，枝枒依稀
摹仿你十指張開的手勢——
左右移動如暹羅，並以肩胛示意
我聽見岩層在黑土下吶喊釋放
當巨川切過高原，水與火交會
你低頭，在醒睡之間快轉
陽光迸濺，一如齒輪嗖喋
雷霆和閃電將你密密包圍

這一節裏，樹林不再只是「你」失蹤後的去向，更成為「你十指張開的手勢」的摹仿者。又見「你」的舞姿靈巧移動如暹羅貓，因而讓身體成為發話的主體，於是「肩胛」亦能夠「示意」。據此，陳芳明將它解讀為一首身體詩，與〈單人舞曲〉的旁觀角度相比較，更能顯現出「纏綿交織的激情」。[12]在詩集中並列的單人、雙人舞兩首詩，確實能大致區分出抽象、具象的分別，但相對清晰的〈雙人舞〉仍埋伏了許多可供詮釋的細節。

譬如，詩人並未言明那藉由身體所示的「意」為何，而是透過「聽」的感官，來感知內在的情動，隨即以「當巨川切過高原」一句轉為視覺層面的描寫，情意生發的過程均訴諸外在的象徵，巨川闢開土岩——不相容受的水、火在雙人舞裏終於交會，詩人以此比附情的運作，在顯、隱之間傳遞出「我－你」之間宛如秘密行動的雙人舞姿。接下來，「在醒轉之間快轉」一句所帶出的恍惚、迷離，也需要和「陽光」、「雷霆」和「閃電」等天象並觀。雙人舞的顛顛場景，就設置於這幻想凌駕的地方，並且呼應戀人內心的焦灼不安。同樣地，巴特對相思之情的闡釋，可以和這首詩相互參看：「情人不在場，所以她是談論的對象；而在我的傾訴中，她又是受話人，所以又是在場的；這個怪現象引出了一個無法成立的現在時態；我被夾在兩個時態中無所適從。」巴特進而將這「無所適從」稱為「焦灼不安的一種跡象」。[13]

如果說，詩的第一節是關於「你」在場的描述，由「我」對情人傾訴，那麼開頭與結尾的兩節，就展示了「你」不在場時，「我」嘗試談論情人、接近情人的方法，依憑著想像力的骨架。循著這一線索，就不難理解為何第三節中「我」的主導意識會陡然升高：

　　這一切都在我的允許之下

12 陳芳明：〈生與愛欲的辯證——以楊牧《年輪》與《星圖》為中心〉，《現代主義及其不滿》（臺北：聯經出版，二〇一三），頁二二四。

13 同前注，頁八。

完成了，我超越時空的靈視
乃是你的手勢和步伐一切的嚮導
這時遠處微微傳來了小河水聲
你驚覺蓄力，躍起
順著我的目光向前疾走
並在我指定的一點煞住，翻身
落下，反採行舟之姿
沿小河入平潮
向芰荷深處[14]

經過情感激越、意象豐繁、聲響震撼的第二節之後，詩的最末節改以「小河水聲」為主要的旋律，整首詩的跌宕之勢就更加明顯了。也就是從開篇的「輕輕遊走」、「吶喊釋放」到「微微傳來了小河水聲」，狀似在描寫「你」的樣態，以及人對山川景物的情感投射，這樣的起伏在詩裏，則具有組織結構和推進敘述的作用。創作活動經常被類比為一種創造世界的過程，儘管那世界是抽象的、幽微的，甚至是隱密不宣的。詩中「我」是創世者，在那秘密的地方，詩能使人「超越時空」，以「靈視」而非有限的身體感官來觀看。

〈蘆葦地帶〉、〈雙人舞〉中的傾訴對象，都是不特定的指涉目標，形成了詩人彷彿在對內在自我說話的情況。將這二首詩和楊牧其他的情詩代表作相比，更能見出差異。例如有具體傾訴對象的〈帶你回花蓮〉、〈花蓮〉，以及充滿溫馨氛圍的〈盈盈草木疏〉等作。〈蘆葦地帶〉、〈雙人舞〉這一類詩作中，透過傾訴對象「你」的不確定與曖昧性，反而開啟了共感的空間，讓讀者涉入詩人私語的世界。

一分為二的「我」：虛構與審視

葉維廉為《傳說》所作的跋中，主張葉珊抒情詩的「敘述」特性乃仰賴於詩人面向內在自我的話語，因此具有若斷若續的表現：「詩人假想一個聽眾，而常常是自己對自己說話，所以其狀出神，其語態是獨白的自言自語，其旋律斷續如夢，依賴自由聯想，多以回憶為線。」隨後又言：「最純粹的抒情詩根本沒有『敘述的程序』」，更明確可見的，是敘述的意味。[15]可見詩人在敘述事件時「意味」多於「程序」的創作意圖。基於以上的前提，我們在楊牧的詩中甚少獲悉事件發生的因果與邏輯，但是，無論是否有明確的故事梗概，並不妨礙讀者進入他以詩建構的空間，那是通過特定時刻的情感、經驗，使記憶穿行在不同時空中，所凝聚出的情境。誠如奚密的討論，葉珊不取現代主義中的反抒情成分，而早在《葉珊散文

14　楊牧，〈雙人舞〉，《楊牧詩集III》（臺北：洪範書店，二〇一〇），頁四八－五〇。
15　葉維廉：〈跋〉，收入葉珊：《傳說》（臺北：志文出版社，一九七一），頁一二六。

集》中就自稱「右外野的浪漫主義者」的他，[16]是一個「游離在邊緣的現代主義者」。[17]這種游離的情況，到了詩人易名為楊牧之後有了轉向。

楊牧詩中「我－你」傾訴結構的另一類情況，雖然指明了寄奉的對象，但此對象是抽象的神祇或精靈，例如作於一九三三年、楊牧任教於香港期間的〈致天使〉。反映出詩人對無可名狀的神靈的傾訴，更重要的是藉此反省自身——擁有有限的生命與時間的人類，胸臆中的孤獨和失落。〈致天使〉的起首，就在一種盈滿遺憾、未完成的心境中展開：

風暴始終沒有成型，曳尾
跌撞入大海，失約的天使
看我茶几上一封潦草寫完的信
隔行都是感慨
取代現實強制
不忍的嘆息，我以為可以
在你的聲勢裏收筆
但不知道為甚麼
以為可以

省略了主語的敘述，讓詩中首先躍現的「曳尾」、「跌撞」兩個動作，有了帶出懸念的意味。「失約的天使」登場，使得開頭二行的意義能夠相互完足、補充，接著，詩人將感慨寄予「一封潦草寫完的信」。而後隔兩行重複了「以為可以」一句，除了是自我指涉的呼應前面所提到的「隔行都是感慨」，也藉由跨行複沓的方式，讓情感反覆渲染至深，並強化第一節結尾的語氣。

情詩中的不特定指稱對象，開放了文本解釋的空白，讓讀者參與了共感同情的可能性，而詩人具有一定的主導意識。在寫給抽象對象的詩裏，則可見懇切、祈禱和期拜的腔調，那是對神祇傾訴的姿態。如本詩的最後一節：

天使，倘若你已決定拋棄我
告訴我那些我曾經追尋並且擁有過的
反而是任意遊移隨時可以轉向的

16　葉珊：《葉珊散文集》（臺北：洪範書店，一九九四），頁一一〇。
17　奚密：〈楊牧：臺灣現代詩的Game-Changer〉，收入陳芳明編：《練習曲的演變與變奏：詩人楊牧》（臺北：聯經出版，二〇一二），頁二二。奚密也已說明一九五〇年代臺灣現代詩的理論發展中，紀弦提倡的現代主義是「反抒情主義」，但這並不等同於「反抒情」。她以葉珊〈屏風〉（一九七一）一詩驗證現代詩中相互表述的抒情性和現代性。見奚密：〈反思現代主義：抒情性與現代性的相互表述〉，《渤海大學學報》四期（二〇〇九年四月），頁五－九。

如低氣壓凝聚的風暴不一定成型
倘若你不能以持久，永遠的專注閱讀
解構我的生死[18]

延續第一節的「失約的天使」，引出了一幅孤寂現代人的自畫像。這裏，「我」和「那些我曾經追尋並且擁有過的」，乃是兩個相對的主體，在詩行發生的當下，「我」已經不再「擁有」了，它們「任意遊移」而且「隨時可以追向」。這當中指示了「我」曾追尋、擁有的，實為不斷變動、未必成形的事物，賓語已經被隱去，而是採取連續二行「……的」的句式，如鄭毓瑜對現代詩句法的討論，藉此來達成聯繫、並列的作用。[19]這不只解構了那些「曾經追尋並且擁有過的」事物，以「任意遊移」、「隨時可以轉向」來重新認知。或許，也可以將這樣的轉向意識解釋為從著重典律與理性秩序的現代主義追求，到去中心的後現代主義進程中，人們所面臨的混亂、非理性的狀況。當然，後現代主義很難以特定的「起點」來標記，但這種思維、情感混雜的歷史背景，可供我們閱讀〈致天使〉時的一個基準點。

詩的最後，楊牧提出了他念茲在茲的主題：生與死。眾所周知，他曾藉由詩文多次觸探生死的意義，比如〈破缺的金三角〉記述他任教於華盛頓大學的感悟，有如後的思考：「無非是生長的活力陪伴著我，彷彿走向一條無止境的愛與慾的，宗教的歷程，無非生死，死的溫存招喚我，一步一步解卸我多年累積的神祕經驗，我逐漸成型的不可知論。」[20]生的力量陪伴著「我」，與此同時，「死的溫存」也從某個方向給出牽引的手勢。以此角度來說，〈致天使〉中的天使更趨近神祕經驗的重述或者想像，而詩中以兩次「倘若」的假設語氣開頭，正顯現了詩人試圖質問生死之意義時，那反覆不定的徘徊，一面向死，一面向生。這之間所產生的張力，是為藝術創造的重要驅動力。

〈致天使〉也可以和一系列寫於二十世紀末的詩作並觀，它們皆收入《時光命題》。這本詩集的後記裏，楊牧明確指出一九九二年的九月，他置身異鄉眺望水灣時的心中升起的意念，他對自己說：「這個世界幾乎一個理想主義者都沒有了——縱使太陽照常升起。」又說：「二十一世紀只會比這即將逝去的舊世紀更壞——我以滿懷全部的幻滅向你保證。」[21]這是複錄〈樓上暮〉一詩的句子，詩人再度以「我－你」的語態，呈現出他對內在自我的傾訴，並且表明了身處新舊世紀交替之際的憂慮，那憂慮是一位知識分子的憂憫，新的時代忽焉而至，但是歷史非線性發展，舊時代的耗損、頹喪會不斷的重複。

18 楊牧，〈致天使〉，《楊牧詩集III》，頁一六八－六九。
19 鄭毓瑜從句法與歧義的角度分析戴望舒〈我底記憶〉、卞之琳〈長的是〉，說明戴望舒以「我」和「我底記憶」之間形成主體彼此觀看與互動的暗示，卞之琳詩中「的」之作用在於聯繫或並列同類事物，而不是為「層層修飾以聚焦個別事物」。見鄭毓瑜：《姿與言：詩國革命新論》（臺北：聯經出版，二〇一七），頁二六九－三一五。引號內文字見頁二九六。
20 楊牧：〈破缺的金三角〉，《奇萊後書》（臺北：洪範書店，二〇〇九），頁三五九。
21 楊牧：〈《時光命題》後記〉，《楊牧詩集III》，頁五〇二。

當這樣的思維體現在詩中，經常是以「我」對著某一受話者「你」說話來鋪衍，如此一來，不只是將自我一分為二，也在敘述與抒情之間，定位出一個適宜詩語言的型態，以〈樓上暮〉的第一節為例：

熾烈的太陽急著想休息了，秋天
將你頸後隱晦的毫毛絲絲辨認
對著我霜雪儼然的兩鬢剖柚子
越剖越虛無。最遠處
一艘遠洋貨櫃輪在水平線上
靜止如尺蠖剛剛將腰貼緊雨後的梧桐葉時

時節正是秋天，詩人拆解「秋毫」的熟語，將季節運行下的身體細微變化一一照見。接著出現一個狀似突兀的動作：「剖柚子」，竟是「越剖越虛無」，水果呼應了這首詩所設置的季節，也能解釋為中秋節日文化傳統的象徵，然而在詩人這裏卻是朝向「虛無」，恰恰呼應了「世紀末的憂慮」這一主題。再來，第二節是這麼寫的：「其實／其實一切都是在動的」先以「動」來回應前一節的「靜止」，是詩人身處世紀末的游移、憂心之下，所產生的自我否定態度，而後我們發現，看似從肯定到否定的轉變，其實是從面對外部世界的觀察，轉而向內在

「窺視」和「召見」的過程：「包括我微微作痛的我以及／你的心，飄流的雲在水裏窺視自己／如何以點點清淚照見自己」。[22]他以「水」為鏡子，設想自己就像飄遊不定的雲一般，在水中看見己身的形影，此即暗示著詩中的「我」、「你」本為一體。「我」設想一個從旁審視的角度，實為抽離自我的冷靜凝視。

〈最憂鬱的事〉設置了一個不同時空、環境與心境的自己，在世紀末的巨大失落中，意圖追回那些消逝的季節。「我－你」之間的情感，依憑春雨（水）的流動、滌洗，乍現於記憶之中：「春天的雨水曾經洗亮／我們的額，手臂，和對細沙裸露的腳趾／它翩翩旋飛將一羽啁啾落在你與我當中」。過去之不可能復返，向來是詩人起心動念的原點，或者稱其為幻術，或者是縈繞心中的咒語，春雨之美好和潔淨，總已經是過去了的。詩的最後一節，承接前一節的結尾「晚霞在相反的天邊以預言之姿」，這一次分節的作用，不但切分出詩中時間的過去和未來，也使整首詩必須被視為一個整體，而非能獨立抽取的片段、句子。詩的最後，如此接續：

向你立足的地方延燒，那些
都還在虛實間搖曳不止

22 楊牧：〈樓上暮〉，《楊牧詩集III》，頁一五八。

透明的舊愁和著喜悅
不能溶解的
是記憶
沉澱在冷卻的淚。我以
求援的神色問你[23]

一面揭示出明亮的圖景，一面卻提醒著讀者那是「已經散去了」、那是「那時」所發生的事，而非現在，是記憶使人在虛實之間擺盪和留戀，它就此將現在的我、過去的你一分為二。這之間所張開的距離，正是「最憂鬱的事」所要指明的對象。

文體的互通：搜索與探求

延續詩中說話者、受話者的討論，接著觀察楊牧曾潛心試驗的戲劇獨白體（dramatic monologue），[24]許多學者已經詳談過楊牧如何運用這一體式。[25]楊牧的戲劇獨白體名篇如〈延陵季子掛劍〉，以春秋時代季札對徐君的信諾為史實基礎，反照詩人自身的景況和「儒中有俠」的精神追求；揣摩《紅樓夢》中妙玉聲腔的〈妙玉坐禪〉，迫問情、美和慾望的宏大命題；又如從西藏活佛轉世構想的〈喇嘛轉世〉，以宗教文化為支點，撐起他對人間處境的關照。依據亞里斯多德《詩學》的看法，詩人和史家的區別，在於詩人描述「可能發生之事」，史家「所描述者為已發生之事」，詩所陳述者具有普遍性質，史家陳述的則是特殊的事件。[26]無論重寫的「底本」來自虛構的敘事作品或史家的記載，[27]上述詩作綰合了古典元素與現代意識，詩人則在詩行間轉換不同的面具（persona）以發聲，造就這一戲劇獨白體成為經典的楊牧詩體裁。

楊牧的戲劇獨白體，受艾略特、勃朗寧（Robert Browning, 1812-1889）影響最深。在〈抽象疏離　下〉中，楊牧指出詩的密度得以維持故事的結構，繼而將詩的抒情、言志功能發揮到極限，同時，又能為讀者保留足夠的想像空間，因此戲劇獨白體是最適切的書寫策

23 楊牧：〈最憂鬱的事〉，《楊牧詩集Ⅲ》，頁二〇四－二〇五。

24 楊牧對戲劇獨白體的試驗，大約始自《傳說》（一九七一）。現代漢詩人在詩中融入戲劇的敘事性時，多轉化近代英詩的形式並承襲中國的敘事用典傳統，例如吳興華（一九二一－一九六六）〈給伊娃〉。晚近的例子如臺灣詩人陳黎（一九五四－）、羅智成（一九五五－），《中國時報》於一九七九年設立敘事詩獎，為敘事詩的創作風氣推波助瀾。有關敘事詩、戲劇與現代詩的發展脈絡，亦見張漢良：〈從戲劇的詩到詩的戲劇——兼論臺灣的詩劇創作〉，《創世紀詩刊》四二期（一九七五年十二月），頁七四－九〇。解昆樺的研究則著重現代詩劇的展演、實驗性和複合文體的特質，解昆樺：《繆斯與酒神的饗宴：戰後臺灣現代詩劇文本的複合與延異》（臺北：臺灣學生書局，二〇一六）。

25 包括賴芳伶：〈孤傲深隱與曖昧激情——試論《紅樓夢》和楊牧的〈妙玉坐禪〉〉，《東華漢學》三期（二〇〇五年五月），頁二一八－三一六；劉正忠：〈楊牧的戲劇獨白體〉，《臺大中文學報》三五期（二〇一一年十二月），頁二八九－三二八；黃麗明著，詹閔旭、施俊州譯，《搜尋的日光》，頁二七－八六。

26 亞里斯多德（Aristotle）著，姚一葦譯註：《詩學箋註》（臺北：臺灣中華書局，一九九二），頁八六。

27 例如張松建就認為這些題材未必涉及史實，但從中引出詩與真的命題，也透露文學再現歷史的兩難，值得深入探討。張松建：〈詩史之際——楊牧的「歷史意識」與「歷史詩學」〉，《中外文學》四六卷一期（二〇一七年三月），頁一二四。

略：

> 我最好的策略就是採取一種獨白的體式，逕取一特定的第一人稱之位置，置於稍不移易的場域，通過文字語氣之指涉逐漸揭開前因後果，使之交集於一舞臺之當下，故稱為戲劇獨白體，相當於英詩的 dramatic monologue。[28]

將戲劇獨白的成分引入現代詩，原本就出於文類之間的相互滲透、融合的觀念。這不僅使得詩、散文、小說的寫作意識上得以互通，我們也能從楊牧詩中有意為之的、複沓的音韻，發掘歌謠（ballad）的蹤跡。此外，戲劇獨白體轉化了敘事文體、中國傳統戲曲的因子，尤其在楊牧詩中，套語結構的運用更凸顯出「聲音」的可表演性。[29]

從「葉珊」到「楊牧」，顯示了詩人風格與創作意識的變遷，葉珊時期的最後一本詩集《傳說》（一九七一），是他繼一九六〇年代的《水之湄》、《花季》和《燈船》之後的力作。《傳說》收入的戲劇獨白體即為〈延陵季子掛劍〉，是詩人重新思考「詩言志」問題的原點。[30]唐捐認為這本集子「標誌著詩壇新典範的形成」，[31]自此，楊牧奠基了他在現代漢詩史上的定位。《傳說》中的詩作，大多在他柏克萊攻讀博士時期寫就，〈前記〉述及他如何反覆琢磨詩的技巧，那正是在否定和重建之間不斷的重複，以內省的眼光檢視自我的詩風歷程：「我幾乎沒有一刻能夠執著於一種風格一種觀點一種技巧，總是在瞬息變化中不斷地駁斥，否決，摧毀——

摧毀自己的過去。」[32]這一說，貫通了楊牧前後期的風格演變，包括他所關注的典範挪移，從浪漫主義過渡到現代主義的軌跡，這個隱約變化的軌跡，也體現於他在散文體式上的多方嘗試。譬如《年輪》（一九七六）裏若斷若續的統合詩、文的形式，敘事時間穿梭於柏克萊、「北西北」的西雅圖，時而回顧年少時親近的花蓮，又以迷離的夢境光影來擾動現實的記述。

楊牧融匯各種文體特質的作法，運用於散文的寫作上。譬如收入《方向歸零》的〈她說我的追尋是一種逃避〉，敘事者「我」和「她」之間展開了探索愛與美的辯詰，[33]並且在迂迴、不安的尋覓中，「我」途經細雨的黑夜、森林，有時又是春夜，在意識的世界裏築起光榮神祇的神廟。一切因幻想的意念而起，「我」在景物紛然的場景跳躍中，不斷反思自己所

---

28 楊牧，〈抽象疏離　下〉，《奇萊後書》，頁二三五。

29 張漢良：〈從戲劇的詩到詩的戲劇——兼論臺灣的詩劇創作〉，《創世紀詩刊》四二期，頁九〇。

30 楊牧曾憶述〈延陵季子掛劍〉的創作歷程及感發，戲劇獨白體的第一人稱尤其適宜發抒感慨與言志：「我寫〈延陵季子掛劍〉定稿前一年至少寫過三個草稿，皆棄去。現在是因為思考方向已定，正探索新的表現策略，遂想到友情然諾的主題，自覺可以權且進入季子的位置，扮演他在人情命運的關口想當然所以必然的角色，**襲其聲音和形容，融會他的背景，經驗，直接切入他即臨當下，發抒他的感慨，亦詩以言志之意**。」楊牧：〈抽象疏離　下〉，《奇萊後書》，頁二三二。強調為附加。

31 唐捐：〈春夜讀楊牧，重建多神的星空〉，「端傳媒」，來源網址：https://theinitium.com/article/20200322-culture-yangmu-poetry-tang-juan/（瀏覽日期：二〇二三年三月十四日）。

32 葉珊：〈前記〉，《傳說》，頁一。

33 石曉楓詳論〈她說我的追尋是一種逃避〉透過將自我一分為二，創造出「具有靈視的神異瞬間」，見〈回憶與靈氛——楊牧「奇萊書」系列中的時間敘事〉，《成大中文學報》七〇期（二〇二〇年九月），頁一八七－一八八。

求者究竟為何，進而說道：「在那寂寥沒有方向的夜晚裏，我將自己一分為二。」值得留心的是，這篇散文中將「我」分為二的說法，不僅可以與後文的獨白體相呼應：「這分裂是自覺的，完全自覺的。我不知道自己比較喜歡扮演那一個。天上的呢？地上的呢？我是我自己的演員，我自己的觀眾，熱衷，專注，無比感動。」[34]隱約也在回應前文曾提過的、艾略特所言詩人的三種聲音，詩人對虛設的聽者說話，那最初的聽者總是自己，自己於是就成了辯駁者、懷疑者，乃至搜索者。

細讀〈她說我的追尋是一種逃避〉，我們亦能捕捉到中國現代派詩人的蹤跡，從而彰顯楊牧對「詩的聲音」的體會與實踐。楊牧明引戴望舒的〈雨巷〉（一九二七）第一節，這首名詩承繼古典詩詞中丁香的幽婉意蘊，取其柔弱、亂結的屬性，戴望舒經由複沓的筆法，將其演繹為抒情主體「我」徬徨等待、期盼的對象。在楊牧這裏，尋覓未果的不確定感，延續著「我」和「她」的對話，而後，終於得出那使人費疑猜的「結著愁怨的姑娘」，其實正是「我自己」。[35]這迴環往復的思索過程，恰是楊牧所謂「不可知論」的一種顯現，他透過形式自由的散文體裁，來往的對話機鋒、強調聲音和顏色的虛實景物，連貫詩人的追尋之旅。稍後，楊牧寫道：

> 我默唸「丁香一樣地結著愁怨的姑娘」，不甚了然。丁香是甚麼呢？只在詩詞裏看過，在手抄的現代詩裏，在五代：風裏落花誰是主？思悠悠，青鳥不傳雲外信，丁香空

> 結雨中愁。大概就是這個吧。這個和思念有關係，和期待有關係，而丁香好像一定和雨相干的，和愁相干的。然而甚麼是愁，甚麼叫愁怨呢？不能全懂。
>
> 也許這追尋真是一種逃避。[36]

詩人意圖藉由反覆唸誦〈雨巷〉的句子，一步步接近事物的理型。更關鍵的是，前述的這段引文裏，關鍵的意象「丁香」，已經在前人的基礎上煥發出新的意義，詩人發覺這無盡搜索的對象，竟充滿了未知與更深的迷惘。當然，我們也不能忽略戴望舒在一九二〇至三〇年代期間，所從事的文學創作和翻譯活動所隱含的現代性、先鋒性，以及他對政治革命與文藝美學之間兩難處境的思索。[37]熟悉民國新詩的楊牧應對此十分熟稔，這樣看來，引用〈雨巷〉一詩，一方面是在修辭層面上，對古典意象和民國新詩的互文；另一方面則是基於詩人的歷史意識，提出個人對冥奧的藝術追求之肯定。

〈她說我的追尋是一種逃避〉以尋找一個未可觸及的對象為主軸，和《方向歸零》的諸

---

34 此二段引文均出自楊牧：〈她說我的追尋是一種逃避〉，《方向歸零》，頁一三一。

35 同前注，頁一三〇—一三一。

36 楊牧，〈她說我的追尋是一種逃避〉，《方向歸零》，頁一四〇—四一。

37 鄭可怡：《黑暗的明燈：中國現代派與歐洲左翼文藝》（香港：商務印書館，二〇一七），頁三五—三六。

38 楊牧：〈你決心懷疑〉，《方向歸零》，頁六四。

篇意旨能產生共振的關係。又如同一本散文集裏的〈你決心懷疑〉，少年詩人形象再次躍現，他在夢中猶追尋詩的蹤跡。[38]楊牧經常將在詩文中調度中西、現代與傳統的文化資源，我想指出的是他如何以自然的行文將這「學思」的過程和創作融合為一體。首先，見這一段引文：「只在詩詞裏看過，在手抄的現代詩裏，在五代。」上下求索的經歷，神思飛揚的狀態，本來屬於個人對於歷史和知識的接收、彌縫與轉化過程，經常是詩意發生的源頭，並且在楊牧的晚期作品中也屢屢可見，他融入了戲劇獨白的構想，創造發話者「我」和受話者「你」的位置。又如〈歲末觀但丁〉起自他閱讀谷斯達弗・朵芮的《神曲》插圖本：「我隨著你畏懼的眼放縱尋覓，是非／紛若處看到詩人雜沓的地獄。」[39]儼然是將單向的「閱讀－接收」的過程，進一步複雜化，使之成為「閱讀－接收－創造」的動態性進程。

將自我一分為二，有時似乎是有意讓文脈更趨複雜。此前已有論者提到一九九五年發表的《星圖》是比《年輪》更內斂、更唯我的作品，[40]李奭學則稱這《年輪》和《星圖》「在指涉上可謂盡迂迴之能事」。[41]形式特殊的《星圖》，以不同的星象連綴記事，探問戰爭、愛和孤獨的命題。例如書中出現了被敘述者稱為「另一個自我」的S，他像影子一樣跟隨著人的形體，是為影子的擬人格，比起拘執於物質性存在的A（在文中即為敘述者「我」），更勇於提出質問和懷疑。面對S，敘述者的回應則如〈她說我的追尋是一種逃避〉中所表現的一般，正處在迂迴和反覆辯證的過程：

「沒有人瞭解你。」S說。
「不見得。」A屢次否認。
「不要逃避現實，」S堅持：「你是一個寂寞的人。」[42]

上述的幾則例證，均可見楊牧對戲劇獨白體的實踐，是透過在傾訴結構上進一步的深化。不只體現在詩的精密佈局中，也可見於其他形式的創作，從而顯現了楊牧的文體實驗態度。乍看之下，與現代主義詩潮中風行一時的超現實、前衛藝術並不親近，也未見象徵主義影響下的具象詩技巧（而獨體的漢字正是最適宜創作具象詩〔concrete poetry〕的媒介）。但是，他對超越文體框範的思索，調度中西文化結晶的手勢，足以在眾聲紛亂的詩法實驗當中，拓寬了一條取法文學理論、史傳典籍和文化養分的進路。

39 楊牧：〈歲末觀但丁〉，《長短歌行》（臺北：洪範書店，二〇一三），頁一一九。劉正忠曾針對本詩有詳實的分析，見劉正忠：〈黼黻與風騷——試論楊牧的《長短歌行》〉，《中國現代文學》三四期（二〇一八年十二月），頁一四九－一五〇。

40 張期達：〈楊牧的涉事，疑神及其他〉（桃園：國立中央大學中文系博士論文，二〇一六），頁一一六。

41 李奭學：〈雪虹鱒旅程——評楊牧著《星圖》〉，收入須文蔚編選：《臺灣現當代作家研究資料彙編50 楊牧》（臺南：國立臺灣文學館，二〇一三）。

42 楊牧：《星圖》，頁八八－八九。

結語

本文探討楊牧詩的傾訴結構，旨在檢視「我－你」的詩意模式，如何在表達情感、佈置情節的目的之外，衍伸而出的重要議題，包括抒情詩對回憶的虛構性創造，乃至歷史意識的表述、文體互通的試驗，從中浮現的是現代詩更多樣、豐繁的可能性。楊牧〈北濱〉（二〇一四）詩中寫道：「朝向最晦澀的高度浮升」，[43]這是楊牧晚期作品中的主旋律，以「晦澀」為關鍵字，當我們觀察他過去的文學實踐——包括詩、理論的建設和自述性的散文，就足以發現「晦澀」很可能是這諸多實踐的終極目標之一。「晦澀」所意謂的是意義的相互交織、辯詰。傾訴結構作為楊牧的詩學方法之一，不只透過將「自我」一分為二的方式來反覆辯證，也從戲劇獨白體中尋找新的、言說的方式。從具體可辨的受話者、具有明確指涉的對象到自我主體的分化、對話，傾訴結構容納詩人身處當代社會、文化與環境的省思，以及能不斷更新的抒情效用，實具有值得探索與拓展的空間。

43 楊牧：《微塵》（臺北：洪範書店，二〇二一），頁二〇。

逆寫歷史

——論楊牧的《五妃記》

利文祺*

愛德華·薩依德（Edward Said）在《文化與帝國主義》（*Culture and Imperialism*）的開頭指出：「訴諸『過去』是解釋『當下』最常見的策略之一。」[1]他認為，這種策略不是根植於擔憂「過去」發生之事，而是對「過去」是否真正「過去」，或是以不同形式而存在的不確定性所引發的自然反應。[2]「過去」顯然會影響「現在」，但它也可以與「現在」共存。我們如何表述、代表、判斷或批評歷史，塑造了我們對「現在」的理解和看法。[3]「現在」和「過去」的共存性則引發另一個更困難的問題：帝國主義是否會走到盡頭？對於薩依德而言，歐洲帝國主義的遺緒仍籠罩著美洲、非洲、印度、加勒比海和澳大利亞。[4]殖民者和被

* 牛津大學訪問學者

1 Edward W. Said, *Culture and Imperialism* (New York: Vintage Books, 1993), p. 3.

2 Ibid., p. 3.

3 Ibid., p. 4.

4 Ibid., p. 5.

殖民者之間的分野持續存於所謂的南北分歧（Global North and Global South），這分野造成「各種言辭和意識形態的鬥爭，以及極有可能引發毀滅性戰爭的敵意」。[5]

歷史作為力史

雖然國民黨在後威權時代的大敘事已經被解構，但仍陰魂不散地纏著臺灣，如以中國為本位的歷史和地理教材，忽略了臺灣本土的故事，或者是將臺灣視為反攻大陸的基地，想著回歸中國並拒絕本土化。這些意識形態最後都成為各類的文化、經濟、歷史、和政治論述，進而規訓了我們的思想和身體，使我們相信臺灣人亦是中國人，臺灣屬於中華民國，甚至是兩岸一家親，兩岸同屬一中。

在白色恐怖時期，國民黨擅長透過大中國的歷史論述，來邊緣化臺灣，以此塑造國家認同和維護自身利益。米歇爾．傅柯（Michel Foucault）認為，「知識」與「權力」密不可分。從傅柯的角度來看，「權力」的體現不在於當權者本身，「權力」的體現也不在於當權者所持有的物件。「權力」是通過「非對等關係的交互作用」所產生。[6]同樣地，「知識」的建立與陳述、工具、實踐、技能、社交網絡和機構相關。[7]「國家主權」則是通過「知識權力」的實踐，並壓制「錯誤和非理性，即那些不符合規範並與制度的事物」，從而將權力產生的「知識」等同於「大一統的真理」。[8]這種「知識力量」（knowledge-power）通過媒體、宣傳、教育和流行文化傳播，並宣傳對政府有利的歷史觀。因此，「知識力量」，不僅形塑「歷史」，控制人們如何看待「歷史」，當這種「知識力量」和對自己有利的「歷史觀」纏繞的時候，「歷史」更可以被視為一種「力史」。這種「力史」，或者如杜贊奇（Prasenjit Duara）所言的「大寫的歷史」（History with a capital H），[9]對國民黨統治下的臺灣人灌輸了一種以中國為驕傲的情緒，一種愛國，一種大中國主義。

然而，「有權力的地方，就有反抗」，傅柯如是說。[10]反抗有多種方式，但絕對不在於權力之外。反抗始終在權力、在整個系統內部。[11]本章受傅柯的歷史研究所啟發，討論楊牧如何重塑臺灣歷史，強化本土認同，藉此抵抗國民黨的宏大歷史敘述。我將閱讀一九九〇年的《五妃記》，討論楊牧如何改寫歷史，如何以多種文學手法表現人物，使女性人物脫離原本的國民黨論述，如何重新排列按時間順序以創造新的歷史關係，如何渲染角色的情緒，從而

5 Ibid., p. 17.

6 Michel Foucault, *History of Sexuality*. Vol. 1. Trans. Robert Hurley (New York: Pantheon Books, 1978), p. 94.

7 Joseph Rouse, "Power / Knowledge," in *The Cambridge Companion to Foucault*, ed. Gary Gutting (Cambridge: Cambridge University Press, 2005), p. 113.

8 Ibid., p. 106.

9 Prasenjit Duara, *Rescuing History from the Nation: Questioning Narratives of Modern China* (Chicago: University of Chicago Press, 1995).

10 Michel Foucault, *History of Sexuality*. Vol. 1, p. 95.

11 Ibid., 96.

破壞官方的歷史敘述。楊牧的文本展示了「文學」如何和「歷史」交融，也鼓勵臺灣人質疑權威，了解自身的歷史，思考自身的社會狀況，最終能在區域和全球的語境之下重新定位自己。

她預知大難

隨著一九八〇年代和一九九〇年代的社會運動催生了臺灣意識，楊牧創作了幾部作品來表達他對政治權威的反抗。其中，《五妃記》殘稿展現了詩人如何以過去的歷史反思當代現況。歷史上，明朝的孤臣鄭成功抵抗清朝未果，最後逃往臺灣建立政權。他在一六六一年建立東都，並於次年逝世。而後鄭經繼位，改國名為東寧，東寧這名字暗示了在此安居，不再心繫反抗。當明朝其他的孤臣和貴族逃往臺灣的同時，寧靖王朱術桂也於一六六三年來臺。然而，曾經如此繁榮的東寧王國卻在鄭克塽的統治下逐漸衰弱。一六八三年，原本為鄭成功手下的將領施琅率領軍艦攻打澎湖。七月，寧靖王見戰敗不可避免，攜五妃自盡。

這場悲劇啟發了楊牧創作具有莎士比亞風格的歷史劇《五妃記》。目前只見三個片段，分別為〈她預知大難〉、〈施琅發銅山〉、〈寧靖王歎息羈棲〉，質量雖少，卻足以看見詩人欲以另一種敘事模式對抗「大寫的歷史」的企圖。黃麗明特別指出，與「官方」所寫的政治史相比，楊牧在他的角色獨白中創造了多樣化的聲音，這「挑戰了漢族父權體制的歷史寫作」。[12]張松建也認為，楊牧的創作技巧是為了遠離以中國為中心的敘事，並傳達一種臺灣的歸屬感。[13]然而，雖然兩位學者注意到詩人對抗以中國為中心的官方敘事，並展現歷史的多種聲音，他們卻忽略了楊牧所採用的策略，以及他如何看待作為「權力」的「歷史」，如何使用官方認可的歷史材料重塑故事。

在第一個片段〈她預知大難〉，詩人展示了被邊緣化的女性如何積極參與歷史。首先要注意的是，楊牧錯將歷史中的「秀姑」和「荷姐」，誤植為「秀姐」和「荷姑」。這樣無心的錯誤正巧留下了線索給後來的研究者，使我們能發現原來楊牧所依賴的文本為連橫的《臺灣通史》，因為在眾多歷史材料中，只有這本歷史材料是如此誤植。這樣沿用國民黨所推崇的經典歷史作品並且加以改寫，也呼應了我所提到的如何反思官方敘述。

在《臺灣通史》中，連橫將妃嬪描繪為寧靖王壯烈犧牲的陪襯。她們出現在寧靖王一章中，角色扁平，幾乎沉默。她們唯一「獻聲」的場景是在寧靖王自殺之際，她們道：

> 殿下既能全節，妾等寧甘失身？王生俱生，王死俱死。請先驅狐狸於地下。[14]

---

12 Lisa Lai-ming Wong, "Taiwan, China, and Yang Mu's Alternative to National Narratives," *Comparative Literature and Culture* 8.1 (March 2006) (CLCWeb: Comparative Literature and Culture): p. 5.

13 Songjian Zhang, "Historical Imagination and Cultural Identity: Revisiting Yang Mu's Poetics of History," *Frontiers of Literary Studies in China* 13.1 (2019): 68.

14 連橫，《臺灣通史：下冊》（臺北：臺灣通史社，一九二一），頁八二一。顯然，楊牧依據的底本應為連橫的《臺灣通史》，因為兩位作者都顛倒了歷史人物「秀姑」、「荷姐」的名字，寫成了「秀姐」、「荷姑」。

古人相信狐狸會佔據空墳，因此五妃願意先行自縊，並到墳裏幫夫君趕走狐狸。

在楊牧的版本中，秀姐首先頌揚了大約同時移居臺灣的詩人沈光文，她認為沈光文是「一個完全不尋常的人／思維深刻，擔負著先人的／光榮，羞辱，罪愆」。[15]她記得有一次沈光文問她：「今夕何夕？」[16]她以詩的語言回答：「月圓遍照無底，腥風飆舉／狂眼鉅大如幕，網羅鐵甲船舶／吞噬百面戰旗」。[17]這是她對清朝海軍逼近的比喻。之後，她似乎預見了東寧王國的垮臺：「那是可預知的災難／但我寧可使用謎語」。儘管王權覆滅的逆境是可以預見的，但她仍轉向臺灣美麗的山水以尋求安慰，提示「和風麗日的早晨」，「樹葉競生」，鳥兒鳴叫啄食，蜜蜂嗡嗡採蜜，還有「青蠅／在蜘蛛網裏鼓翼掙扎」。[18]青蠅在蛛網中掙扎暗示了五位妃子反抗那不可違逆的命運，反抗父權體制下的歷史敘事。之後，她稱讚盛大的夏天：

啊夏天，華麗的劇場
舒暢，明朗。所有的生物
都在安排好了的位置搭配妥當
成長，讓我們也在精心設計的
佈景前專心扮演指定的角色
去奉承，乞憐，去嫉妒，迷戀

在血和淚中演好一場戲。[19]

這裏的「劇場」出自於莎士比亞的《如你所願》，其中的角色雅克斯（Jaques）提到：

世界是一個舞臺
男人和女人都僅是演員
他們有自己的方式入場和出場
在自己的時代裏扮演諸多角色
生老病死，七種階段[20]

劇中雅克斯憂鬱、憤世嫉俗，很少與劇中的其他角色互動，但他對流放在森林中的其他無憂

15 楊牧，《楊牧詩集III》（臺北：洪範書店，二〇一〇），頁二六四。
16 同前注，頁二六四。
17 同前注。
18 同前注。
19 同前注，頁二六五—六六。
20 William Shakespeare, *As You Like It*, ed. Juliet Dusinberre (London: Arden, 2006), 第二場第七景，臺詞第一四〇行至一四四行。

無慮的角色說出這段話時，卻展現了獨到的智慧。雅克斯以戲外人的身份，說出看似超脫的話語，目的是提醒觀眾，他們也在這個名為「世界」的戲本中。在〈她預知大難〉中，同樣超脫的秀姐注意到，自己也僅是在扮演一個角色。像雅克斯一樣，她善於沉思，並以第三者的角度旁觀自己和其他角色的命運。然而，從中國移民到臺灣定居後，她經歷了雅克斯在喜劇角色中沒有面臨的悲劇：她所在的王國即將顛覆，她也必須死亡。

隨之而來的問題是，如果秀姐的獨白摘自莎士比亞的喜劇，為何楊牧要用喜劇的方式呈現這麼悲傷的故事？為何將喜劇元素融入到悲慘的歷史？楊牧的本意不是藉此貶低五妃的命運，而是將悲劇和喜劇元素混合在一起，引起觀眾或讀者的深刻反響。在悲喜劇（tragicomedy）中，悲慘的元素經常會引發「強烈情感」，如亞里士多德常提到的「憐憫」和「恐懼」，文藝復興時期的「敬畏」和「震驚」，或現代文學的「恐怖」和「絕望」。而在悲劇中，運用喜劇的元素則使笑聲既有批判又有同情張力，是一種苦笑，某種程度的疏離感（detachment）。[21]在〈她預知大難〉中，這種悲喜的交雜，使我們能夠認同女主角的美好品質以及她想成為臺灣人的心意，同時也為那即將而來的死亡感到遺憾。我們知道她遭受了悲慘的痛苦，在她的抒情的獨白中，我們也間接體會了父權中的女性和大一統敘事之下的臺灣人的悲哀。因此，臺灣的讀者不僅對她，更對自己身為臺灣人的命運產生了深刻的同情和脆弱感。如果說亞里士多德定義中的「悲劇」能夠昇華情感，楊牧的《五妃記》所表現的「悲喜劇」則是帶來無盡的悲哀，也可能更加殘酷、寫實。

在父權社會中，女性的生命和身體始終屬於父親、丈夫或皇帝。如黃麗明所言，嬪妃的自殺，除了隱喻禁止嬪妃被篡位者所控制，更是父權中男性控制女性身體的典型例證。[22]女性純潔的身心是美好民族的隱喻，從民族主義的角度來看，倘若外國侵略或強暴女性身體，則象徵著外國勢力對國家的侵犯。[23]因此，女性沒有主體，沒有地位，無法與爭奪領土的男性同臺競技。正如楊牧詩中提到的那些「生物」都按照腳本在「安排好了的位置搭配妥當／成長」，秀姐也屈服於父權中心的官方歷史敘事。然而，她並沒有真正地屈服，儘管她和雅克斯一樣，完全意識到生命的短暫和黯淡的命運。她不是冷漠或沉默的觀察者，而是積極地參與歷史。在這種男性霸權的歷史中，她知道自己的處境，但仍「專心扮演指定的角色」，去「嫉妒，迷戀」，並在「血和淚中演好一場戲」。[24]黃麗明認為，秀姐的「服從」並非指的是「忠誠」，而僅是她作為「演員」的體現；因此，她的自殺不應被視為一種屈服，而是一種能動性，一種「自發行為」。[25]如果「大歷史的敘述」意圖將她邊緣化，秀姐那富有洞察力

21 Verna A. Foster, *The Name and Nature of Tragicomedy* (London: Routledge, 2004), p. 14.

22 Lisa Lai-ming Wong, "Taiwan, China, and Yang Mu's Alternative to National Narratives," *Comparative Literature and Culture* 8.1 (March 2006): 5.

23 見Nira Yuval-Davis和Floya Anthias編輯《女人、民族、國家》（*Woman-Nation-State*）所寫的序文。Nira Yuval-Davis and Floya Anthias eds, *Woman-Nation-State* (London: Macmillan, 1989), p. 6。

24 楊牧，《楊牧詩集Ⅲ》，頁二六六。

25 Lisa Lai-ming Wong, "Taiwan, China, and Yang Mu's Alternative to National Narratives," *Comparative Literature and Culture* 8.1 (March 2006): 5.

的獨白能使自己抵禦這種大敘述，並使自己成為關鍵要角。她從性別邊緣化的位置轉移到舞臺中央。她或許次要，但相當深刻，楊牧通過這樣活潑的女性角色，動搖了父權體制下的史學觀。

施琅發銅山

《五妃記》的第二部分講述了施琅與鄭成功之間的衝突。雖然標題似乎預示了此片段將是描述戰爭前的那一刻，但楊牧卻著重於更早的歷史事件：施琅投效於清朝，成為明朝叛徒，只為了報復他父親的死。故事靈感可能來自連橫的敘述：

> 有標兵得罪逃於成功，琅禽治；馳令勿殺，竟殺之。成功怒捕琅，逮其家，殺琅父及顯。……成功購琅急，曰：「此子不來，必貽吾患。」[26]

白話文為：「有標兵因為犯錯而逃離鄭成功的陣營，時任將軍一職的施琅捉回後想審判他，然而鄭成功卻下令勿殺，即便如此，施琅仍斬殺了標兵。鄭成功一怒之下決定捉拿施琅。他先是逮捕其家人，並殺了其父親。……鄭成功急欲捉拿施琅，他說：『倘若捉不到他，必定禍患無窮。』」

在楊牧的版本中，這段故事是由沈光文所帶出。他先道：「這個狂風暴雨的日子好像／

終於，終於好像近了？或許／也未必。可是易象瞭若指掌：／征伐克服的預言，剝復損益／我消彼長」。[27]此時，他又回憶起二十二年前，鄭成功如何「血戰熱蘭遮，天意為／大明衣冠保留一塊淨土以完髮生息」。[28]他指出，當國姓爺將荷蘭人驅逐出臺灣時，中國那邊的清朝皇帝還只是個孩子，如今，皇帝長大了，變得「果斷鷹揚，剛盛猶過乃祖」。相反地，在臺灣，鄭成功死後，剩下的明朝孤臣變得愚昧、張狂、貪婪，還不知現況地嘲笑清朝皇帝是「永遠長不大的／侏儒」，以為「舊國廣袤將不腐自爛」。[29]不同於這些明朝孤臣，沈光文指出了施琅的堅韌不拔。他這樣形容施琅仍記得為父報仇：「孰不知施琅早掛靖海將軍印／為報殺父之仇，歲月悠久／白髮蕭蕭，他不曾一刻或忘」。[30]在形容施琅如何不忘父仇的時刻，沈光文又將敘述跳到更早先的時刻，提到鄭成功仍認為是施琅自己的過錯，這樣的矛盾從而引發了當前的軍事衝突。沈光文的獨白中，我們聽到鄭成功的心聲：「施琅與我／情同手足，棄我去乃是為父仇／不共戴天；縱使大過在他／疚恨終屬於我」。[31]沈光文認為，南明已

26 連橫，《臺灣通史：下冊》，頁八五七。
27 楊牧，《楊牧詩集Ⅲ》，頁二六八。
28 同前注。
29 同前注，頁二六八－六九。
30 同前注，頁二六九。
31 同前注，頁二六九－七〇。

經變得幽晦黯淡，給了施琅進攻臺灣的機會。

這段獨白刻意解構了連橫的歷史敘述，帶出更人性的情感基調和更現實的細節：孤臣的無知，施琅的忍辱負重，鄭成功對施琅的誤解，沈光文的憂慮，以及清朝和南明武力的失衡。沈光文的獨白就像俄羅斯娃娃一樣：詩人（楊牧）寫了一段歷史，其中包含另一位詩人（沈光文）以鄭成功的話來談論較早的事件。楊牧以這種方式將歷史進行分層，創造出一個「虛構」但「真實」的事件描述。這種安排策略能以三種觀點來進一步闡明：後殖民的中間位置（in-between position）、非線性敘事（nonlinear narrative）和最小化（minimization）。第一個「中間位置」表現在敘述者沈光文身上。他被認為是臺灣文學的奠基人，並撰寫了有關移民臺灣的文章，提供了原住民的最初紀錄，以及對熱帶植物群、氣候和地形的描述。他是第一批在島上永久定居的中國移民之一。廖炳惠認為，沈光文以文言文來表達新舊世界的差異——舊世界逐漸消失，而作為新世界的臺灣又糾纏於歐洲和中華帝國之間、原住民和漢人定居者之間、官話（普通話）和地方方言（或母語）之間。[32]如同歷史中的沈光文，楊牧劇中的沈光文在異質、衝突文化的中間地帶生存著。他夾在大清和東寧之間，夾在崛起的帝國與衰落的政權之間，在臺灣時，他既是外國人又是本地人。[33]從這個後殖民夾縫，他清楚地看到了兩方的實力懸殊。

在「非線性敘事」上，我們可以看到沈光文的獨白並沒有按照原始事件的時間順序。劇情以「當下」為開端，沈光文預示著風暴即將來臨。而後，他預見了「未來」南明的衰敗：

「易象瞭若指掌：／征伐克服的預言，剝復損益／我消彼長。」而後又通過倒敘強調「過去」鄭成功戰勝荷蘭軍隊的空前盛況，在中國的清朝皇帝從原本的柔弱長大成強盛，對比南明的孤臣如此愚昧、貪婪。最後，又將敘述帶回到了另一個時刻，即施琅的逃亡以及鄭成功認為其咎由自取。這些結構和修辭特徵——倒敘、由好運到壞的逆轉、可悲的過去、可預測並令人恐懼的未來，以及鄭成功的悲劇缺陷——讓人想起希臘悲劇，尤其是索福克利斯的伊底帕斯王。因此可以說，沈光文就像伊底帕斯的先知泰瑞西亞斯，他在講述「過往」的同時警告「當下」發生的事，並預見到「未來」的悲劇。不同的是，楊牧排除了歷史上常提到的鄭成功的成就，淡化其英雄氣概，而在倒敘中選擇描繪鄭成功的誤判以及明朝孤臣的虛榮心態，創造出另類的歷史敘述。楊牧策略性地將歷史上異質性的時間、目標、手段、和情結，放在一個獨白之中，看似和諧，但又富有層次。然而，沈光文的敘事時間之混亂是有意義的：比起「官方」的歷史敘述，沈光文的獨白更徹底地呈現了事件衝突，進而對官方史學提出了挑戰。

最後，在「最小化」的策略上，可以先從歷史來看。鄭成功的形象被清朝、日本和國

32 Ping-hui Liao, "Sinophone Literature," in *A Companion to Modern Chinese Literature*, ed. Yingjin Zhang (West Sussex: John Wiley & Sons, 2016), p. 138.

33 確實，沈光文的詩人性格，以及混雜（hybrid）的背景，似乎提示了楊牧即是沈光文的可能。有趣的是，楊牧在紐曼文學獎的得獎感言，也特別以沈光文的文學背景作為開頭。

民黨不斷轉譯。早先，日本為報復臺灣原住民殺害琉球水手而發起的懲罰性遠征「牡丹社事件」，而後沈葆楨便特別選定了鄭成功作為祭拜的對象，以此團結臺灣人民並對抗日本的入侵。日治時期，日本為了招安，遂強調了鄭成功母系的日本血統，把鄭成功廟改建為日本神社。中華民國時期，國民黨為了反共政策，進一步強調鄭成功的中國特質如「忠孝節義」。這種宏大的敘事自然強調了鄭成功驅逐荷蘭人、收復臺灣，也凸顯了他忠於明朝和反抗清廷，以此暗喻當前的共產黨破壞了中國傳統。國民黨利用了這樣的歷史論述來塑造抗日（以及荷蘭等其他外國列強）的情緒，並藉機偷渡「反攻大陸」的概念。從國民黨對延平郡王祠的裝飾也可看出「清朝」被隱喻為「中國共產黨」。為了支持國民黨的反共立場，寺廟的牌坊裝飾著國民黨徽，並由經歷國共內戰的白崇禧將軍題上「忠肝義膽」。不同於早期光榮正面的形象，楊牧版本的鄭成功是一個意氣用事的領袖，在沈光文的獨白中，他只扮演一個次要到幾乎看不見的角色，而他的形象顛覆了沈葆楨時期、日本帝國、中華民國各種版本的官方敘事。

寧靖王歎息羈棲

第三篇〈寧靖王歎息羈棲〉將寧靖王描繪成會哭，會發狂，而非歷史上樣板一樣的人物。在連橫的史書中，寧靖王在赴死前是多麼自信而英勇：

> 時逢大難，全髮冠裳而死，不負高皇，不負父母。生事畢矣，無愧無怍。[34]

楊牧似乎質疑了這種過於理想的敘事。在面臨臣子的顢頇，敵軍的進攻，江山的傾覆，一切都在無力回天的情況下，有誰還能從容地面對挫敗？楊牧改寫了歷史，轉而強調寧靖王的脆弱。在這個獨白中，楊牧小心翼翼地營造出一種逐漸爆炸的情緒張力。首先，寧靖王（朱術桂）先承認在社會所期待男性貴族該有的剛毅外表之下，內心其實藏著巨大的受挫感：

> 　　　　汗水溼透了
> 我僅有的顏面，殘缺，羞辱
> 這眉目器宇只能算是些表相
> 一顆心在陰暗的血肉裏冷切
> 枯槁，無限江山凝聚的靈異
> ……
> 　　一具虛假表面的形相
> 在孤寂的歲月裏和海濤爭持

34 連橫，《臺灣通史：下冊》，頁八一二。

抵抗無知，驕縱，狂傲——[35]

他決定撕下這矜持的外表，選擇面對自己的情緒：

歎息吧

假使歎息，或者嗚咽，或者嚎啕
能教你封閉的胸懷就此迸裂
讓時間累積的羞辱和憤怒
從你精神的背面溢出，或者傾瀉[36]

哭泣是軟弱和失敗的表現，也不符合傳統的男子氣概，然而朱術桂仍選擇大放悲聲：

我們都將大聲歎息，如層疊的
烏雲在悶熱的空氣裏團聚，鼓盪
始終擠不出一滴雨水[37]

最後，他的情緒來到了最極端：

歎息吧
嗚咽，嚎啕，讓宇宙的怨憤
膨脹，爆炸，將穹窿搖撼
將狂風暴雨震動我逃生的
東南半壁，將千山萬水懍悚
鞭打龜裂的大地，為祖宗
創造末代的沮洳[38]

不同於國民黨所支持的《臺灣通史》版本中的寧靖王，楊牧版本的寧靖王不再擁有高貴、堅忍的形象，卻像莎士比亞劇中的李爾王，無助、脆弱、不完美、情緒高漲。他發怒，抱怨，愧對先祖，放棄江山，甚至想要毀滅宇宙。如張松建所言，這位曾被國民黨譽為沉穩、無畏的民族英雄、王室後裔，突然失去了聖人光環，他感覺孤獨，能做的只有嘆息、抽泣或大聲哭泣。[39]張松建認為這種落魄君王的場景令人「尷尬」，[40]但我認為，這或許可以解釋為楊牧

35 楊牧，《楊牧詩集III》，頁二七二－七三。
36 同前注，頁二七三。
37 同前注。
38 同前注，二七三－七四。

刻畫的朱術桂相當生動而有人性，是一個普通人面臨難以承受的巨大災難時的真實情況。因此，朱術桂的惱怒、羞恥、恐懼、憤怒、怨恨和沮喪的情緒可以被視為一種岔出官方歷史的敘述，在線性進化史的維度中浮出被壓抑的可能歷史片段。黃麗明更認為，楊牧版本的最後幾句話「將千山萬水懔悚／鞭打龜裂的大地，為祖宗／創造末代的沮洳」，[41]表明了朱術桂想放棄江山，「從民族敘事中解放出來」，並顛覆國民黨的民族神話。[42]

楊牧對史料的態度與國民黨的意識形態截然相反。他的歷史劇讓人想起莎士比亞如何自由發揮想像力，結合歷史事實與文學表現，以獲得戲劇性的效果。莎士比亞的目的是讓歷史重現生機，為當時的人提供榜樣，並設想如何解決當代政治的問題。[43]這種歷史與文學交融的方法也表明了認同特定的過去，擁抱當下，以此期待可能的未來。[44]楊牧探索「分岔的歷史」，代表了一種自下而上構建的文化認同。在國民黨單一的歷史中，秀姐、朱術桂是沒有個人痛苦的扁平人物，楊牧提供了多種歷史版本，構成了不同層次的想像方式。他使敘事多樣化，並強調他們在移民後對土地的依戀，以創造另一種更複雜、更本地的歷史版本。他賦予了那曾經在歷史上被邊緣化和沉默的秀姐一個發聲的機會。沈光文在自己的敘述中打亂時間順序，並揭露了鄭成功的領導問題。朱術桂放棄江山，暴露了他的痛苦和脆弱。楊牧以最莊嚴的語氣描繪臺灣那最悲慘的歷史，一個深根於臺灣的漢民族，最後被外來的中國人所侵略的故事。楊牧以地方史的觀點，強調身為臺灣人的自豪和悲哀，並抗拒國民黨所把持的大中國歷史觀。

最後一個和「分岔的歷史」有關的問題涉及了《五妃記》中悲劇故事的再現。對保羅・利科（Paul Ricoeur）而言，文本皆具有邏輯的時間性。敘述者不斷讓故事指向某種「結局」，並沿著「時間之箭」從過去流向未來，進而將「一系列事件轉化為一個有意義的整體」。[45]楊牧的劇本拒絕這種線性邏輯；他的人物僅用幾行文字代表自己，然後如利科所言，「消失在霧濛濛的地平線上」，[46]再次變得不為人知。利科所謂的迷霧，那掩蓋歷史的迷霧，或許是楊牧筆下中反覆提及的，那即將來臨的「風暴」——這風暴不僅是沈光文提到的將臨的清軍的隱喻，也隱喻了大歷史敘事產生的壓迫。詩人的任務是拯救被風暴淹沒的人物。他探索了杜贊奇所言的「分散的歷史」中描述的那些小故事。這裏的「分散」是指那些苦難的

---

39 Songjian Zhang, "Historical Imagination and Cultural Identity: Revisiting Yang Mu's Poetics of History," *Frontiers of Literary Studies in China* 13.1 (2019): 67.

40 Ibid.

41 Lisa Lai-ming Wong, "Taiwan, China, and Yang Mu's Alternative to National Narratives," *Comparative Literature and Culture* 8.1 (March 2006): 6.

42 Ibid.

43 Beverley C. Southgate, *History Meets Fiction* (London: Routledge, 2009), p. 3.

44 Ibid., p. 127.

45 Paul Ricoeur, *Time and Narrative*, trans. Kathleen McLaughlin & David Pellauer (Chicago: University of Chicago Press, 1984), vol. 1, p. 67.

46 Ibid., p. 75.

歷史，它們需要被敘述出來，而作家的使命是「拯救戰敗者和失落者的歷史」。47

楊牧的《五妃記》表現出作者渴望發掘失落和支離破碎的臺灣歷史，並以詩歌為媒介賦予這些歷史新的意義。倘若體察作品的創作背景，也會發現這個創作於一九八〇年代末和一九九〇年代初的作品，恰逢戒嚴後越來越多的聲音挑戰國民黨的流亡心態，不再視臺灣視為最終反攻大陸的臨時基地。楊牧肯定南明王國於一六六四年將其首都由「東都」改名為「東寧」，作為明朝移民決定定居臺灣，並放棄反攻大陸的想法。在這個「東寧」之國，秀姐、沈光文和朱術桂皆認同臺灣，把臺灣當作他們的家，一個他們重新塑造身份的地方，不再是流放者，而是當地人。因此，對他們來說，清軍的入侵不僅標誌著王朝的崩潰，更標誌著他們的家園被抹去。楊牧反對這種國民黨主導的流亡心態，並從本土角度改寫臺灣歷史。

結論

在國民黨的大中國論述中，中國總是被強調，臺灣總是被忽略。昔日的「反攻大陸」之流亡心態，在戰後臺灣發揮了關鍵作用，使臺灣被視為暫時棲居的基地。雖然這類政治神話支撐了兩蔣的政權，但也從一九七〇年代有所減弱。一九八〇年代末期，楊牧寫下了《五妃記》，試圖挑戰國民黨的官方歷史論述。在這三個片段，他以臺灣本位寫活了各類的歷史人物。在〈她預知大難〉，秀姐不再只是配角，而躍上主角位置，吟詠出「啊夏天，華麗的劇場」。這段借用莎翁喜劇《如你所願》的文字，並非為了製造喜劇效果，也不是為了嘲笑歷史上自殺的女性。楊牧是想將喜劇混合在悲劇之中，創造出所謂的悲喜劇，進而引發更深刻的同情和反思。此外，秀姐的獨白也表明了她知道國家將亡，也知道自己必得死亡，但她仍然積極參與歷史，並扮演好自己的角色。因此，她的自殺不應被視為一種被迫、或屈服行為，而是一種自我意志的展現。

在〈施琅發銅山〉，詩人沈光文在想像王朝興衰的過程中重組時序。這段可以說像是俄羅斯娃娃，是詩人楊牧寫下早期詩人沈光文，而沈光文在談論更早期的歷史。這種架構創造了一種虛實掩映的歷史論述，讓人難以判斷哪些地方為真實，哪些地方為虛構。沈光文透過回顧過去和預示未來兩種方式，重現了施琅與鄭成功之間的衝突，並預言了可怕的災難，彷彿《伊底帕斯》的先知泰瑞西亞斯一樣，面對「過去」，告誡「當下」的人們，並「預見」悲慘的未來。此外，在沈光文的獨白中，鄭成功被刻意減低重要性。歷史上，清朝官員利用國姓爺的形象來凝聚民族情緒，以此反對日本侵略。日治時期，日本強調鄭成功的日本血統，以此宣揚日本和臺灣的連結以及統治的合法性。在二戰之後，來臺灣的國民黨為了強化反共論述，放大了反清復明和驅逐荷蘭人的故事。為了抵制這些論述上的霸權，楊牧表現了鄭成功的無知造就的衝突、孤臣的狂妄、和施琅報復的正當性。楊牧淡化了鄭成功抵抗清朝和驅逐荷蘭的功績，他用沈光文的獨白挑戰了清朝、日本和國民黨政權的歷史論述。

47 Ibid.

在〈寧靖王歎息羈棲〉，楊牧以情感的張力來抵制宏大敘事。在宏大的敘事中，英雄往往要壓抑軟弱、負面的情緒，表現出英勇、強壯的樣子，因此，在官方的歷史中，寧靖王以大無畏的姿態面對失敗和死亡。然而，在楊牧的故事中，王子卻理所當然地表達了自身的無奈和悲痛，並為自己無力挽回局勢而痛哭。為了強調寧靖王不過也是個凡人，楊牧甚至不以頭銜「寧靖王」，而是以他的本名「朱術桂」稱呼他。朱術桂的獨白展現出一種漸進的情緒崩潰：從沮喪、憤慨，到憤怒、羞恥，再到完全絕望。這種反英雄的情感表現，最終導致他放棄江山。最終的棄絕隱喻了一種從官方敘述中解放出來的可能。

這三首詩的分析都建立在黃麗明的前期文獻〈臺灣，中國，和楊牧的另一種國族敘述〉。我的文章並非依樣畫葫蘆，而是多了額外的貢獻和觀點。首先，我明白地指出楊牧《五妃記》的底本為連橫的《臺灣通史》，這點黃麗明並未提到。我也指出五妃的獨白參考了莎士比亞的《如你所願》，以及楊牧刻意以「悲喜劇」的技巧來讓五妃說話。在沈光文的獨白中，我指出各種的敘事技巧以及其造成的閱讀效果。我也指出沈光文作為「既是外國人又是本地人」的這種混雜背景，而楊牧如何透過沈光文的獨白，重塑鄭成功的形象，進而顛覆清朝、日治時期、國民黨版本的國姓爺形象。我也指出寧靖王在連橫版本以及楊牧版本的差異，特別是楊牧版本寧靖王那脆弱的形象，可能來自於《李爾王》。

本文雖特別指出《五妃記》的本土意識，但並非表示楊牧的國族認同是一成不變的。相反地，他就像許多臺灣人一樣，是透過許多事件，逐漸萌生出堅韌的本土認同。在六〇、七

○年代的作品中，我們確實可以明顯看出詩人對於中國文化和國族的嚮往以及認同，比如充滿古典意象的〈續韓愈七言古詩「山石」〉（一九六八）和〈延陵季子掛劍〉（一九六九）。而同一時期楊牧對葉慈的嚮往，聽聞保釣運動的結果，目睹了好友郭松棻、劉大任等人上了黑名單，注意到黨外運動，以及經歷蔣中正的去世，這些讓詩人開始質疑國民黨的統治，進而關注本土，書寫本土。詩人的本土意識最彰顯的時刻，莫過於美麗島事件和林宅血案之後，寫下了悲痛的〈悲歌為林義雄作〉（一九八〇），和期待下一代能挑戰權威的〈出發〉（一九八〇）。一九八一年，他參訪中國，卻發現中國文化在大陸的消逝，而在隔年寫下〈行路難〉（一九八二），算是對「文化中國」的徹底幻滅。在解嚴前後，他寫下了《山風海雨》（一九八七）、《方向歸零》（一九九一）、和《昔我往矣》（一九九七），既是私密的回憶錄，也記錄了國民黨的暴政。在二〇〇〇年，面對中華人民共和國的文攻武嚇，楊牧寫下《失落的指環》（二〇〇〇），提示了獨立的必要。值得注意的是，楊牧的本土意識並非激進地否定了中國文化在臺灣的發展，相反地，他像接納西方文學一樣，接納了中國文化，但又輔以臺灣本色，成就獨有的「混雜」。如同原本是國民黨支持（或中國文化之下）的五妃殉國之故事，以莎士比亞的體例改編，並增添了豐厚的本土意識。[48]

48 在二〇一五年東華的楊牧會議，我有幸遇到楊牧。當時和他提到《五妃記》，詢問是否刻意以莎士比亞的形式表現。詩人說確實如此。

面對宏大的歷史敘述，我們能透過書寫另一種版本的歷史來抵抗。楊牧的作品展現出我們該如何以文學的筆法，重新調度哪些歷史場景，渲染何種情緒，以此為當代人寫出有意義的故事。在《五妃記》，楊牧將臺灣歷史從國民黨的歷史論述中拯救出來。他反對國民黨視臺灣為反攻大陸的基地之心態，書寫出歷史中那些來到臺灣、並決定留下來的人物的笑與淚：秀姐、沈光文、朱術桂。對這些人物來說，臺灣不是暫居之地，等待回歸中國的懷抱。臺灣是他們心愛的家園，一個將受到外來勢力所抹殺的故土。楊牧筆下的這些心酸，這扣人心弦的悲劇，動搖了宏大敘事的霸權，並逆寫了歷史。

楊牧晚期詩作中的生死關懷

——以〈形影神〉三首為核心

郭哲佑*

在所有生命議題中，「死亡」可能是最大、最難以擺脫的陰影，面對有限時間的追逐流轉，許多文人哲士皆企圖從中窺見生命的真義。如海德格以「死亡」作為通向本真存在的關鍵，認為當個人畏懼死亡，理解自身為一趨向死亡的存有者，才能真正把握自身存在的整體性，進一步對未來有積極性的籌畫。[1]而文學創作，或者說藝術創作，其核心之一可能就在於抵禦時間，立下存在的證據，超越個體的消亡。[2]

作為一位敏感的詩人，楊牧詩作中亦時常可見對於死亡、對於永恆等議題的探問求索，

* 國立臺灣大學中國文學系博士生

1 見海德格（Martin Heidegger）著，王慶節、陳嘉映譯：《存在與時間》（*Sein und Zei*）（臺北：久大文化，一九九〇），第二篇第一章〈此在之可能的整體存在與向死亡存在〉，尤其可見第五三節〈對本真的向死亡存在的生存論籌畫〉，頁三四八－六〇。

2 關於此，可見人類學家貝克爾於一九七三年的作品《拒斥死亡》中的分析，中譯可見貝克爾（Ernest Becker）著，林和生譯：《拒斥死亡》（*The Denial of Death*）（北京：華夏出版社，二〇〇〇），尤見頁一九八－二〇三。

尤其在晚近的幾本作品裏，這類主題更是不斷湧現，透過人情與景物的相映，以及對形上本體的慕想與存疑，來窺視死亡與存在的相生相成。陳芳明先生曾指出楊牧晚期詩作有著「早年詩風未曾出現的一種曠達」，認為楊牧的後期詩作領悟到時間並非線性而是循環，從而可以超脫世俗，甚至對死亡無所畏懼。[3]然則，作家對議題的探索往往不僅有一個面向，曠達或耽溺，超脫或徒勞，有時亦是一體兩面，如同陳先生在文章中所引，楊牧於《長短歌行》的〈跋〉中說：「時間的延伸不盡將使所有是非歸諸無解」，通篇文章似乎並沒有透露對生命、對時間的雍容無懼，反而瀰漫著以文字和意志介入世界可能帶來的徒勞與傷感。[4]薩依德曾藉阿多諾討論晚期貝多芬的文章指出，藝術家在面臨人生尾聲之際，其作品和思想可能產生一種新語法，且認為晚期風格的作品力量是否定性的，呈現主體的斷裂與不完整，與死亡的陰影密不可分。[5]那麼，在生命逐步走向終點之際，楊牧對於死亡與存在、消逝與永恆，是否可能有著多層次的思考，又是如何反映在作品之上？

本文以楊牧《時光命題》（一九九七）、《涉事》（二〇〇一）、《介殼蟲》（二〇〇六）、《長短歌行》（二〇一三）與《微塵》（二〇二一）等五本詩集作為楊牧詩作「晚期風格」討論的範圍，之所以以《時光命題》作為範圍之上限，有兩個原因：首先，此詩集楊牧以「時光」作為書名，有意識的將時間與衰老作為作品的重要主題，在詩集後記也一再提及身處於新舊世紀交替之間的惶惑。其次，若以作家個人的創作史來看，此詩集是楊牧自美返臺後出版的第一本詩集，且楊牧共出版了十五本個人詩集，《時光命題》是第十二本，稱呼此後之作品為「晚期作品」似乎並不為過。以下便劃定此五本詩集為探討範圍，舉出實際的詩例，嘗試探索其詩作中萬物流轉與自我意志之間的拉鋸對話，並藉此略窺楊牧作為一「詩人」的形象特質之所在。

死亡陰影與陶淵明的〈形影神〉

在這五本詩集的詩作之中，組詩〈形影神〉可能是一個值得觀察的端點。〈形影神〉前有所承，陶淵明在千年前便寫下了同名作品，在陶詩之中，〈形影神〉是表達其生死觀的重要詩作，歷來亦有不少文人作家與之呼應，楊牧選擇了同題寫作，顯然也有對話的企圖。[6] 因此，在進入楊牧詩作的討論之前，有必要對陶淵明的同題作品做一簡單的概述。

3 陳芳明：〈時間與晚期風格〉，《美與殉美》（臺北：聯經出版，二〇一五）。

4 見《長短歌行・跋》（臺北：洪範書店，二〇一三），頁一三四－一三九。楊牧在最後一段以西息佛斯（Sisyphus）比喻文字之徒勞，並言相較於西息佛斯，作家以文字籠絡時空的行為並非神譴而是個人意志選擇，當更難被神寬恕。

5 見薩依德（Edward W. Said）著，彭淮棟譯：《論晚期風格：反常合道的音樂與文學》（*On Late Style: Music and Literature Against the Grain*）（臺北：麥田出版，二〇一〇），頁八八－一〇六。

6 除了〈形影神〉之外，楊牧在《長短歌行》中亦有不少和陶詩，如〈停雲〉、〈時運〉、〈榮木〉等等，可見《長短歌行》（臺北：洪範書店，二〇一三）。劉正忠先生指出，楊牧的和陶詩有著形上思辨的趣味，其實正是呼應了陶詩中具有的思想性；相較過往之和陶詩多聚焦在有形的田園躬耕，楊牧是以現代的技術與感性重新詮釋了和陶傳統。見劉正忠：〈黼黻與風騷——試論楊牧的《長短歌行》〉，《中國現代文學》三四期（二〇一八年十二月），頁一六一。

陶淵明的〈形影神〉同樣是三首一組的組詩，但與楊牧的小題和順序略有不同：陶淵明的三首分別題為〈形贈影〉、〈影答形〉、〈神釋〉，而楊牧的詩作，則題為〈影致形〉、〈形贈影〉、〈神釋〉。在陶作中，形、影、神三者各有象徵，三篇亦各有其立論：首先，〈形贈影〉持抒情傷逝口吻，以不變的天地自然來反襯人身的渺小，世界不會因為個人的消亡影響運行，親友也不會永久耿懷亡者（「奚覺無一人，親識豈相思」），故而詩作最後結在「願君取吾言，得酒莫苟辭」之上，以飲酒行樂化解個體消亡的焦慮。[7]

若「形」指的是可見可觸的肉體，那麼「影」便是指形體所延伸出的各種影響力，也就是形而上的價值世界。由此來看，陶淵明的〈影答形〉前半段依然陷入死亡焦慮之中，「身沒名亦盡，念之五情熱」，在詩作最後幾句卻突然給出了另一個可能，認為形體的消逝雖然是不可逆的，但我們卻可以把握「立善」的重量——不只能存名，亦能「遺愛」，把個體的影響力散播擴遠。這是「影」對「形」的抵抗。[8]

最後，〈神釋〉總結且否定了形影雙方的說法。相較於容易理解的「形」與「影」，此處「神」的象徵有其雙關性質：不但指個體的心神意志，同時也指整個自然大化的真理本體，兩者甚至是整全與發散的關係。故〈神釋〉第一句的「大鈞無私力，萬理自森著。」是神，第二句「人為三才中，豈不以我故。」中的「我」也是神，詩裏並提到「形」的飲酒忘憂反而傷身害生，「影」以榮譽作為立善目的則是本末倒置，面對死亡，只有「縱浪大化中，不喜亦不懼」才是正途，這是陶淵明在氣化神滅的思想背景下所發出的生死觀。[9]於是詩的最末「應盡便須盡，無復獨多慮」，彷彿是一種安慰與自我說服了。[10]

解釋完陶淵明〈形影神〉的主旨，於是可以回頭看楊牧組詩的用意。前已述及，楊牧安排「形影神」的順序與陶淵明不同，楊牧是先影再形，而後歸結神釋，這似乎也代表著面對生命的不同態度與步驟；而除了聚焦在〈形影神〉三首之外，接下來的討論也將延伸至楊牧晚期的其他詩作，〈形影神〉三首是一個明確的聚焦，透過與其他散落在不同篇章中的思想側面對話，或許更能捉摸楊牧在面對生命議題時的種種不同姿態，並探索它們與〈形影神〉之間是否有著輻輳關係。底下便以〈形影神〉三首的解析為主，並擴散到其他詩篇，同時註

---

7 〈形贈影〉全詩見下：「天地長不沒，山川無改時。草木得常理，霜露榮悴之。謂人最靈智，獨復不如茲。適見在世中，奄去靡歸期。奚覺無一人，親識豈相思？但餘平生物，舉目情悽洏。我無騰化術，必爾不復疑。願君取吾言，得酒莫苟辭。」見袁行霈：《陶淵明集箋注》（北京：中華書局，二〇〇三），頁五九。

8 〈影答形〉全詩：「存生不可言，衛生每苦拙。誠願遊崑華，邈然茲道絕。與子相遇來，未嘗異悲悅。憩蔭若暫乖，止日終不別。此同既難常，黯爾俱時滅。身沒名亦盡，念之五情熱。立善有遺愛，胡可不自竭？酒云能消憂，方此詎不劣！」同前注，頁四。

9 可見蔡瑜先生的整理討論，見蔡瑜：《陶淵明的人境詩學》（臺北：聯經出版，二〇一二），第四章〈生死世界〉，頁一七〇－一七九。以上對〈形影神〉三首的詮釋亦多受蔡瑜先生啟發。

10 〈神釋〉全詩：「大鈞無私力，萬物自森著。人為三才中，豈不以我故？與君雖異物，生而相依附。結托善惡同，安得不相語？三皇大聖人，今復在何處？彭祖壽永年，欲留不得住。老少同一死，賢愚無復數。日醉或能忘，將非促齡具？立善常所欣，誰當為汝譽？甚念傷吾生，正宜委運去。縱浪大化中，不喜亦不懼。應盡便須盡，無復獨多慮。」見袁行霈：《陶淵明集箋注》，頁六七。

明詩作完成日期，嘗試為楊牧後期詩作中的生死關懷畫出一個可見的脈絡輪廓。

〈影致形〉：思想的重量與孤獨

陶詩中的「影」，指的是立善留名，相較於現實世界的物質形體，這是追求某種自我的形上留存。而在楊牧詩中，「影」不只是倫理上的，更彷彿是對探索世界抽象意義的努力：

生來不為超越而存在或因蹉跎猶豫
覫腆懷抱萬種空虛
於可憐憫的一顆心，並嘗試突破
降落在從未曾去過的陰陽分水嶺
以金鼓誇示，聲張冒進
或迷途，遂緣山崚線折返

奚覺無一人
眼前這就是我們極端晦澀，不容
解說的感性拓樸之全部：
有時昂揚似蛇，如垂直的

企圖，有時阻絕於憂鬱
鬆動的語境

這樣遠遠瞭望許久，確定
臨風獨立的是，不可能變化再生
如此完整，無可增減的原初
惟四肢深陷封閉型空間
與隱花植物類進行了一次無性生殖
彷彿不屬於自己[11]

無論是立德、立功、立言，都是以形上的價值，為自己生命的存在增加影響力；楊牧作為一位學者與創作者，所作的一切努力，自然也在追求個體之外、抽象的美與真，這彷彿是一顆「可憐憫的心」被拋擲在世界上，不斷向外探求知識、藝術，嘗試突破種種桎梏，觸及更深刻的意義，儘管被包圍在有限的形體中。於是在詩裏，這顆心神不斷突進探求，「從未去過的陰陽分水嶺」一句彷彿說著不只空間，它同樣也是對時間的追索，在界線之外找出交集，

11 楊牧：〈形影神・1影致形〉，《長短歌行》，頁六〇－六二。

像是兵行拓荒，沿著種種徵象不斷往更險峻的莽地逼近。

但如果真的窺見了核心呢？這些對智識與美的探索，若真能超脫個人之上，抵達了某種真實的核心，卻反而更驗證了自我的孤寂。在陶淵明原詩中，「奚覺無一人」中的「奚」是作反詰之用，意指人們不會在意是否少了一個人；而在楊牧的〈影致形〉中，「奚」則作為正面的疑問副詞使用，於是此句的意義變成了「怎麼覺得一個人也沒有」——如同「眼前這就是我們極端晦澀，不容／解說的感性拓樸之全部」，是一個「如此完整，無可增減的原初」，超脫反而泯滅，尋找真理是否意味著也消融了個體？既然此處一個人也沒有，那我的存在也不必要了。這原初本體之為要，原來不落於任何單一的物事，自然也就「不屬於自己」。

面對追索意義所形成的困境，楊牧也時而猶疑不定。在《長短歌行》中，楊牧也寫下了〈論孤獨〉（二〇〇七）這首詩。這首詩與〈形致影〉情境類似，但兩者彷彿由正反兩面分頭敘說，〈形致影〉向外探求而發現自我的孤獨，〈論孤獨〉向內求索，卻似乎找到一個內在自足的小宇宙。當我「把人間的心事一併劃歸屬我有」，在變動之中凝聚，同樣有著「無一人」的感受，卻是把整個世界包容進來，「孤獨」的成型，彷彿也就是自我的實踐。因此〈論孤獨〉的第二段寫著「感性的文字不再指稱未來多義」，而第三段，便開始逼近美：

這樣推算前路，以迴旋之姿

肯定手勢無誤。現在穿過大片蘆葦——
光陰的逆旅——美的極致
現在蛻除程式的身體
完成單一靈魂。且止步
聽雁在冷天高處啼[12]

穿過光陰的逆旅，像是貫串所有時空中的瞬間，所以是美的極致；退除程式的身體，也是擺脫個體的禁錮，所有靈魂匯聚成為單一。冷天高啼的雁，彷彿是某個自顧發聲的神，楊牧在詩集《長短歌行》的〈跋〉中說：

我們以這種態度觀察，檢驗，對象是一些曾經屬於我們自以為必然可以根據有限的知識和無窮的熱誠，便加以定位在時空的輻輳，而期待它終將與我們保有一種長久或甚至永遠的共同命運，如我們守望的神以及一心一意以詮釋神的欲望為志向，如此無保留地擁護著那些男女尊嚴，卻永遠不能也將自己提升為神的我們這樣的凡人。[13]

12 楊牧：〈論孤獨〉，《長短歌行》，頁一六－一八。
13 楊牧：〈跋〉，《長短歌行》，頁一三四－一三五。

楊牧曾在文章中自言自己需要一個「完整的空虛」，一個無意志的自己，這空虛甚至是「偉大的」；[14]鄭毓瑜先生舉濟慈之「negative capability」說明之，濟慈此概念也曾深刻啟發青年的楊牧，這表示詩人處於一個包容接收的狀態，不過分標舉自我，從而可以讓詩有更遼闊的關懷。[15]這種對「超越」的嚮往，權宜來說彷彿是望向神的高位，看著神賜予我們種種無可辯駁的美與真；而揭開種種迷團般現實，逼近它們的抽象面目，就是人類的「共同命運」。消融與完整實際上是一體兩面，都是成就一個「無可增減的原初」，時而稱頌（〈論孤獨〉），時而懷疑自己是否還留有自我意志（〈影致形〉）。

這種進退的情境在楊牧的詩作中不時展現，比如〈微塵〉這首詩，屬楊牧之未發表遺作，與〈論孤獨〉有許多句子是相承的，兩詩之先後關係已難深究，但既涉及相同的主題、又有相似的字詞語句，卻發展成為不同情調的作品，相較於〈論孤獨〉，〈微塵〉在思路顯然有更多的輾轉，並對於這個「單一靈魂」感到猶豫。這是否表示楊牧在面對美的「超越性」之時，也保有不時回顧自我的姿態？[16]〈歸鳥〉（二〇一一）一詩同樣收在《長短歌行》中，複沓著「有一個方向早已設定」，前兩段分別遭遇「魑魅魍魎」的外部考驗，以及無比脆弱的知識、意念和經驗（「年輪」）的自我懷疑，但後兩段卻躍升起來，讓這個方向「……屬未來或於渾沌／滂沱迴歸時必然出現……」，景物與繪畫，音響與樂譜合一且凝縮在前，終於歸鳥的方向從第一段的「曾經去過」，轉為最後一段的「從未到來過」，成為一個永恆的原初。[17]而如果往前追索，《介殼蟲》中的〈砂婆礑〉（二〇〇三）一詩的最後一段：「反射的強弱裏完成同步／回響，如泉水為了追逐／超前湧出或墜落之勢於剎那／完成的形狀，為了解體／為了與它同歸形上的漣漪」[18]，彷彿也是在試探景物掩映的孤獨之後，終於「發現虛線盡頭的同心圓」，完成當下的頓悟，泯滅了自我的界限。

從身體出發，追索意義與美，最終迎來自我的消融，這樣的寫作模式還可以上溯到《涉事》中的〈野薑花〉（一九九七）這首詩。〈野薑花〉分為六個段落，前兩部分寫寒冬蕭索，鋪陳衰微寂寞之氛圍，彷彿有甚麼「於時計來回聲中次第流失」，或者「死靜的枝枒」正在成形，縈繞的霧與露就如淚水一般，夾帶著離別的感傷。接續的第三、第四段落是一個轉折點，第三段寫人世文明的溫暖以做對比，開頭的「或者」彷彿對消逝的風景給出可能的安慰；第四段則說明思維之不可靠，仍舊有些甚麼在使我們驚愕受傷，而接著第五和第六部分這樣寫：

14 楊牧：〈那一個年代〉，《奇萊前書》（臺北，洪範書店，二〇〇三），頁二九三。
15 見鄭毓瑜：〈仰首看永恆——《奇萊前（後）書》中的追憶與抵抗〉，《政大中文學報》三二期（二〇一九年十二月），頁一五一–二〇。
16 楊牧：〈微塵〉，《微塵》（臺北：洪範書店，二〇二一），頁五二–五六。又關於〈微塵〉與〈論孤獨〉的關係，可見謝旺霖的〈代後記〉，收入楊牧：《微塵》，頁一六五–六六。
17 楊牧：〈歸鳥〉，《長短歌行》，頁五二–五六。
18 楊牧：〈砂婆礑〉，《介殼蟲》（臺北：洪範書店，二〇〇六），頁九四。

5.

容許我呼喚走避的神
和意志。至上的美麗
是草原傾斜向水處浮現
一叢嚮往的野薑，啊無限
蔓延的憂鬱，當它曾經
被發現，接近，然後示意疏離
如暮靄蓄勢落下，黑暗
威脅將遮去我們尋覓的眼
甚至看不見白鳥如淚
在那邊盤旋

6.

我斜靠著搖椅看山
太陽光顯著游移到相反的
方向了，晚霞色的雲層
已經解凍退冰如我的胸襟

而所有關於美麗和
憂鬱的辯證，衝突
都在漸合的宇宙大幕裏融化為
虛無。花開在草原向水處[19]

把形上的神和意志呼喚出來，自然是為了鎮住這些消逝，這超越的力量是「至上的美麗」，但卻同時也是一股無邊蔓延的憂鬱。這樣的「至上美麗」，詩中說它曾被發現而後疏離，換來神的庇護，自我的遮掩，可能也是自欺。第六部分就在寫消融了，是老去、死去的過程，形體不在，種種辯證的思維化而為渾沌甚至虛無，最後結在一朵花上。注意此詩的開頭以「結冰的雲層」起始，末段言退凍而開花，這有著時間的伏流，彷彿暗示著生命的輪迴流轉，以及它的曾經綻放。

〈形贈影〉：時間的有限與無限

上節從兩面不同的角度來看〈影致形〉，詩作的追索成就了臨風獨立完整，「無可增減的原初」，它彷彿賦予存在的重量，同時也迎來孤獨與毀滅。〈野薑花〉整首詩的鋪排如

19 楊牧：〈野薑花〉，《涉事》（臺北：洪範書店，二〇〇一），頁三八－四四。

此，只是尤其值得注意的是，詩最後具焦在「花」之上，彷彿重回生命最戲劇化的一刻一瞬，等待瓦解；這個當下的瞬間，相較於永恆的虛無，是否又有甚麼意義可說？

抱持這個問題，先回到〈影致形〉這首詩。這畢竟是一首贈答詩，有自己的立場與對話的目標，而這個企圖在最後幾句明顯的表達出來：思想可以追索，但身體卻是拘束在現實之中，現實是會流轉變遷的；「四肢」點出了「形」的困境，「影」仍受到「形」的約束，詩末的「彷彿不屬於自己」，同時有泯滅個體，和「影」與「形」的割裂意義，如果「影」是延伸的抽象思維概念，「形」就彷彿是固著於人身上的感官感受。

思想的超脫，能否拯救肉體的困境？又或者，一切同歸於無。於是可以再往下看看〈形贈影〉：

假使你確定此刻你之所以飄搖零落正如
午時水世界的蜉蝣在漩渦中心短暫
取得一個位置，且開始思考
繁瑣的現象與本體之所以相對稱
復彼此抵消就可以構架為一永恆的
生命論述，或死亡——假如你可以

使用任何思辨的矛盾干戈
執著於頭緒，末節
所有冷淡與熾熱的策略，我們的
眼色左右變換，驅遣
系列失重的符號，以虛無
支配陌生的

比雪餘的鐘聲更寥落
是此刻天地僅有的返響
不期然遭遇，當倚北
眾星正彼此虛位，尋求緩衝
對準那傾斜的河水發光，調整
角度，告別過去，未來，現在[20]

這首詩以「假如」來開頭，揣想「影」這個思想工作者，如何在飄零的世界中短暫取得一個

20 楊牧：〈形影神．2 形贈影〉，《長短歌行》，頁六二－六三。

位子，「思考繁瑣的現象與本體」——這個「假如」未必能實現成真，但倘若它實現了會如何呢？永恆的生命論述，彷彿也是永恆的死亡。這不僅是如前節所言個體意志的消亡，同時更是對當下的否定；追求一個不可動搖，彷彿神諭的真理，當然不可能陷於有限的肉身，於是這個追索本身就隱含了某種自我毀滅的傾向。

但我們卻不能否認自己的感官，相反的，身體才是這個追索的起點。無論如何，先有形體之立，才有陰影的延伸，感官之所以與思維不同，在於其自足而不需要任何證成，相比之下，「影」彷彿是一個沒有界線的思想世界，「形」則是當下宇宙碰撞的一個小點，然後轉瞬而逝。〈形贈影〉的第二段拉開來看外部形貌，彷彿用客觀的角度敘寫看似無謂的追索，世界緩緩運行，而我們用「思辨的矛盾干戈」，驅遣符號企圖抓住抽象的真或美，或者「生命的永恆論述」；如果思想工作是「影」，這些追索是否只能支配「罔兩」？回頭來，更真實的感受，彷彿天地的反響，也正不期然的遭遇在「形」之上，這像是詩人自己的寫照。而最後的告別「時間」，刻意把「現在」放到最後來說，也正是我們立足於當下的此在，此身。「影」最終對個體意志感到懷疑，「形」也同樣對變化無窮的世界抱持困惑，兩者彷彿殊途同歸，對茫茫大化的無窮與無情，瀰漫滅跡的傷感。

然則，相較於「影」的跋涉追索，在原處不動的「形」，如同「水世界的蜉蝣在漩渦中心短暫／取得一個位置」，不斷與現世的一切流轉碰撞。如果「影」對抽象意義的思索可以是孤獨且美的，那「形」對待世界的方式，便是開放自我的感官，立於時間之流上，體驗體認每一個細微的天地反響。如同前節所述，楊牧對於思想的抽象追索在不同篇章中有著不同的姿態，而論及感官，楊牧也並非全然採取虛無視角。比如就以同集中的〈琴操變奏九首〉（二〇一三）來說，首先「琴操」作為古代琴曲歌辭之一，前承蔡邕、韓愈，以坎壈憂懷的主題為主，楊牧以此為名撰作「變奏」，自然承載了過往的書寫歷史，而劉正忠先生指出，〈琴操變奏九首〉在「事件不明確（泛指遭遇困厄）、人物不專指（泛指仁人君子），但情境有定向（坎壈憂懷之治）的背景下『發聲』……收納了許多類我的他者，是一個新生的共和的我」[21]然而，此一「共和的我」，是在甚麼策略下達致的？如果從「琴操」本身就暗示了文字以外的聲樂共感來看，則楊牧此組詩作似乎也不能忽視當中處處標舉的主觀感官性。從「聽琴」這一角度出發，九篇詩作其實不斷交織感官可帶來的想像延伸與同情，每一首都有感官的關鍵詞，比如〈其二〉，「在渺茫，失重的啼聲裏聽到／一些如期的訊息……」，〈其三〉「高處看見浮雲來往蹉跎，一面反光的／鏡子……」，〈其四〉「再一次自風雨聲中醒來」，而在結尾的〈其九〉，就明白說出這樣的過程：

> 這一次預言成真，歌從霧中傳來
> 陌生而險峻，我看到或人模仿的手勢

21　劉正忠：〈黼黻與風騷——試論楊牧的《長短歌行》〉，頁一六二。

戲劇性地平舉為阻止情節向前
如寒泉解凍剎那有最後一點爐灰
及時照明，見證挫折與毀滅
將傳承的儀式與典範利刃切割
我聽到失意的詠嘆穿梭
於醒與睡之間，抒情，言志，敘事
完整的結構，和動作，和適度的
悲傷，在反身離去之前[22]

從霧中傳來、陌生而險峻之歌，呼應了〈其一〉開頭那浮動、壓迫如馬隊的晨光（〈其一〉：「是誰率先指出那遠距浮動的是晨光／無時不向我們枯坐的位置湧進／一種壓迫，如賁然而起的馬隊」），而「看」與「聽」的交織，也進一步強化了此處感官的聯覺性。從歌中進一步「看見」模仿的手勢，這彷彿是說自我可以透過歌聲感應、貼近進而模仿這些歷史中的人物，成就一當下「共和的我」，並讓情節暫且凝結於此。換言之，這從聲音切入的感官共振，原來可以切斷儀式與典範，提煉出在不同個體間共同穿梭的「失意的詠嘆」，使之也穿梭在自我身上；於是，抒情、言志、敘事，以及完整的結構與悲傷，這種種詩的成因也伴之而生，儘管它終將「反身而去」，不屬於我自己。

將感官外擴，遂可以同情廣袤時空上的任一他者，類似的情懷在楊牧晚期詩作中也能找到其他呼應。比如可舉〈殘餘的日光〉四首詩（一九九七）為例[23]，這四首詩主要描寫「日光」走了又來，急雨打過窗戶後，太陽在窗上照耀水痕的瞬間，但作者把這個感受拉長鋪敘，加入了許多自我與世界的迂迴對步，同時以日光來隱喻時間。組詩的第一首先說雨來了又走，日光彷彿「想證實暴力與美，以及憐憫」，而在這個當下，詩人「看到有人陪我／窗前藤椅裏坐著」，這當下的事件彷彿把流動的時間終止了：

……我看到有人陪我
窗前藤椅裏坐著，布蘭登堡組曲
樓上小聲放著，空氣裏
有懷舊的煙氣氤氳飄著
失神一些，操心
一些，時間因你的注視

22 以上所引詩作見楊牧：〈琴操變奏九首〉，《長短歌行》，頁六九－八九。

23 〈殘餘的日光〉四首詩原收於《涉事》，而在收入《楊牧詩集Ⅲ》之時，詩題更改為〈搜尋的日光〉，詩中反覆出現的「殘餘的日光」一詞也改為「搜尋的日光」。見《楊牧詩集Ⅲ》（臺北：洪範書店，二〇一六），頁二九六－三〇三。

短牆上停止不前[24]

一個突然的感官碰撞，拉開了詩人與當下的距離，時間瞬止成格。值得注意的是，最後兩句的主詞由「我」換成了「你」，這個你彷彿就是「有人陪我」，可以是任何人物：無論時空坐標如何，只要處在一樣的宇宙，共享一樣的感官，那麼，我就不會是唯一一個看著「殘餘的日光」的人，失神的瞬間就不會只我獨有。其後，組詩的第二首開頭直接「斷定有人陪我窗前坐著」，可能是親人、友人、愛人，可能是過往的自己，甚至可能是正在讀這首詩讀者，明白彼此都在時間裏「依循環的心律畫上刻度」，但當下的每一個事件，也都可以因為彼此的共感寬容，看著它「看它繞過心律的刻度／向無窮距離延長／時間停止」，時間因此而成為無限。[25]第三篇把「海」這個要素牽引進來，並把目光放大到「宇宙間所有個體每一秒鐘／都在變化」。海是平等且包容的，彷彿是一切流動事物的終點，詩的最後寫「看殘餘的日光在海面上／不停搖動，無窮的／訊息和少量焦慮，時間——假如時間允許」殘餘日光在海上搖動，一如每個片刻都在搖動我們的腦海，勾連一些記憶。[26]前承第三首詩的最末，在〈殘餘的日光〉第四首詩的開頭，就說這是「最安穩的一刻」，彷彿這個片刻最終也融入了「海」，變成了時間之流的一部分。而在第四首，詩作這樣做結：

這樣來回甚好，在這樣安穩的

一刻，已經看過的是下午的海
已經繞過一圈趕上的是時間絕對
和時間相對，等分除以二[27]

從不安的震動到安穩的擺盪，從似箭的急雨到廣闊的海，這之間彷彿就是「時間絕對」與「時間相對」的對話，我們因「分神」而短暫岔出繞路的那些，截片與共鳴的部分，最終也必然會回歸原本的物理時間，接續往下走。只是在我們身上，這已經沾染了個人的經歷與心境，時間已然並非絕對，而有了屬於每個人的相對意義。

這樣的「時間相對」與「時間絕對」之分，都可稱得上是某種有限與無窮。[28]當然，片

24 楊牧：〈殘餘的日光1〉，《涉事》，頁三〇－三一。
25 楊牧：〈殘餘的日光2〉，《涉事》，頁三二－三三。
26 楊牧：〈殘餘的日光3〉，《涉事》，頁三四－三五。
27 楊牧：〈殘餘的日光4〉，《涉事》，頁三六－三七。
28 黃麗明曾藉里柯爾（Paul Ricoeur）的概念指出，時間可分為短暫性（temporality）與歷史性（historicity），即「有限的生命時間」與「無窮的宇宙時間」，並說明楊牧詩作將前者視為後者的重新銘刻，近期作品並有將人世時間與宇宙時間混合的傾向。見黃麗明（Lisa Lai-Ming Wong）著，詹閔旭、施俊州譯，曾珍珍校譯，《搜尋的日光：楊牧的跨文化詩學》（*Rays of the Searching Sun: The Transcultural Poetics of Yang Mu*）（臺北：洪範書店，二〇一五），頁一三〇－一三一。另外鄭智仁認為《時光命題》這本以「時間」為主題的詩集，當中作品之時間觀有著「永恆／瞬間」的變奏迴旋，亦可作為參考。見鄭智仁：〈楊牧《時光命題》的變奏思維〉，收入國立臺南大學國語文學系主編：《第十三屆思維與創作暨第三屆語文教學與文學創作研討會論文集》（臺南：國立臺南大學國語文學系，二〇一一），頁六九－八七。

刻的永恆還有一個不能忽略的因素：記憶。記憶書寫是楊牧作品中不可忽視的成分，比如《長短歌行》中的〈未及〉（二〇一二）這首詩，楊牧便探討了記憶的消逝——彷彿我們可以感覺到有些甚麼，正在「先後消滅略無」，尤其是「感官為之顫抖」的時候，也許我們召喚的只是模糊明滅的一些光亮而已，確切的輪廓早已不在。[29]如同〈影致形〉在最後言「告別過去，未來，現在」，〈殘餘的日光〉把時間歸於大海，何嘗不是一種記憶無法己有的隱喻？感官經過時間連結並成為記憶，記憶又將被時間之流沖走，個人生命的重量，在茫茫的宇宙下，儘管能短暫召喚同情者，或者也只是如春花秋草，如日光，劃出痕跡後漸淡而去。

〈神釋〉：摧折多情的心

如果〈形影神〉在前兩首詩就結束了，那便是悲觀生命的重申。只是，如陶淵明寫了一首〈神釋〉來拉高視角說服自己，楊牧擬題而作的三首組詩，也需要一個「神釋」來總結收束；相較於陶淵明以「縱浪大化中，不喜亦不懼。」的道家胸懷面對，楊牧此處的處理頗有為「神」翻案的企圖：

> 我承認我因為缺乏普救的定義
> 而自詡詡欣喜，近乎超然之有力
> 絕對的自由，零羈絆，且透明無所

不在，永遠比爾等輕若山谷飄泊
吹過的風，比子夜潮音自古昔
傳來，比夢——更渺茫
訴諸想像，我承認我永遠先走一步
以慧黠掩飾羞澀的表情
曾經屬於我的
惟有當寂寞也變成完全屬於我
的時候，當四冥八荒充滿了宇宙勢必
沉淪的異象，我站在雷雨初歇的野地
嘗試解說一些重複的徵兆
為你，以約定的程式
直探依稀多情的心，堅持摧折
當無邊的寂寞證明完全屬於我
也只有流落人生歧路上的你
和你，是我惟一的不捨[30]

29 楊牧：〈未及〉，《長短歌行》，頁一〇六－一〇七。
30 楊牧：〈形影神．3 神釋〉，《長短歌行》，頁六四－六五。

面對無所不在的死亡陰影，最有用的解決自然是宗教信仰。這不僅是依附了一個有無窮力量的形上實體，以致可以賦予自我生命的意義，更是透過形上的「神」來保證靈魂意志不滅，消除人類深層的死亡恐懼。[31]這首詩中的發言者「我」自然是「神」，但這個「神」卻自言「缺乏普救的定義」，且對此也不以為憾，還欣然得意；它有絕對的自由，無所不在，比夢渺茫，甚至「永遠先走一步」——這一個無人看見，也不對人類實現救贖的神，究竟是否符合神的定義？又要如何展現其神跡？

這首詩沒有分段，但應該可以大致從「曾經屬於我的」一句作為上下兩個段落的樞紐。後半部，就是在說明「神」出場的時機，以及其所「釋」之事了：那是在「當寂寞也變成完全屬於我／的時候」，是一個人以「影」追索而致孤獨，或以「形」傷感而成蕭索，揭開了那個「宇宙勢必／沉淪的意象……」的時候，神諭才將出現，但並非為了解脫，而是為了摧折，或者在此，解脫與摧折彷彿一體兩面：摧折過一個個深情的心後，這無邊的寂寞才算是歸於一體了。此處有兩點可說，首先，神所賜予的，竟是要堅持摧折多情的心，似乎意味著「傷心」才正是賦予生命存在的重量。其次，最後兩句言「也只有流落人生歧路上的你／和你，是我惟一的不捨」，此處的「神」既然缺乏普救意義，對這你和你（指「影」和「形」）的不捨又有何用？倒不如說，既要堅持摧折多情的心，那神的「不捨」，亦將被自我摧折。如此，「無邊的寂寞」是否還能完整？

於是，〈神釋〉的最後彷彿又把整全分割，神之「釋」，既是解釋，亦是釋放，收回

「影」與「形」的困惑迷途，當這寂寞一旦完全屬於我，就是拆解它的時候。此類似的情境如同〈臺南古榕〉（二〇〇一）這首詩的第四段：「——且被多次造訪，隔著／著火的柵欄呼喚，使用臨時的／名字，一些有聲符號，和手語／教我分心墮落如聲色的菩提／」，此詩以「榕樹」為主角，內容有著佛教的色彩，本來已有「惟我自在空白無邊際」的境地，最後一段卻又因為名字、符號等種種指涉性的東西「分心墮落」，但這種墮落反而更見生命的重量。[32]

「情」在楊牧的詩中似乎隱晦，但也總在關鍵的時刻有其提示與畫龍點睛的作用，比如〈春分〉（二〇一二）這首詩正是如此，此詩營造一個迷亂之景，無論是思維或記憶皆不可靠，而惟一發著光的，是為了「提示有情」。[33]另外，較早的〈兔〉（一九九七）這首詩更涉及了寫作，此詩以「撲朔」和「迷離」兩隻兔子作為對話，同樣可以分為兩部分，前半部描寫「撲朔」以身體感官探索，用自己的「踴躍」來與世界互動，而後「迷離」則從露珠之

31 比如佛洛依德在其一九二七年的著作《一個幻覺的未來》（*The Future of an Illusion*）中，就認為宗教滿足了人類最古老、最迫切的願望：減輕對死亡的恐懼與確保了道德正義的實現。見Sigmund Freud, *The Future of an Illusion*, trans. and ed. James Strachey (New York: W. W. Norton & Company, 1961), p. 30。儘管此書因認為宗教是人類的幻覺而引起爭議，但當中對宗教功能的分析仍可作為參考。

32 楊牧：〈臺南古榕〉，《介殼蟲》，頁四六－四七。

33 楊牧：〈春分〉，《長短歌行》，頁一〇八－一〇九。

中，發現了「無窮的幻象」與不斷變化的雄性（撲朔）之間的曖昧疊合，那變化彷彿朝著時間的盡頭而去，並且透過自己「多情的眼睛」，看到了真實成為永恆的可能。於是，這開啟了「撲朔」與「迷離」的後半部對話：

撲朔：

時間，理論上，是沒有
止境的——美適合以黃金分割
偉大的定律再三複製
可惜那指的不是肉身造形
而我對稟賦於我的智能，想像力
對我深邃的原創從不懷疑
惟有委靡的毛色
鬆弛的筋骨，那就是
任何巨匠百思不得解
回生乏術，眼看它一步步
顛簸惡化：盛夏草原上
於心不忍的蹉跎

迷離：

……

……

理論上才是，實際也已經證明
惟有那抽象原創所釋出的
值得，並且可以複製，充沛
交融的心血完成的是愛
與美，請坐下為我們寫些甚麼[34]

「撲朔」先回應了「迷離」在前段的經驗，時間無止境，偉大的定律確然存在於此，但「撲朔」自己的踊躍遊戲卻是有限的：儘管我們相信自己的智能、想像力和創造力，卻終究要困在毛皮筋骨裏老去，這是無可逆轉的悲劇，任何人都無法化解。但其後，「迷離」輕巧的回應了撲朔：自然，我們相信這些對藝術、對美的追求能放在特定的宇宙時空裏，彷彿永不衰老，但更重要的是交融的過程，如果在時空的嬗遞中我們湧起了「於心不忍的蹉跎」，這反而是藝術創造的起點，所有的「愛與美」，必須由心血交融而成。於是面對「撲朔」「回生乏

34 楊牧：〈兔〉，《涉事》，頁六三－六五。

術」的質問，「迷離」的解法是：「請坐下為我們寫些甚麼」。[35]

面對生命，在對抽象的追索與無窮的時空之間，人世的血淚心神如何被磨耗摧折，是楊牧詩作中常見的主題。比如早在《時光命題》這本詩集中，動人之作〈客心變奏〉（一九九二）的結尾便以自身的殘破與多情來撼動宇宙造物：

……剎那間聲色
滅絕而宇宙感動地以帶淚的眼光閃爍
看我，將遠近所有的動力因子緊緊扣住
不讓它以那啟迪之力，以造物驅使的
情懷慫恿我，以衝刺冒險的本能

以欲以望
或者因為那一切或者
不讓我在黑暗裏歎息
在流離的，遠遠被拋棄，剝奪了
愛和關注的陰影裏哭泣：
大江流日夜[36]

〈客心變奏〉以異地鄉愁為主題，前半部先說「肯定一切擁有的和失落的無非虛無」，而最後這段結尾，「宇宙」扣住了所有「動力」，彷彿時間停格，因此我得以從嘆息、哭泣，被拋棄、被剝奪的宿命暫時抽離。「宇宙感動地以帶淚的眼光閃爍」成為關鍵，這就如同〈神釋〉中「惟一的不捨」，此處人格化的宇宙給出了憐憫的眼神，但同樣的，那不斷讓我在黑暗哭泣，剝奪我的愛與關注的，不正也是「宇宙」（「大江流日夜」）本身嗎？或許，那摧毀之前的投射不捨與淚，已經是造物能給的最大恩賜，也是身而為人，最富有存在意義的時刻了。

前文曾引《長短歌行》的跋，其中說明人們對抽象超越的嚮往，而楊牧在這篇跋中，也提到所謂的「神」，真正動人之處也在於血淚兵刃之中展現：

而事實證明，無論我們如何推諉以這一切付之想像，而不承認其中有任何動人的故事情節，這應該還就是屬於那個時期，當大小神祇動輒為小事不和，爭執，使譜系裏無死的他（她）們和凡間男女一樣都介入血淚和兵刃災難之中。這種事發生在億萬年以前，所以我說也可以歸納地稱之為我們的共同記憶，而且還屬於遙遠，陌生，破碎的傳說和

35 這樣的情懷讓人聯想到〈程健雄和詩與我〉這篇文章，此文以自身經歷，書寫詩如何在憂鬱、茫然和世界的飄零與衝突間生成。見楊牧：〈程健雄和詩與我〉，《奇萊前書》，頁二〇九－四二。

36 楊牧：〈客心變奏〉，《時光命題》（臺北：洪範書店，一九九七），頁五－六。

寓言一類，屬於我們。[37]

種種憧憬嚮往，心中的美真彷彿可以提升到抽象的層次，它在每個時代、每個事件以不同的面目一再與我們遭遇，彷彿是以「不變的面目」看著我們，那彷彿就是「神」。然而，就如此處楊牧舉希臘為例，諸神之所以動人，也在它們都曾擁有凡間的血淚，即便這屬於共同，甚至億萬年前的記憶，它既然承載了動人心魄的成分，那便有其「墮落」之處，有其「人性」；是我們嚮往抽象的美與真，卻在窮途追索之後，發現它也蘊藏在自我深處。

天使，倘若你已決定拋棄我

本篇文章從〈形影神〉三首組詩出發，並連結其他作品，討論楊牧後期詩作對生命、死亡以及藝術與美的種種探問追尋。在〈形影神〉組詩裏，〈影致形〉以「影」為主角，前承陶淵明以「道德聲名」當作形體消逝的解方，「影」所追尋的彷彿正是追尋抽象的美與真。然則，既然原初本體不可增減分割，那麼自我亦將被其吞沒，這是困境之一；即便思維可以天馬行空，但形體依然被禁錮在當下，這是困境之二。〈形贈影〉繼續把目光放在靜止的「形」之上，形體彷彿是漩渦中的一個小點，不斷接受周遭變化帶來的感官碰撞，感受時間持續地更迭，或者摧毀。思想可能是一個武器，卻仍無法化解形體的困境，最終形體亦將衰敗消逝。組詩的前兩首，先說明了自我意志面對真理的危險，再說明了身體感官無法永存的短暫性，對於自我的瓦解隱約抱持著悲觀。而就如同陶淵明以〈神釋〉說服自己，楊牧也藉由〈神釋〉一段來暫時賦予生命意義：即便一切都將消失，真正動人的並非永存，而是過程中流露的人情流轉，是如何面對「神」不得不的摧折，以及所有摧折背後那顆不捨的心。

這當然不是楊牧詩作面對生命焦慮統一的態度情調。就如同文中所引用詩作，可以得知詩人的角度往往是猶疑徬徨的，可能肯定孤獨且絕對的美（〈論孤獨〉），也可能對流轉的時間處以安穩安詳（〈殘餘的日光4〉），又或者藉感官來營造跨越的可能（〈琴操變奏九首〉）。〈形影神〉三首詩只是反映了楊牧面對生命的三個部分：思索，感受與人情，尤其最後的人情，時而又與創作相關。無可捉摸的「神」，往往被作家連結到對美，對藝術的追索及靈感，楊牧也不例外，上文引《長短歌行》的〈跋〉即是一例；而在詩作之中，這也不時化為動人的呼求：

> 天使，倘若你不能以神聖光榮的心
> 體認這織錦綿密的文字是血，是淚
> 我懇求憐憫

37 楊牧：〈跋〉，《長短歌行》，頁一三五－一三六。

天使，倘若你已決定拋棄我
告訴我那些我曾經追尋並以為擁有過的
反而是任意遊移隨時可以轉向的，如
低氣壓凝聚的風暴不一定成型
倘若你不能以持久，永遠的專注閱讀
解構我的生死[38]

這是〈致天使〉（一九九三）的結尾，詩的開頭正寫一封潦草的信，並以為可以「在你的聲勢裏收筆」，信終究是寫成了，但天使卻失約了。如此，又可以期待天使甚麼呢？這血淚完成的文字，如果無法被體認，如果一生的追尋都將落空，沒有任何形上的神來見證創作，進而解構我們的生死，餘下的都將是寂寞與虛無。如果我們還要祈求甚麼，也許是在消失之前，能得到一絲絲的憐憫吧。

38 楊牧：〈致天使〉，《時光命題》，頁二一九。

二、賞析：理解與對話

（一）情詩

情詩

金橘是常綠灌木
夏日開花，其色白其瓣五
長江以南產之，屬於
芸香科

屬於芸香科真好
花椒也是，還有山枇杷
黃檗，佛手，檸檬
還有你

你們這一科真好
（坐在燈前吃金橘）
名字也好聽，譬如

九里香，全株可以藥用
受命不遷生南國兮
故事也好聽（坐在
燈前吃金橘）后皇嘉樹
以喻屈原

你問我屬於甚麼科
大概是楝科吧
臺灣米仔蘭，是
常綠喬木的一種，又叫

紅柴，土土的名字
樹皮剝落不好看
生長沿海雜木林中
也並沒有好聽的故事

木質還可以，供支柱
作船舵，也常用來作
木錘。憑良心講
真是土

——原收入《楊牧詩集Ⅱ》（臺北：洪範書店，一九九五），頁五九—六一。

從詩題來看，讀者很可能聚焦於愛情，但考察背景和內容所用典故、辭彙，顯然釋為愛情不乏可商榷處。首先，將詩中兩位主要描述對象所涉及的植物意象進行對比，能夠發現楊牧以賦筆臚列芸香科植物的外觀特質，命名內涵以及典故功能，與之相應的紅柴同樣如此，但兩者互有異同。詩中的「我」，不像被大量臚列的金橘同科植物：花椒、山枇杷、黃檗、佛手、檸檬等，恍若漣漪無限連綿的譜系，近乎屈原在作品中臚列的大量香草，反而特別挑選楝科植物中的特定品種：臺灣米仔蘭。臺灣與美國，古典與現代，屈原與楊牧，藉由跨越實質空間地理的相互定義，自謙「很土」的詩人何嘗不是貫徹古代詩人執著不悔的精神？

金橘和紅柴都是常綠植物，但一為灌木，一為喬木；皆產自南方，但前者芬芳美麗，名字好聽，後者樹皮會剝落，名字聽起來也略帶土氣；皆有具體的功用，前者可食用與藥用，後者則堪製作耐捶打，能控制方向的實用器物，甚至是廣植海岸邊的防風林。回歸詩體與詩藝，除了擁有語言各種質感（聲響、顏色、溫度）帶來的美好外在形式，也同樣需要堅實、反覆鍛鍊的結構作為肌理骨骼。形式與內容，過去與現在，你與我，芬芳與質樸，物與情的多重折射都收攏在詩中。抒情，自然也包括主體對自身理想的追尋與體現。

事實上臺灣米仔蘭同樣具備香氣，美好質地同樣應上溯紉秋蘭以為佩的屈原，只是花體細小如米粒，並不顯眼。作為故事之喻體，屈原是更為龐大外延的意義集合體。〈離騷〉中「紛吾既有此內美兮，又重之以修能」，綰合本質與修飾之美，凸顯屈原人格，也成為楊牧的理想目標。多識草木鳥獸之名的楊牧，確實可能自喻為南國植物紅柴。臺灣對旅居西雅圖的楊牧而言，是南國更是母土。最初以受命不遷生南國的芸香科植物當成典型，最後卻落腳美西海岸，頗見對比呼應。楊牧憑藉詩句縫合諸多閃現的記憶，意象連類及感官類比讓情詩之「情」返照自身而有了人生體悟和哲學層次的高度。

參照楊牧一九八〇年描寫幸福婚姻生活的代表作〈盈盈草木疏〉，儘管〈情詩〉也圍繞植物進行書寫，但前者字句溫暖光明，充滿一派和諧溫馨，植物品類亦為楊牧西雅圖寓所庭院外所見。從典故、描寫細節到口吻腔調，無論是點染兩人生活，或觀察、想像對方的動作細節，乃至自述勞動與未來的嚮往憧憬，調性都有別於〈情詩〉。

其實一首好詩無論描寫愛情或將個體之情昇華至哲學層次，均不影響其藝術成就與價值。本文所言只是諸多解讀楊牧的一種方法，只能說是不同的詮釋，而未必是更好的理解。文學建構的世界有不同的表述方式，變與不變，物與我，群己互動與時間流轉的痕跡都在詩裏，終究需要讀者參與。（許嘉瑋）

水田地帶

下一個春天和下下一個春天
我站在微雲灌滿活水的田裏，想像
你是美麗的鷺鷥
潔白的衣裳
脆弱的心

而現在我們坐在田埂上
背後有人在順風焚燒一些稻桿
青煙吹在我們兩個人中間
下一個夏天和下下一個夏天
我可能再來看稻穗吹南風的海浪
看蜻蜓遮蔽半片藍色的天
你在另外一個國度

也許永遠不回來了

而現在我們沿著公路走
發現田裏不開花的是水仙
我們大笑，淡水河橫在左手邊

下一個秋天和下下一個秋天
我決心為他們扮演沉默的稻草人
可是我答應你了我絕對不嚇你
就有那麼幾個秋天
我這樣枯等著

而現在我們並立候車
交換著幾個月來聽到的故事
錯以為我們可以這樣把距離拉近
下一個冬天和下下一個冬天——

其實我已經覺悟再也不會有
下一個冬天。
他們在焚燒著
沉默盡職的稻草人
青煙在樹林子外盤旋

而現在我們在前往的船上
前往永遠不再的水田地帶
為了證明這是幻想不是愛

——原收入《楊牧詩集II》(臺北：洪範書店，一九九五)，頁八五—八七。

迂迴的臆測對方的心跡如何暗湧，揣想那人說的與沒說的，懂或者不懂。並肩談論過去與未來、分食彼此肌膚上的感知，然後，似是難以迴避的，迎來錯信與覺悟。〈水田地帶〉(一九七七)是這樣的一首情詩，允諾和幻滅同在，美麗與脆弱同舟。在田野風景的環繞中，詩人一再設想未來的約會：「下一個春天和下下一個春天」，如此遞進，夏天秋天與冬，分明都是落空，正是以一種否定來證明愛的方式。

非常詭異，每一次的遞進，都帶著疑信參半的態度：可能、也許、決心、錯以為，且一次次深重。有趣的是，與戀人的焦灼看似相反的，是詩人戮力追求整齊的形式，他在季節變換中安置著「現在」的動態：「我們沿著公路走」、「我們並立候車」、「我們在前往的船上」。彷彿唯有清淨有序的形式，才能將那紛亂的內在梳理清楚，乃至形諸文字的表意過程。

詩中，所有看上去曖昧的躊躇、反覆，在最終行「為了證明這是幻想不是愛」，得到萬事揭曉一般的徹悟，幾乎伴隨著痛而來。楊佳嫻曾將〈水田地帶〉裏姿態做盡的矜持、一廂情願的滿足一種美，視為情詩的經典樣式之一[1]，如果愛情是詩人們不能繞開的主題，愛被詮釋的形貌，就有無限的可能性。譬如這裏，「稻草人」的形象在第五節之後出現：「我決心為他們扮演沉默的稻草人／可是我答應你了我絕對不嚇你」；第七節「他們焚燒著／沉默盡職的稻草人」，原是為了威嚇鳥類的而「假裝」人類的稻草，可以和詩的開頭將傾訴對象「你」喻為白鷺鷥相聯繫——「你」是年年遷徙的鳥，「我」在原地恆久枯等。

稻草人表面沉默不語，內裏是一顆揣測著愛的心，卻在即將來到的冬天被焚燒，詩行一再預示讓「我」浮想聯翩的此地，事實上是「永遠不再的水田地帶」。以四季來寫愛情，很容易使人想起〈讓風朗誦〉（一九七三）[2]，同樣都是傾訴體，季節序的安排反映出截然不同的戀情氛圍，〈讓風朗誦〉組詩依照夏、秋、冬、春行進，最後浸淫於春天萬物萌動的韻律中，情事如大自然的節奏，毫無窒礙，於是詩收尾在一甜美的寧靜中：「我把你平放在溫暖的湖面／讓風朗誦」。

與此相較，本詩的情意更委婉迂曲，愛情的在與不在都是命題，但後者更易於成為詩句的匯流之處，詩中的時間看起來一直往前，甚至出現了「前往的船上」，實際上都在表明愛情的不在與不再。最後，參看同樣寫於一九七七年冬天的〈蘆葦地帶〉[3]，依創作時序安排在和〈水田地帶〉相鄰的位置，那結尾如此表白：「我知道這不是最後的／等待，因為我愛你」，都是否定語法，都亦步亦趨的試圖接近愛情，〈水田地帶〉則讓「等待」來證明幻想，進一步證明幻想並非侷限，而是解釋真實的一種途徑。（李蘋芬）

1 楊佳嫻：〈心事未敢透明：讀張錯〉，「博客來OKAPI．詩人／私人．讀詩」，網址：https://okapi.books.com.tw/article/9051。
2 楊牧：〈讓風朗誦〉，《楊牧詩集Ⅰ》（臺北：洪範書店，一九八〇），頁四九〇－九五。
3 楊牧：〈蘆葦地帶〉，《楊牧詩集Ⅱ》（臺北：洪範書店，一九九五），頁七九－八四。

代牋

然後天地開始擴大
觸及一些海礁，島嶼
以小波浪翻浮之勢
在暗晦不透明，深深的
戀慕裏：心是宇宙的倒影
我們尋找隱喻，讓斥堠
繞道而行，愛與恨逆流
繼之。遠山柔和地傾斜著
一海鷗優遊
鼓翼向前，俯襲
又一隻海鷗以同樣的決心
這是完全可能，可擁有的

此刻當水氣悠悠蒸發
並且在我們身上附著
左前方日光閃爍
碰撞雙雙眩暈的眼
如掌心拊擊剎那
淚在臉頰，風吹過
欄杆，血氾濫上心頭
雨淋濕了陽臺外開花的枇杷
靜默，我反覆整理著
一兩個句子：惟靜默
中鬱鬱想開口說話而
終於無言放棄最美
然後想到若是這樣坐下去
在一個慵懶的午後
面向渾同一色的海與天
水鳥的呼聲偶然
自小碼頭那邊傳來

你眨眨眼，欠身追索而
水鳥不知去向
已經

所以你最美，靠在
溫暖的座椅上
如此安寧，放心，入迷
沒有任何盤算。惟意志
在完整的寓言裏
與激情並騎奔馳過山川
過風雨，日照，月光
過饗宴和橫逆為最美，在
一本插圖的大書裏
是前衛的旌旗和盔甲
或者相逢在低垂的簾櫳後面
久久對看
沒有傷感

——原收入《楊牧詩集Ⅲ》（臺北：洪範書店，二〇一〇），頁三二一—三五。

牋同箋，是書信的意思。「代牋」，指代為書信，這可以有兩個涵義：一是以此作為書信的替代，贈予對方；二是代為寫信，幫助他人傳遞心意。無論如何，既以牋為題，顯然是有兩方的情意流動。信件意在傳遞訊息，寫甚麼、寫給誰，又希望能寄送到哪裏，都是在「代牋」此詩題下，隱而未顯的伏流。

由此來看，首句的「天地開始擴大」，用意令人玩味。信息的傳遞，從寄出到寄達，中間該經歷多少時空轉折；楊牧長年居於異地海外，這些消息彷彿在浪潮中翻滾、洶湧、觸礁。儘管詩人說「心是宇宙的倒影」，雙方的意念曲折未必比身外的天地狹小，但觀察第四句以降，戀慕深深但不透明，尋找隱喻以掩映心意，這些都是為了讓那不知何來的「斥堠」繞道而行，這是否意味著要躲開某些偵察與審查？不管斥堠的背景是誰，也不論其目的，下一句言「愛與恨逆流／繼之」，彷彿也意味著要排開個人愛恨了。既然心即宇宙，隱喻同時映照大我與小我，是否就讓所要傳達的訊息交融在天地之中？像遠山，像海鷗，鼓翼俯襲，不為了甚麼，只是周而復始的交織，就足以說出、撫平一切。

詩作的第二段回歸個人，強調這是「完全可能」、「可擁有」，卻有著說服的口吻。閃爍的日光眩暈眼睛，如掌心拊擊，對應上一段的海鷗；而相較於無邊際的海洋，人們也同樣身處世界之中，被水氣氤氳籠罩，人世的血淚心神也都被攤平溶解在雨裏。「枇杷」原產中國南部，是中國庭院中常見的植栽，為富足殷實的象徵；段中以枇杷作一小結[1]，暗示把情意投射到遙遠的東方南國，「代牋」的兩端至此可見一二[2]。以詩代牋，以宇宙為心之隱喻，追求的若僅是美學的實踐，也許終將達到無言勝有言的境地；因為無論寫下甚麼，都已成為了限制，落入言筌，失去更大的意義可能。如果最終我們所要追求的，只是純粹昇華的意志而已。

只是既然如此，何以還要存在這首詩？更甚而，如果天地就是一個完整的寓言，我們為何還要寫詩？接續前言，詩人終於坦言放棄落筆寫信，並想像有一天，對方也將面對同樣的海天景色，同樣地追索，失落。值得注意的是，此處最美的不是「靜默」本身，而是靜默的過程：「靜默，我反覆整理著／一兩個句子：惟靜默／中鬱鬱想開口說話而／終於無言放棄最美」，因而第四段開頭的「所以你最美」，自然也是說明「你」亦沒有來信了。你「安寧、放心、入迷」，在「書」這個不被現實設限的時空中，經歷山風海雨，沒有傷感，也不必有傷感。至此才明白，原來詩題「代牋」，不只是要以此詩代替自我的情意傳達，同時也以此詩代替對方未寄之信，回贈自己。這是多麼動人的情懷。

詩作至此意義已經圓滿，但我們不妨對照楊牧在〈大虛構時代〉一文中的最後一段：

> 雪光還沒有消逝。我坐在搖椅上，背心溫暖，覺得慵懶，昏昏欲睡，但我願抵抗那睡意。我本是一個堅忍的人。火爐發出一聲嗶吧，靜了。我彷彿睡著了，終於，彷彿夢見我回到遙遠遙遠的家國故鄉，在曩昔的群山俯視之下，曩昔的海水在那裏，不停湧動，一波連一波，一波一波互相勾絡著，擴大，天上有雲朵變化，時而專心舒卷，完整地成型了，時而破碎流離，各自東西，而他終於在自己茫茫的方向，某一未知之一點，孤獨

地解散了，溶進虛無。[3]

這與〈代牋〉之意境是何等相像。在〈大虛構時代〉裏，楊牧設想自己是遠洋船員、森林看守員、礦業專家、燈塔管理員等等，但最後說明自己是安那其（anarchist），即無政府主義者。當一位後輩研究員問他，為何身在離家如此遙遠的學院教學研究，「安那其」便是他的答案。文中言，「安那其不是天生就安那其」，「他必須曾經為這些現實痛心疾首，曾經介入對抗，然後廢然退出，才可能轉變成一位真正，完整，良好的安那其」。儘管如此，如文中所反問，我們又怎麼能否認自己的家國之思？回到這首詩，信寫與不寫未必重要，重要的是彼此安好，在隱喻中躲過斥堠，讓愛恨逆流，讓更大的寓言來包容不必要的傷感。這一封代牋，可能為了曾經的故土故人而寫，也可能為了當下靜默放棄的自己而寫，是遺憾，亦是安神。而或許，這即是詩所存在的必須。（郭哲佑）

1 在詩集《完整的寓言》（一九九一）中，〈代牋〉一詩為四段，「雨淋濕了陽臺外開花的枇杷」為第二段末句，「靜默，我反覆整理著」則為第三段首句；而在收入《楊牧詩集Ⅲ》（二〇〇六）時，此二段已被合併為一段。然此處之詩意仍有收束再起之勢。

2 明清以後，枇杷在中國詩詞中漸有了政治與文化興衰的象徵，相關討論可見陳建男：〈政治託喻與文化記憶——明清之際詩詞中枇杷意涵試析〉，《明清詩文研究》一期（新竹：國立清華大學中文系，二〇〇九），頁二八三—三〇六。

3 楊牧：〈大虛構時代〉，《奇萊前書》頁二八七。

會話

這件事發生在普林士頓
春雨似乎是停了又髣髴
還細微飄飄而淡淡的烟
浮遠浮近在林木的末梢
我正坐在窗口等候張望
不知道你在學校裏怎樣

紅頭子的小鳥在草地上
踏過一叢叢的新蒽覓食
院子裏很靜而我在窗口
喝茶吸烟讀涉江的屈原
不斷擡頭看窗外而你在
學校喝咖啡且英文會話

網球場上有老人在溜狗
春雨似乎已經停了否則
你沒帶傘下課怎麼樣走
英文會話能應付就行了
我把書推開張望你的車
只要你平安回家就行了

——原收入《楊牧詩集Ⅱ》（臺北：洪範書店，一九九五），頁二七七—七八。

一九七九年，楊牧帶著戀人回到位於紐約南方的普林士頓，楊牧講學、學術研究的客座之地。對詩人而言，是日常的歸返，對詩中的「你」來說，卻充滿挑戰——去國千里，除了地理空間的置換，還要面對陌生的異地語言與文化。而詩中的「我們」，也才正要開始經驗共同的生活與生命。

楊牧在《海岸七疊》（一九八〇）後記寫道：「盈盈在普林士頓學網球和英語會話……。一個春天真的就這樣過去了，我從來沒有覺得自己那麼健康開朗過，因為盈盈總是那麼健康開朗愛笑。盈盈哭過，當她想家的時候。」戀人開車到學校，在英語會話課練習用陌生的語言交談，這是「會話」的字面意涵。不同於楊牧詩往往給人艱深，繁複的印象，〈會話〉一詩可以「秒懂」，大致上有兩個因素。一是遣詞，二是文法句構。前者如「英語會話」、「開車」、「平安回家」等日常用語，以及口語如重複兩次的「就行了」、「沒帶傘下課怎麼樣走」；後者如「紅頸子的小鳥在草地上／踏過一叢叢的新蔥覓食」、「你在／學校喝咖啡且英文會話」、「網球場上有老人在溜狗」。我們試圖「翻譯」成下面的句子：

Red-necked birds on the grass step across clumps of scallions for food.
You drink coffee and have a conversation in English at school.
An old man walks his dog on the tennis court.

這裏的文法（如動詞現在式、介系詞片語等）幾乎是我們一開始學習英文口說的常用文法。即便如此，「口說體」因為與「格律體」相互碰撞，產生強烈的圖畫性與節奏感。

這裏，格律作為一種形式，六行為一段，每行十個字，如第一段「我正坐在窗口等候張望／不知道你在學校裏怎樣」，構成「你－我」、「外－內」、「說－讀」的張力結構，且首段最後兩行韻腳「不經意」地收束在「ㄤ」韻。勻整形式下，復使用大量迴行，使詩的聲響、意義參差變化，不致單調。好比「不斷擡頭看窗外而你在」，有一種「擡頭看見你在窗外」（但其實不在）的錯位效果，行斷而情意未斷；接著另起一行「學校喝咖啡且英文會話」，才構成節奏與意義俱足的詩句。進一步說，〈會話〉直拙易懂，非但不是隨意寫就，而是刻意以接近「會話」腔調來說話的結果。這樣的「接近」，一方面扣緊「會話」旨意，字面底下，則連結了說話者我之於受話者你綿密湧動的情意。

另外，「會話」一詞，多指用不同語言交談對話。楊牧的〈會話〉中，文化符碼之為詩歌的元素，一方面再現真實生活世界的物件，如春雨與淡烟、小鳥覓食、網球場遛狗等；另一方面，是情意表達的重要工具。透過看似平凡的文化符碼，反映迥異的文化模式：

受話者你—說—英語會話—喝咖啡
言說者我—讀—讀屈原涉江—喝茶

咖啡在西方文化的重要性，一如茶之於東方。受話者你在英語社交場合喝咖啡聊天，言說者我則喝茶讀書。對立的結構，隱隱然透露受話者你跨越文化差異的決心，以及言說者我之於你的牽牽掛掛。

此詩動用到的典故，只有屈原的《楚辭．九章．涉江》。〈涉江〉本事為屈原因襄王聽信讒言，失望之餘離開楚國的作品。「喝茶吸烟讀涉江的屈原」，短短一句，把言說者我的「靜」（讀），與屈原的「動」（涉水）連接起來。這一悖論結構反映「我」是那麼不安於室，那麼急切地想「涉渡」到對方身邊。「涉江」這一文化符碼再放到「會話」的脈絡，則「會話」作為溝通的載體，更包含思維模式、生活方式、文化底蘊等。由此看來，戀人遠渡的不是江，而是一整個太平洋，迥異的語言文化，以及共同生活的跋涉。

楊牧談鄭愁予時曾表示，詩有兩種，一種是困難的詩，一種是不困難的詩，「但不困難的詩並不一定是容易的詩」。在楊牧的詩裏，〈會話〉相對平易，但它直面生活與愛情的多重指涉，一定不是一首容易的詩。

後記：好多年前，新竹中學的林柏宜老師組「如花沙龍」，邀集喜愛楊牧的朋友一起讀楊牧，〈會話〉是共讀的其中之一。有陳柏伶、黃大展、林銘亮、王萬儀、陳玲華、邱詩華等。謝謝楊牧讓我們聚在一起。一起「會話」。（曾琮琇）

從沙灘上回來

暮色從沙灘上回來
夏天在石礁羣中躲藏
在海洋中，夏天依然輕呼著
自己的名字。我不免思索
季節遞嬗的秘密，時間
停頓；歲月真假的問題——
年代循環的創傷，而我
聽到伶人在雜沓上車
一些臨時演員在收拾道具：
歷史不容許血淚的故事重演
他們動人的戲必須告一段落
在天黑以前。這時我又聽到
兵營裏一支黃昏的號角

遠遠地蓋過了不安的海潮

——原收入《楊牧詩集Ⅲ》（臺北：洪範書店，一九九五），頁二六八—六九。

楊牧的《海岸七疊》中有三首十四行詩，分別是〈從沙灘上回來〉、〈晚雲〉、〈那不是氾濫的災害〉，三首詩都寫於一九七八年。這一年夏天，詩人回花蓮，在火車上認識了甫從劇校畢業，獨自行旅的夏盈盈。年底，從普林士頓返臺訂婚，隔年初結婚。其間的詩，「每一刻都是一份光彩，對我來說，每一首詩都是對於生命和愛情的擁護。我從前絕對不敢想像，一個詩人如何可能編出一本完整的，快樂的詩集。我以為別人不可能，自己更不可能。」（〈《海岸七疊》後記〉）〈從沙灘上回來〉一詩，我們看到一個意志消沉的詩人重新找回對愛情的信仰與期待。

按十四行詩的基本原則，十四行詩（sonnet）指的是凡十四行的抒情短詩，允許說話人進行複雜思想情懷的描寫鋪展；但由於長度上的限制，無法作過多情節或情感轉折的鋪陳。〈從沙灘上回來〉就屬於這一範疇的抒情短詩。這首詩的事件輪廓雖然模糊，不過，若干意象、情節，參照楊牧這段時期的生命歷程，相互呼應。此時楊牧結束第一段婚姻不久，面臨生命中最大的傷慟。首句藉由與筆名楊牧的「牧」同音的「暮」，暗喻這段晦黯的婚戀。接著，詩人刻意經營「夏天」的意象：「夏天在石礁羣中躲藏／在海洋中，夏天仍然輕呼著／自己的名字」。暮（牧）後緊接著「夏」（夫人姓夏），除了點出初識的時地，很難不將這個

「呼喚」，連結到愛情若隱若顯的召喚。「而我／聽到伶人在雜沓上車／一些臨時演員在收拾道具」，不妨視為兩人邂逅的情景之再現。此時的夏盈盈，不是京劇演出時英姿颯爽的刀馬旦（按：夫人為京劇演員，專攻刀馬旦），而是行旅中卸下濃厚的妝飾，一張清秀真實的面容。「又聽到／兵營裏一支黃昏的號角」，調動感官的想像，注入「號角」的聽覺意象。並且使用感官動詞「我聽到」，使其抒情經驗在抒情主體「我」的引領下，不僅成為絕無僅有，無法重複的抒情情調，也邀請讀者進入情境，參與「竊聽」（overhear）。詩中完全沒有直接出現第二人稱的「你」，但頗有私人的情感密碼在其中，仍可視為一首描繪愛情的十四行詩。

我們談十四行詩，還不免聯想到前八後六，或四、四、三、三的段式，抱韻或交韻，音尺或字數等等律則。漢語十四行詩自一九二、三〇年代起已發展出一套依循與規範，包括音步、韻腳、體式等。而這些逐步建立起來的「傳統」，到了楊牧這裏，幾乎無跡可尋。楊牧以樹為喻，提出詩的「有機格律」（organic form）：「每一首詩都和樹一樣，肯定它自己的格律，這是詩的限制，但每一首詩也都和樹一樣，有它筆直或彎曲的生長意志，這是詩的自由。」又以「音樂性」，強化「有機格律」的意義：「一篇作品裏節奏和聲韻的協調，合乎邏輯地流動升降，適度的音量和快慢，而這些都端賴作品的主題趨指來控制。」（〈音樂性〉）他認為，現代詩的秘密其實就在於如何安排音樂性的美，以及如何將文字加以驅遣、組織，而形成「詩的聲籟格局」。

如果韻腳在十四行詩裏的功能，在於把詩凝固、定型，那麼楊牧有意溶解、非典型化。這首十四行詩不乏韻腳的佈置：第三行「著」和第八行「車」押「さ」韻，第四行「索」、第七行「我」、第十一行「落」押「ㄛ」韻，第五行「間」和第十行「演」押「ㄢ」韻。韻腳雖多，但韻與韻之間相隔較遠，並且散亂雜沓。這種不規則的韻腳反映詩人對愛情再度降臨的或雀躍，或期待，或不安的種種複雜情緒。直到最後三行，穩定而強烈的韻腳終於出現：「在天黑以前。這時我又聽到／兵營裏一支黃昏的號角／遠遠地蓋過不安的海潮」。詩人使用沙灘，石礁，海洋，海潮等海洋意象，以指涉身心的雙重流浪；因為命定的相遇，盈盈的出現有如「兵營裏一支黃昏的號角」，躊躇，漂泊的靈魂有了安頓的所在。詩人自言這個時候的書寫：「我下筆往往是從容不迫的，所以我想像我又恢復我本來應該保有的安詳的面貌」。這一安頓的力量，出現在兩個ㄠ聲韻腳「到」、「角」，那樣篤定沉穩，過往種種，騷動，離亂與不安，等待讓誰撫平。（曾琮琇）

心動

或許是心動也未可知，苔蘚
從石階背面領先憂鬱
而繁殖，蛇莓盤行穿過廢井
轆轤的地基，聚生在曩昔溼熱擁抱的
杜梨樹蔭裏

在熱帶離海不遠的山區
比夢更深邃，長年高溫
隨月暈開闔的地層多次陷落的
弧狀地帶，在果核居時的爆裂聲中
啟示地流血

昨夜微雨一說是殘餘的記憶

霎時領悟，隨即透過沉沉垂落的
薔薇形象意識到慾望在雙唇間
膨脹，料峭晨寒擋不住
求救的眼光

看見未來搖盪著燈籠盡皆絳紅
迢迢水中央逝者躺下遂獲取完美的
角度，且仰望弦月小船上亮著此生熄滅
再度點起的光，烘照一張戀愛的臉
訴說著從前

——原收入《楊牧詩集III》（臺北：洪範書店，二〇一〇），頁三九八—九九。

自我與外物之間的拉鋸滲透，時常是楊牧詩作的主題；這首詩題為「心動」，藉著景物與思緒的交雜互見，鋪排愁思與愛欲，重置因果，以被動的口吻來敘說心動，藉著場景的轉換，串連過去、預想未來，為自己當下的生命定錨。

詩作開頭的「或許是心動也未可知」，彷彿把自我的主體感受交付外在來定義。石階、廢井皆屬人造，可以是實物，但也不妨將之視為人事陳舊衰敗的象徵，而苔癬，蛇莓，也暗示時間的覆蓋與蔓衍；人與自然交纏，在此不是由己身來體認，而是讓苔蘚「領先」憂鬱，自我心神反倒追不上外在景物的流轉。植物青綠象徵離別愁思，這是漢文學自古的文化典故，石階一綠，荒蔓一生，才讓人醒覺時間匆匆而逝，從而牽引了內心；進一步，內心與外在的共振，又詮釋了各種物是人非之慨，讓當下的蓊鬱也有了曩昔擁抱的濕熱。如果情景之間不是單純的景生情或情映景，而是不斷的交織共融，有沒有可能，種種心神起伏未必只屬於人？由此再看首句推測的，或許外物的草青草黃花開花謝，它們都將對映著某些心動，那可能是某些尚未被揭露的，更深邃的解釋。

許多身在其中的情境或許也是如此，未經點破，不知周遭的一切正與自己同情共感。次段詩人設想更遠，此詩寫於二〇〇二年，正是楊牧返回故鄉花蓮任教之後，「熱帶離海不遠的山區」，可能即指臺灣，甚至是弧狀的「花東」，這自然是常年高溫，且有著板塊變動帶來的週期陷落與流血。延續上一段，既然外景可能早一步預約與心神呼應，那麼不只當下的觸動，更往前推演，景物便可無處不富有「啟示性」，這近乎等同預言了。值得注意的是，此處「月暈開闔的地層」、「果核屆時的爆裂聲」和「啟示性的流血」，似也隱隱暗示了女性的身體特徵，進一步串連第一段的「濕熱擁抱」與第三段的「欲望在雙唇間」，因而這個心動，亦帶有情愛悸動的意涵。

只是，無論甚麼樣的心動，當然是主觀的、甚至先驗性的——我們不能說自己設計了一場心動，甚至也不能徹底追索它的根源。開頭的「或許」透露了這個危險性，在第二段將時空拉遠之後，第三段又回到當下，如果微雨讓人聯想過往，那還是自我靈性的發揮；但此處言「昨夜微雨一說是殘餘的記憶」，「一說」一詞又把詩人的主體隔絕在外，彷彿越老成、越洞悉，越貼近世界的客觀，就越無法迎接那景物與自我相撞、近乎神啟的一刻，儘管仍相信它的存在。那些殘餘的記憶，可能是青年、少年，胸懷熱烈，在同樣的土地上初嘗愛戀動心，但當時濕熱，今日料峭，昔日心動不言而喻，今日卻必須自我說服、自我證明，甚至發現一切可能只是欲望展演，包括自己存在的欲望。

在詩集《介殼蟲》的後記中，楊牧敘寫藉由小學生而看見蘇鐵介殼蟲的經驗，說明自己停滯的好奇被撩撥了；但我們其實不能確定，若沒有小學生的牽引，自我的好奇心還在不在？或者，我們能不能夠期待自己，主動去捕捉那些瞬間的、看似被動的神啟時刻？楊牧說：

> 我難道不能於沉靜安詳的腳步裏自我調度，保留或揚棄一些即興，偶發的思維？並且在適當時刻，當午後的太陽持續傾斜到一個位置，四垂彷彿無聲，輒為人行道上一接近不存在的白點駐足，甚至蹲下來加以觀察，看到前生或今世幾已失去的記憶裏，一似乎看過的意象，迢遞而遙遠，心智觸覺於是重複反應，再一次震動，看到那介殼蟲，看到我自己。

實際上，我們冠以性靈的，那些像孩童一般的天真與好奇，除了自我以外，沒有任何外在事物可以佐證。於是在〈心動〉這首詩的最後一段，楊牧陡然切換了一個聲腔：愛戀是真的，心動也是真的，一切逝去之後將又重返，既然冥界存在，靈魂亦在，所有的未知都將收納進來，這是自我「求救」之後的安慰，也是將一切景物投射心神後的必然結果。而也唯有如此，我們今日為生的一切，我們曾銘刻心中，種種動人心神的愛戀，都有了存在的火光。

（郭哲佑）

（二）生命思索

客心變奏

大江流日夜，客心悲未央
——謝脁

我靜默凝視，注意
天體如何交迭從眼前經過
無窮的色彩如何充斥我微微衰弱的心
聲音在四方傳播並且愈來愈雜而強烈——
是各自競爭折射的光干涉著我？當我
聚全部精神試圖這樣將一切捕捉
將一切收攏到我的胸臆，不知道是
落寞還是哀傷，這一刻我面向
大江，遂以多情的手勢招呼著風
一排枯萎的楊柳在彷彿雷霆裏低昂
而我獨立於時空相拍擊的一點

灰白的頭髮朝一個方向飄泊，隨那漸次
轉黯的天色而模糊，終於妥協
肯定一切擁有的和失落的無非虛無

大江流日夜
不要撩撥我久久頹廢的書和劍
我向左向右巡視，只見蘆荻在野煙裏
無端搖曳點頭，剎那間聲色
滅絕而宇宙感動地以帶淚的眼光閃爍
看我，將遠近所有的動力因子緊緊扣住
不讓它以那啟迪之力，以造物驅使的
情懷慫恿我，以衝刺冒險的本能
以欲以望
或者因為那一切或者
不讓我在黑暗裏歎息
在流離的，遠遠被拋棄，剝奪了
愛和關注的陰影裏哭泣：

大江流日夜

——原收入《楊牧詩集III》（臺北：洪範書店，二〇一〇），頁一四四－四六。

開篇所引句子，典出謝朓（四六四－四九九）所作〈暫使下都夜發新林至京邑贈西府同僚〉，題材屬臨別贈答，內容則表達謝朓從人間世的離別思及自身漂泊不定的命運，不免帶有傷懷之悲。楊牧僅取首二句加以敷衍，名為變奏，蓋以謝朓客心之悲作為前理解，藉意象轉譯各種幽微曲折。欲探索楊牧於何處變奏，讀者勢必得圍繞意象展開詮釋。

此詩撰於一九九二年楊牧在港協助成立香港科技大學人文社會學院之際。香港科大鄰近清水灣，可看見維多利亞港，海浪日夜於窗前起落應對楊牧頗有影響。長於花蓮，求學於大肚山，接著在美國東岸短暫停留後，落腳於西岸近三十年，楊牧的生命幾乎都伴隨著海，對讀者而言起伏與漂泊不啻是明喻。在港期間，詩文作品多半出現水的意象，以水喻時，本為中國文學傳統常見的手法。性質恍若引子的謝朓詩句提到，透露詩人之內心情感與外在環境的交涉，正源自無限時間流中的反覆騰湧，最終趨於永恆。「大江流日夜，客心悲未央」，未央二字，代表內心之悲處在持續未完的狀態。當漂泊難歸故土的「客」清楚知道眼前日夜不斷奔流的江水，從未因無窮盡的悲傷暫歇，日月的升降、江水的流動，都將情感從此際推移至感官所難以抵達的，不可知的未來。個人的客居之感，於此擴及至對人生如寄的未定感，將「我」置諸全宇宙人類命運之共感中思考。

〈客心變奏〉分為兩段，從敘事的角度可知首段主動，次段被動：從我面向大江、凝視大江的各種感官體驗開篇，收束於大江乃至整個宇宙帶給「我」的刺激與反應。謝朓兩句詩分別指陳物色與情感，卻又都具有連綿不盡的「進行式」狀態（流日夜、未央），楊牧卻試圖在古典中迭轉出己意。首段可謂「大江流日夜」的註腳與延伸，「我」介入南朝謝朓的作品並闡發當代意義。主體的沉默專注，率先感受到的並非江水流速，而是天體交迭的過程。從水文到天文，視線的移動也讓從前歷史與眼前所及都成為時間的局部。無窮色彩、光線折射等句子，都聚焦於日景，夜色須至次段後半才正式成為背景。介於二者間，是髮色灰白的「我」融入逐漸模糊的灰白天空中，成為時空相拍擊的一點，將內、外空間的矛盾以感官和諧統一，讓外在遼闊廣大的具體空間與幽微難測的內在心靈相互牽引。充斥、傳播與競爭折射，不只限於視覺的觸動，也夾雜聽覺和觸覺。正因能更彼此交感，是以各種物象之「干涉」才得以被「捕捉」。

飄忽不定的風本該主動，此刻卻如同外在客觀事物受感官牽引。至於本該柔軟而有韌性的楊柳，此刻以枯萎而低昂的姿態出現，「彷佛」二字更清楚告訴讀者剛猛的雷霆並不存在，詩作裏讓楊柳低昂的其實是風，而且是面向時間巨流的敘事者以多情的手勢招呼而來的。宇宙彷佛因此凝視而停滯，眼前天體、大江卻依舊保持運行狀態，所有擁有與失去並存。

第二段延續自我孤獨的點染勾勒，首尾的「大江流日夜」包圍其間的「我」，面向大江的旁觀者遂被日夜撩撥，左右環繞。「久久頹廢書與劍」固可視為詩人特質的隱喻，但書與劍無非古代知識分子的知識追求與現世實踐。書為儒者立身之基，劍為俠客仗義之器，詩作中「我」所言頹廢，彷彿謝朓面對南朝世局發展的心境。蘆荻白頭亦為敘事者之自我寫照，差別在於涉事後，本來的色彩、聲音與光線轉瞬滅絕，徒留一片黑暗以避免再次逗弄所有澎湃激昂的情懷。但敘事者既然透露自身與謝朓的差異，那麼告誡大江（時間）「不要」撩撥的表述，乃至描寫宇宙緊緊扣住所有動力因子，讓一切衝刺冒險的本能、欲望無法繼續慫恿著自己，也反面點出敘事者之心至今未放棄對理想的忻慕嚮往，只是偶爾不免覺得「微微衰落」。但最後，流動的時間依舊讓詩人從動態中力圖振作，因此才有最後幾句「不讓我在黑暗裏嘆息」等字句。

詩中無數複雜、繳繞、分歧的種種，終究依違於「我」－時空交會瞬間的一點孤獨，可視為意識和描寫意識之語言相互交涉的結果。前不見古人，後不見來者的感懷此刻被無限放大，被身體、文字、聲音等符號協力展演。綜上所述，知識分子在亂世中應當如何作為，可能正是洞悉「客心」如何「變奏」的重要指標。當我們理解詩歌無非抵抗[1]，是詩人周旋於

1　楊牧對詩歌如何面對政治、社會採取的姿態頗有論述，本文在此基礎上強化並延伸詩歌與涉世實踐的部分，用以觀察楊牧以詩抵抗黑暗的用心。詳細說明可參楊牧：〈詩與抵抗（一六四四－一六六四）〉，《隱喻與實現》（臺北：洪範書店，二〇〇一），頁二〇三－一八。

時間、記憶的憑藉，也是在造化與現實間何以自我安頓的關鍵。因此，當流離，拋棄與剝奪生命中永恆的命題，豈容在陰影與黑暗的覆蓋中哭泣？由此可見楊牧希望透過時間表達的，更趨近如何穿越晦暗不安的歷史角落，以詩歌證明人文精神的躍動昂揚。（許嘉瑋）

抒情詩

「心事太多了反而就好像……」
鋼琴聲跌宕抒情：「好像甚麼
都沒有。」──我倉惶走越
起火的草原
記憶是飛舞的烈燄
燒壞我的翅膀，腐蝕
我璀璨的眼神，我的
憧憬，洞識
而我是如此安穩地安於那平靜與虛無
寧可在你細緻的顫抖在你摸索的
十指下脆弱地向過去和未來沉寂
過去

和未來
現在我們將它關在門外
滿天稀薄的浮雲過濾盛夏成一張涼蓆
如山谷當中的溪在叢生的水薑邊緣
遶行，如一一辨認過的花
從小時候開到現在，如正午
靜擁濃蔭的寺廟廊廡
正對你點好插上的一枝香

——原收入《楊牧詩集III》（臺北：洪範書店，二〇一六），頁一九八－九九。

回憶是抒情詩的動能，詩人再現過往的生命片段、精神活動，進而達到「抒情」的效果。在抒情詩的創作過中，發聲主體是一個重要的議題。在學者黃麗明的《搜尋的日光：楊牧跨文化詩學》中，談到〈論對話式抒情聲音〉時，表示楊牧的詩作善於在第一人稱與第二人稱之間游移，來達到靈活的詩意呈現。黃麗明指出：「楊牧善用第一人稱、第二人稱代名詞，直接呈現出抒情詩形式的表達性與訴說性（addressivity）」[1]、「基本說來，『你、我之間』的言談具有一個傳統功能，那就是激發交心密友之間的一種連結關係」[2]由此可知，楊牧筆下的人稱（你、我）彼此共感、共知、共享著詩意。

試看楊牧寫於一九九三年的〈抒情詩〉，抒情可以是內心的聲音。前面幾行寫著：

「心事太多了反而就好像……」
鋼琴聲跌宕抒情：「好像甚麼
都沒有。」我倉惶走越
起火的草原
記憶是飛舞的烈燄
燒壞我的翅膀，腐蝕
我璀璨的眼神，我的
憧憬，洞識
而我是如此安穩地安於那平靜與虛無
寧可在你細緻的顫抖在你摸索的
十指下脆弱地向過去和未來沉寂

1 黃麗明（Lisa Lai-Ming Wong）著，詹閔旭、施俊州譯，曾珍珍校譯，《搜尋的日光：楊牧的跨文化詩學》（*Rays of the Searching Sun: The Transcultural Poetics of Yang Mu*）（臺北：洪範書店，二〇一五），頁五四。
2 同前註，頁五五。

心事如同鋼琴的跌宕，鋼琴的音符從內心深處傳出，但隨即又消失，於是楊牧寫著「好像甚麼／都沒有」，這裏的情境或許並非是寂靜，而是心事太多，又缺少知音者的傾聽，於是鋼琴像是喑啞者，琴鍵像遠方（內心）的雷只是落下，沒有任何聲響。於是，詩人為此奔走，走過起火的草原，詩人的翅膀因此燒壞，眼神因此腐蝕，彷彿是歷經劫難而來的旅者，在時光之外搜尋一個可以安身的處所。於是第二人稱（你）出現了，楊牧說：「寧可在你細緻的顫抖在你摸索的／十指下脆弱地向過去和未來沉寂」，在「你」的十指下中可以得到安息、並且向過去與未來沉寂，這裏的過去與未來揭示著以抒情之心穿越時光的可能。這也帶出第二段：「過去／和未來／現在我們將它關在門外」，這裏楊牧將「你」與「我」合稱為「我們」，就如先前所述，楊牧詩中的人稱是一種密友式的關係，彼此分享、分擔著情感、詩意。其中將時間關在門外，更加深你、我之間的羈絆。關上時間後，楊牧任心神穿越諸多場景：

滿天稀薄的浮雲過濾盛夏成一張涼蓆
如山谷當中的溪在叢生的水薑邊緣
遶行，如一一辨認過的花
從小時候開到現在，如正午

這裏的情景皆是詩人心中的想像，隨著意識不斷延伸的場景，在彼此心中交織成一片淨土——在時間之外。抒情意味著心神的奔馳與慰藉，於是，在最後的結尾楊牧以淡筆簡單寫著：

靜擁濃蔭的寺廟廊廡
正對你點好插上的一枝香

香的煙霧繚繞，彷彿是心事的具象化，紛雜的心事到此終於沉靜下來，如一支香，在寺廟裏緩慢地生滅，香火的明滅就是抒情跌宕，也是你與我之間的情感互涉。在這詩中，「你」與「我」的形象來歷皆不明，但這並不妨礙彼此之間的情感交涉與共存。抒情詩是內心的獨語，偶爾被他人聽見，然而，楊牧這首詩則是與他者並存成「我們」，好讓抒情詩成為一種封閉系統，只在知音（你、我）之間流動、守護、回望。（林餘佐）

心之鷹

鷹往日照多處飛去
沒入大島向我的投影
陽臺上幾片落葉窸窣
像去年秋天刪去的詩
而鷹現在朝南盤旋
漸遠。我站起來
面對著海

於是我失去了它
想像是鼓翼亡走了
或許折返山林
如我此刻竟對真理等等感到厭倦
但願低飛在人少，近水的臨界

且頻頻俯見自己以駭然之姿
起落於廓大的寂靜，我丘壑凜凜的心

——原收入《楊牧詩集Ⅲ》（臺北：洪範書店，二〇一〇），頁一四八—四九。

如同收入它的詩集《時光命題》之名，〈心之鷹〉的命題也指向時間的叩問。這裏，向著日照的南方遠去的「鷹」，詩人設想其遠行的意圖，是逃逸，又或許是回返自然。詩題提供了詮釋的餘地，詩句顯示：心之鷹，鷹在心上，而不是心有如鷹當空翱翔，在容納與隱喻之間抽取出詩的空隙；心中有鷹意指著甚麼？要釐清這個答案，可以從一九九七年的散文〈亭午之鷹〉、千禧年的〈鷹〉著眼，我們發現這身姿昂揚的猛禽時常展翼於楊牧的思維世界，牠是心的現象，也是理想的投影。

〈心之鷹〉誕生於二十世紀末的香港，透露出眼前時代即將敗壞的破滅感，第一節的面海遙望是一場落空的追尋，投影、落葉與去年秋天刪去的詩，描畫了憑欄沉思的人類形象。倘若人眼中的動物是一面鏡子，那麼在詩中盤旋、漸遠的鷹，就能被理解為詩人眼看自己「竟對真理等等感到厭倦」的映像。

但是，為何那鼓翼的形姿呈現「亡走」之態？逃跑的鷹意圖逃避和遠離甚麼？擺在楊牧在《時光命題》後記述及的情境中，我們得以釐清一種漫長持續的憂心——對生命的，對歷史、宇宙乃至追問真理的憂慮，數十年來不曾消失：「現在我淡泊地回想那個黃昏對海設定的悲觀，我想，應該就是一種長期，慢性，而反覆的憂憫。」大自然提供了心智沉澱與靈魂的安歇之所，如果野性思維是追探生命奧秘的起點，「折返山林」的鷹即昭示了牠疲憊的歸途、理想的幻滅，但從另一角度來說，楊牧也藉此來反覆回應那屬於浪漫主義的、清醒的熱情。由此，回顧他寫於一九八四年的〈大自然〉，即能呼應詩人與自然的幽秘連結：「詩人在大自然的肅穆和靜謐中創造超自然的信仰。」[1]至於收於《有人》、記立霧溪的〈俯視〉（一九八四）中「疾急飛落」的蒼鷹，如曾珍珍所言，是「崇尚愛、美、同情、反抗的精神」之象徵，[2]參照此言，我們更能在「如此疲累地耗損著」的舊世紀憂鬱中，[3]往前追溯至更遙遠的尋索。

在楊牧翻譯葉慈的名作〈二度降臨〉（The Second Coming）開篇中，失序的鷹映現出原有的價值系統趨於混亂的情景，也隱然成為一個低音號般的沉鬱鋪墊：「盤盤飛翔盤飛於愈越廣大的錐鏇，／獵鷹聽不見控鷹人的呼聲了；／舉凡有是者皆崩潰」。[4]楊牧以〈心之鷹〉訴說知識分子的憂患「預言」，一如他獨立於黃昏的清水灣所寫的〈樓上暮〉：「這個世界幾乎一個理想主義者都／沒有了」；「二十一世紀只會比／這即將逝去的舊世紀更壞我以滿懷全部的／幻滅向你保證」，啟示著與之同樣心懷思索的來者。最後，詩的結尾聚焦於第一人稱的感懷，終結、收束於嚮往著「廓大的寂靜」、「丘壑凜凜的心」，並建立在「我」和鷹的精神融合之上。（李蘋芬）

1 楊牧：《一首詩的完成》（臺北：洪範書店，二〇〇四），頁一五－一六。

2 參見曾珍珍：〈從神話構思到歷史銘刻：讀楊牧以現代陳黎以後現代詩筆書寫立霧溪〉，網址：http://faculty.ndhu.edu.tw/~chenli/jane.htm。

3 見楊牧：《楊牧詩集Ⅲ》（臺北：洪範書店，二〇一〇），頁五〇三。

4 葉慈（William Butler Yeats）著，楊牧編譯：《葉慈詩選》（*Selected Poems of W. B. Yeats*）（臺北：洪範書店，一九九七），頁一二六－一二九。

論孤獨

縱使古來所有排行，定位的天體
都已在無意識中紛紛流失，朝向
極暗的氣層飛去，惟我勉強抵抗著
四面襲到，累積的黑，端坐幻化的
樹下，把人間的心事一併劃歸屬我有
警覺孤獨成形

但我也寧可選擇孤獨，有人說
言畢遂滅絕於泡影。感性的
文字不再指稱未來多義
甚至不如那晚夏的薔薇
在稀薄的暖流中不象徵甚麼地
對著一隻蜂

這樣推算前路，以迴旋之姿
肯定手勢無誤。現在穿過大片蘆葦——
光陰的逆旅——美的極致
現在蛻除程式的身體
完成單一靈魂。且止步
聽雁在冷天高處啼

——原收入《長短歌行》（臺北：洪範書店，二〇一三），頁一六—一七。

我們可以說詩人是善於獨處的。楊牧在《一首詩的完成》中談及「閒適」時就說過：「我們需要寧靜和悠閑，時常，需要完整的冷漠孤獨，面對自我超然的靈魂，靠近它，觸動它……」[1]楊牧認為創作者需要完整的孤獨去面對這紛雜的世界。在一九六七年楊牧曾寫過一首〈孤獨〉的詩作，他寫著：「孤獨是一匹衰老的獸／潛伏在我亂石磊磊的心裏」，衰老無非是詩人謹慎、老成且不流俗的心境。獨來獨往的獸，則與善於獨處的詩人有相同的習性。然而，亂石纍纍便可指涉詩人內心中繁雜的世間瑣事（這些瑣事打擾了獸與詩人）。孤獨對詩人是有益的，彷彿是一匹野獸棲息在遠方的內心裏，獨自享有超然的空間。

1 楊牧：〈閒適〉，《一首詩的完成》（臺北：洪範書店，一九八九），頁一二八。

在二〇〇七年楊牧寫了〈論孤獨〉一詩，相對於先前的〈孤獨〉是將自己化身為野獸，在〈論孤獨〉之中，則是以旁觀者的立場，去觀看、思索孤獨此一命題。在首句寫著：

縱使古來所有排行，定位的天體
都已在無意識中紛紛流失，朝向
極暗的氣層飛去，惟我勉強抵抗著

在此處楊牧將自己置身於宇宙之中，所有已知的天象已在無意識之中，只剩下楊牧獨自抵抗著，這種孤獨的況境讓人想起陳子昂的〈登幽州台歌〉：「前不見古人，後不見來者。念天地之悠悠，獨愴然而涕下。」楊牧又接著寫道：「把人間的心事一併劃歸我有／警覺孤獨成形」，孤獨者無疑是擁有太多心事而無人分享，這裏詩句可以與一九七六年的〈孤獨〉做對照，楊牧的心中一樣湧現著亂石般的心事，只是這裏的心事更進一步擴大為所有人間的心事。

即使楊牧擁有如此巨大的心事，但他仍淡然地說：「但我也寧可選擇孤獨」，孤獨是不可分享的心境，且無法用言語指稱，於是他說：

言畢遂滅絕於泡影。感性的

文字不再指稱未來多義
甚至不如那晚夏的薔薇
在稀薄的暖流中不象徵甚麼地
對著一隻蜂

言語即將成為泡沫，消散於無形，然而文字也不如夏天的薔薇與一隻蜂，詩人進一步指出，這裏的薔薇與蜜蜂並沒有甚麼象徵意義，只是單純的一幅晚夏的景象；語言沒有任何指涉，全然地沒有溝通的管道，一切皆屬於孤獨。

孤獨對楊牧來說並非是孤絕的心境，而是一種形上美的掌握，是一種對著宇宙萬物的思索，而非陳子昂的激憤，即便擁有人事間的心事，但依舊甘之如飴，於是在最後一段寫著：

這樣推算前路，以迴旋之姿
肯定手勢無誤。現在穿過大片蘆葦——
光陰的逆旅——美的極致
現在蛻除程式的身體
完成單一靈魂。且止步
聽雁在冷天高處啼

楊牧在意志裏孤獨前行，穿過大片的蘆葦，蘆葦是更深一步的隔絕，將時光隔絕在外，然而，楊牧卻稱這是「美的極致」。美在於寧靜、在於孤獨、在於隔絕，在意識裏楊牧寂靜地探索宇宙、天地，而這一切非得要在孤獨之中才能完成，最終楊牧流動的意識止步，且悄然地傾聽一隻雁在冷天高處啼叫，這是孤寂裏的唯一聲響，來自心中的想像，雁的啼叫更襯托出孤冷的心境。楊牧的〈論孤獨〉無疑是一種精神世界的想像與追求。（林餘佐）

單人舞曲

一黑色的舞者，被神譴責
的靈魂正飛快穿越記憶
記憶裏多霜的森林
她的下頜高揚與水平
雙目所及遂不是人間的聲
色，笑與哭泣交錯過了耳朵
進入神經中樞
歸類
儲藏
淡忘

惟有瞳仁是搜索者的，搜索
天上飄流的發光體（位置偏高）

她要瞄準其中若干並一一加以
引爆
擊落
飛快地，她以空洞的舞譜
碰撞其餘，穿越
記憶裏潮溼的沙灘
留下一串暗淡
的足印，寂寥。「你來，」神曰：
「你來，我有話對你說」

她的兩手擺動如魚之鰭
當海流溫度突變，她的
兩手放鬆，示意，就將速度也減低了
俄然衝刺，轉彎，以短尾划水
乃默默搖曳如凝立於大荒遠古的珊瑚
肢體呈赧紅色
骨節因純情而消滅

這肢體
原是
她
最好的
語言

不是羞澀，不是
狡黠，她將背脊弓起頭向下垂
直到最接近苜蓿野地之一點
透過微潮的睫毛注視，良久
注視草葉和花蕊之間靜靜停著的一隻斑斕的瓢蟲
乃驚駭而起，縱身過我偶然投射的
影子，偶然投射
那年
在荷花池中（當月光
注滿草地復向池中流）
因浸水而失去靈性的影子

她順手拾起，飛越流螢
冰刀，毛線針，水仙
一黑色的舞者——
「你來，」神曰：
「你來，我有話對你說」

——原收入《楊牧詩集III》（臺北：洪範書店，二〇一〇），頁四四—四七。

關於舞，楊牧曾秉持搜索與愛美的意念寫下數首詩作。當中見出純然的理智難以再現的舞蹈情狀，那是舞者以肉身在氣流中擦碰、撞擊、飛旋的剎那，詩人將動態化為可感的時間流，字的紀錄企圖為之顯影。

舞是「無」的本字，本質上與詩樂、神巫祭儀都密不可分。按時序來看，七〇年代的楊牧有〈問舞〉、〈答舞〉，至八、九〇年間的〈單人舞曲〉、〈雙人舞〉與〈舞者〉，其中〈舞者〉為羅曼菲（一九五五—二〇〇六）而作[1]，其餘四首未必要和實際演出的舞作或具體指涉的舞者相連，詩所完成並彰顯的，也能視作普遍的美感經驗。

〈單人舞曲〉讀來語意朦朧，又充滿非日常的動態，短句成行的形式，有意表現舞的疏密節奏。正因如此，一一考索詞語並釋義，很可能影響了詩的整體性，它像一支不能割裂、獨立出某個片段的舞碼。我們看到詩人首先給出了一道獨舞者的形影：「一黑色的舞者，被神譴責／的靈魂正飛快穿越記憶／記憶裏多霜的森林」，未具名的舞者穿行在清冷的記憶領地，記憶中，被譴責者棄離了人間聲色，唯有靈魂所居住的「瞳仁」持續搜索著。

孤獨的搜索者形象再度出現，回顧楊牧的〈搜索者〉一文中，他二度拜訪溫哥華島，遇上初春的雪，在初霽的寂靜場景中驗證了時間如何向他傳遞秘密，他寫：「這一刻的體驗悉歸我自己，我必須於沉默中向靈魂深處探索，必須拒斥任何古典外力的干擾，在這最真實震撼孤獨的一刻，誰也找不到我。」[2]如果雪後的楊牧搜索著時間的秘密，那麼舞者搜索的目標是甚麼？詩行接續：是「天上漂流的發光體（位置偏高）」，是星，就像伽利略一生追蹤星宿，舞者是以靈與肉尋找星星的人。

在楊牧稍晚出版的長篇散文《星圖》裏有一段夢境的描述，主角是一位被夢放逐的女孩，與本詩的「黑色舞者」，或有相互感應的可能：

> 她睜大兩眼凝視黑暗。她在尋找甚麼？或者場景換為遙遠延伸的草原，從領下的被褥向地平線盡頭展開，整整齊齊一片正方形的大地，密生著比人還高的芒草。她從b角出

1　參考陳芳明的「楊牧的晚期風格」講座報導：https://www.twsgi.org.tw/intro-care-detail.php?ic_id=1485。檢閱日期：二〇二一年三月二十八日。

2　楊牧：〈搜索者〉，《搜索者》（臺北：洪範書店，一九八四，三版），頁八。

> 發，向茂黃的平蕪深處走去，風吹過廣袤的芒草，如波濤起伏，蕩漾，她覺得自己像一條獨航的小舟。忽然她發現她並不是。「從相反的對角d，」她說，「我直線必然的去向，有人朝我一路走來。」「誰？」我問。
>
> 「你。」
>
> 我們相遇，在草原當中。來不及交談，風吹著，甚至來不交換眼色，風吹著——就這樣，我們擦身而過。[3]

自覺「獨航」如小舟的女孩與「我」在偶然的夢土中相遇，二人大風中擦身而過，是搜索者的精神延續嗎？或是無意識中悠悠念想的愛情隱喻——「有人朝我一路走來」，但是阿尼瑪（anima）與「我」之間沒有後續情節，僅僅是擦身而過，夢的內容與〈單人舞曲〉形成有意思的對照。然而，誰是誰的本事，其實無從索隱，唯有整體的觀察始得微悟。

後續詩行，「她」彷彿化為魚，魚的款擺身姿不只應合了「骨節因純情而消滅」一句，也暗指舞者以其超越「人間」的靈視高度，使語言不再是唯一的表述方法，而是肢體，是下一節的「注視」，足以在「我偶然投射的影子」上面躍身而過。這「縱身」的動態引人懸念，由於它使人回憶過去：「那年／在荷花池中（當月光／注滿草地復向池中流）」，扣合了本詩以「記憶」開篇的意念。

從過去而來的月光是「水」，使黑色的舞者拾起「因浸水而失去靈性的影子」，這樣看來，水的意象就獲得了落實，它成了光，投射出「我」的影子。稍後一些，「水仙」遽然浮現，是納西斯（Narcissus）驚懼於偶然投射的「我的影子」嗎？如此詩中的「她」和「我」就是一體的分裂，如詩題的「單人」所明示；又或是借水仙的冰肌玉骨，來襯托「黑色舞者」的詭秘之美？解讀這首詩的路徑其實相當迂迴，如同它所表現的猶疑、退讓和往復追尋。又見夾生在詩中的兩次「神曰」，成為一道隱於舞臺之後的音響，也是指引舞者／搜索者逾越有限人間的呼喚。

這首詩也適合與集子中相鄰的〈雙人舞〉並讀，能使這隱微的舞蹈劇場更清晰，讓虛實的交錯更顯明。〈雙人舞〉開頭是這樣的：「你向東北偏東行／遂舉步進入了樹林，失蹤」。二首詩都有蓊鬱的森（樹）林、往某個方向前去的起始，也都取用荷花意象，分別是「那年／在荷花池中（當月光／注滿草地向池中流）」，和〈雙人舞〉的最末二行：「沿小河入平湖／向芰荷深處」。特別的是，作於一九七六年的〈問舞〉和〈答舞〉中，亦可見蓮與荷葉，或作為比興的對象，或指涉美與情意停駐之處[4]，使這游移於確定與不安之間的反覆姿態，一再疊加。而〈單人舞曲〉不只體現了楊牧所謂「尋覓，追蹤，把握，顯影，和成型」的藝

3 楊牧：《星圖》（臺北：洪範書店，一九九六，二版），頁三－四。

4 例如〈答舞〉的第一節：「在荷葉的這一邊／一些些興奮和倦怠，我們／談論著夏天和秋風的方向／陽光明亮。在荷葉的這一邊／一起觀察飛鳥如何停在花上／學習一些些搖曳和平衡的技巧」，見楊牧：〈答舞〉，《楊牧詩集II》（臺北：洪範書店，一九九五），頁七一。

術創造過程[5]，也因為逸離於單一情境，最能給出繽紛的奇景。（李蘋芬）

5　楊牧：〈《完整的寓言》後記〉，《楊牧詩集III》（臺北：洪範書店，二〇一〇），頁四九二。

臺南古榕

那裏我去過，中斷的劫數
在地理板塊遷移，產生
擠壓現象以前，曾經趺坐
久久體驗鉅大的孤獨

風雲在山區和草原飛
海水銜接處浮波洶湧似血
因心魔造次尋不到出路：
累積的憂鬱世紀曆法上重疊

烈日曝曬中止的意志
閃爍金光喧嘩，勢必——
身後將如山稜線游離

唯我自在空白無邊際

——且被多次造訪，隔著
著火的柵欄呼喚，使用臨時的
名字，一些有聲符號，和手語
叫我分心墮落如生澀的菩提

——原收入《楊牧詩集Ⅲ》（臺北：洪範書店，二〇一〇），頁四一六—一七。

在臺南成功大學校園內，有一著名老榕，為一九二三年昭和天皇親手種下，已近百年，是臺南的代表形象之一。此詩寫於二〇〇一年，而二〇〇〇年底楊牧曾前往臺南成功大學駐校數日，或許即是這首詩的靈感來源。此詩表面書寫榕樹，實則以榕樹為起點，擴散到對臺灣的歷史與生命關懷。

楊牧雖自言對佛教、佛學沒有深入研究，[1] 但其實楊牧詩作中不時對景物所持之空靈冷清態度，與佛學的靜觀正念頗能有相通之處，這首詩開頭出現的「劫數」與結尾的「菩提」，當然也屬楊牧對佛學的轉化挪用。本詩的第一段設想板塊遷徙擠壓，令人連結到臺灣的地理處境：「劫」之意為巨大的時間計量維度，開頭以「那裏我去過」起始，表示這似乎是一再更迭的輪迴，劫數只是暫時中斷，實則仍在暗中運行流轉，久久的孤獨彷彿是等待下一刻的迸發、流血與綻放。趺坐為了參禪，以佛學來說，自然是為了領略那變化之上顛簸不破的般若空性；然則做為血肉之軀，眼見歷史浪潮洶湧如血，真能如此無動於衷？這首詩寫臺南之榕，臺南做為臺灣開墾歷史的起點，有其象徵意義，比如第二段的風雲洶湧與心魔憂鬱，便可視為現世擾動心神的簡短描述，這既是指臺灣的波折歷史，也是指許多身在歷史糾纏之中的人，如同於世紀交替之間寫下這首詩的楊牧，發現種種憂鬱亦不斷在重演重疊。

當年天皇手植此樹，如今島上的政權文化已歷更迭，而在天皇之前，種種交織輪替的文化更多；但一棵樹大概不會在意這些，尤其第三段把意志隔離，又回到勘破的視角，人有限樹亦有限，山陵亦可能為無，若體認到般若空性，自在空白無邊，就像那久久巨大的孤獨，是否就意味著那美滿冷清的境地？這是我們生命所追求的真相嗎？

答案是是，也是不是。第四段的開頭極其巧妙，破折號承繼了上一段，而「且被多次造訪」則扣回了第一段的「那裏我去過」；首先當然是主客的轉換，其次是用「多次」一詞暗示永無休止。若站在制高點的一端，名相是臨時的，語言、姿態甚至摩擦火光，都是世間虛假的幻影而已。但是詩人無法不動情，在趺坐之時，正因為有人不斷地造訪、呼喊，正是那

1 當中自言：「〈和棋〉裏頭提到金剛經，那只是一個metaphor，我對佛經或佛學並沒有深入研究過。」其實除了〈和局〉，楊牧亦寫過〈妙玉坐禪〉、〈喇嘛轉世〉等相關佛教主題作品，即便未深入研究，很難相信楊牧對佛學沒有一定的認識。見曾珍珍：〈英雄回家——冬日在東華訪談楊牧〉，《人社東華》一期（二〇一四年三月）。

一點點的分心變化，把看似無邊遼闊的精神境界拉回，變現每一個當下的時空，讓世界衍生了種種意義解釋。

或許我們可以對照〈妙玉坐禪〉這首詩。這首詩以紅樓夢中的妙玉經歷為主題，其中重複著「結跏趺坐禪牀／妄想必須斷除／一心趨真如」三句，但妙玉的心念卻不斷被洶湧的欲望纏繞，無法抑制。楊牧在〈抽象疏離（下）〉中，講到了幾首自己較長的敘事詩，其中包含〈妙玉坐禪〉：

> 揭示一表面冰清玉潔的女尼終不能壓抑內心洶湧的狂潮，為愛欲雜念所折磨，致不能安於禪修，走火入魔，我回顧那許多年的創作，竟有了這樣一種傾向厄難的著眼，不免愕然……。而詩之功能就是為了起悲劇事件於虛無決絕，賦與莊嚴回生，洗滌之效，以自覺，謹慎的文字。
>
> ……
>
> ……
>
> 我以為我至少也正面，集中的宣說了勝利的主題，在〈平達耳作誦〉這首讚美的詩裏，但隱隱約約似乎強調的反而是怎麼樣的一種遺憾，輕度的失落感。[2]

儘管〈臺南古榕〉與〈妙玉坐禪〉都有趺坐參禪的情節，但兩詩主旨氛圍大相逕庭，〈臺南古榕〉當然從容悠遠的多。但後者最後的「分心」抽離，卻也彷彿是為了現世的某些遺憾而回神感傷。相較於「久久鉅大的孤獨」，那些彷彿昭然若揭的生命真相，楊牧顯然更在意廣袤時空中短暫匯聚肉身魂靈，產生的種種執著與火光。佛陀在菩提樹下悟道，如果名號暫時的，榕樹何嘗不能是菩提；[3]只是這次，了悟的不只是絕世離塵的空性，而是如何在自在的大清淨中，為了許多動人心神的呼喚，甘於將匯聚的心一點點地拆散，彷彿落下的是菩提，亦是眼淚，是我們存在的依憑。（郭哲佑）

2　見楊牧：〈抽象疏離（下）〉，《奇萊後書》（臺北：洪範書店，二〇〇九），頁二三七－三八。

3　「菩提」本為「智慧」之意，而佛教中的菩提樹，為桑科榕屬的一種植物，亦有氣根、隱花果，為臺灣原生種榕樹的近親。熟識草木鳥獸之名的楊牧，可能因此將二者連結在一起。

（三）人文歷史

南陔

這時你應該已經去到了南方
在我無法想像的地方定居了
或許是黃薔薇大草原的中央
遙遠遙遠的城市，或許不然
近些，在海岸寬廣的三角洲
而無論如何你是已經到達了
並且定居在我無法想像的南方

我對著滿院子的綠草讀書
努力偽裝我究竟並不在想
陽光照亮一朵顫抖的蒲公英
我將保持我冷靜從容的態度：
一個古典的學術追求者不在乎

身外的事務，聽任綠草越長
越長，在窗外陪伴我默默讀書

假使我無法永遠偽裝下去
有時還偷偷低吟張衡的四愁
Tutti li miei penser parlan d'Amore
我還是堅持對自己說，一切
都是為了古典學術的傳承。詩
可以興觀群怨。或者掩卷嘆息：
「但丁是歐洲文明最美的靈魂」

我祇是不肯承認是在想著
想你這是應該已經去到了
我不可能確定的一個地方
好遙遠好近，像午夜驚醒的
十字星，掩藏在夢的後面
憂慮的前面，在春天滿滿的

綠草叢，在一首逸詩

——原收入《楊牧詩集II》（臺北：洪範書店，一九九五），頁二〇〇－二〇二。

在接受語言、詞藻、典故、聲韻等古典帶來的驚悸之後，詩人清楚意識到這些外力——古典之於現代詩的干擾。倘若與外物之間的immediacy遭受古典詩詞的渲染，創造的過程恐怕就產生缺失：「借助古人的美文佳句，永遠表現不了自己。」（楊牧〈古典〉）[1]楊牧指出，這是「古典的教訓」。必須擺脫這些古典的干擾，通過現代思維和言語，從古典的精神意志，產生更高層次的啟示，發現藝術的理性與良心。

「南陔」原是《詩經》裏一有目無詩的篇名：「孝子相戒以養也。……其義而亡其辭」（〈詩經．小雅．南陔．序〉）由《詩經》這一抒情傳統的根源出發，但楊牧〈南陔〉（一九七八）取「亡其辭」之意，其中情意已不是孝親，而以現代情境與感受加以回應。由〈南陔〉這一傳統典故，聯結到地理方位的「南方」；相對於身處北地的「我」，南方成為相隔兩地的「你」所身處的異地想像：「這時你應該已經去到了南方／在我無法想像的地方定居了／或許是黃薔薇大草原的中央／遙遠遙遠的城市，或許不然／近些，在海岸寬廣的三角

1 陳義芝：〈住在一千個世界上〉，收入陳芳明編：《練習曲的演奏與變奏：詩人楊牧》（臺北：聯經出版，二〇一二），頁三三一－三三二。

洲」。

這一段詩中，語言曉暢，甚至直白。「……或許是……，或許不然」句法，在重複中變化，將「黃薔薇大草原的中央」與「海岸寬闊的三角洲」作空間的並置。草原或海洲未必為真實的地景空間，亦可以是內心圖像，「也無妨連結女體遐想，總之是一個又遙遠又切近的南方。遙遠，因距離作者居停美國遙遠，切近是因心理牽繫、在腦海裏日思夜夢」（陳義芝語）。書卷在握，美景當前，但心心念念的，仍是南方的「你」：「努力偽裝我究竟並不在想／陽光照亮一朵顫抖的蒲公英」。詩人刻意使用矛盾語法，當「偽裝」需要「努力」「不在想」的時候，其實是無刻不思，無時不想；就連園子裏的蒲公英也成為南方情人的徵象。

「我將保持我冷靜從容的態度」，未來式的「……將……」凸顯詩人內心的狂熱，急迫：「假使我無法永遠偽裝下去／有時還偷偷低吟張衡的四愁／Tutti li miei penser parlan d'Amore／我還是堅持對自己說，一切／都是為了古典學術的傳承。詩／可以興觀羣怨。或者掩卷歎息：／「但丁是歐洲文明最美的靈魂」。這裏出現的兩個典故，一是張衡（七八－一三九）〈四愁詩〉，該詩每一段由「我所思兮」起始。據《文選》的說法，張衡目睹朝政日壞，天下凋敝，而自己雖有濟世之志，希望能以其才能報效君主，卻又憂懼群小用讒，因而作〈四愁詩〉以美人比君子，由於情調風流婉轉，未嘗不可看作一首情意執著而真摯的情詩。另一是但丁（Dante Alighieri, 1265-1321）愛情詩集《新生》（*La Vita Nuova*）中，十四行詩的其中一行，這行詩的意思是「我所有的想法都在討論愛情」，兩者都是中西文學傳統中的名篇。

楊牧運用的不僅是古典本身，還包括古典中糾結的情意，思想，考證論述，「都是為了古典學術的傳承」，這是第一層。另一層面，其實借古典，表明心跡——一切都是為了（討論）愛情：「我祇是不肯承認是在想著／想你這是應該已經去到了／我不可能確定的一個地方／好遙遠好近，像午夜驚醒的／十字星，掩藏在夢的後面／憂慮的前面，在春天滿滿的／綠草叢，在一首逸詩」。隱藏在這首逸詩背後的受話者「你」，正是我所寫的一首逸詩；這首詩所討論的，都是關於你。這個「你」，從表層的愛情的指涉，又進一步借由愛情隱喻古典學術追尋的初心。擴而言之，〈南陔〉既從《詩經》中的〈南陔〉借題，也是「借題發揮」，為此一有目無篇的〈南陔〉增添現代轉化的抒情作用。「愛情－學術」的互為隱喻，層層包裹，又層層剝去。低吟〈南陔〉，復抬頭仰望——想像詩人大概去到了那顆南十字星，好遙遠好近。（曾琮琇）

卻坐

Mony klyf he ouerclambe in contrayez straunge,
Fer floten fro his frendez fremedly, he rydez.

——*Gawain*

屋子裏有一種秋葉
燃燒的氣味，像往年
對窗讀書在遙遠的樓上
簷角聽見風鈴
若有若無的寂寞。我知道
翻過這一頁英雄即將起身，著裝
言秣其馬
檢視旗幟與劍
逆流而上遂去征服些縱火的龍
之類，解救一高貴，有難的女性

自危險的城堡。他的椅子空在
那裏，不安定的陽光
長期曬著

——原收入《楊牧詩集Ⅱ》（臺北：洪範書店，一九九五），頁二七八—七九。

「卻」作動詞有「退」之義，作副詞則有「倒、反」、「還、再」等義，因此「卻坐」既可以是空著椅子的「退離座位」，也可以是復而再來地「又坐」，甚或欲拒還迎地「反（而）坐」。而這個迴還的空間，在詩裏彷彿以「坐而書」與「起而行」來對比辯證，前半段為房內對窗讀書，後半段為英雄起身策馬冒險，再映照此詩做為詩集《涉事》的開卷作，則文學涉事與否，詩人涉事與否，在意圖上或在能力上，恐怕一直都有著「不安定的陽光」。

若再細究，會發現這首詩其實不是一個單純的二元對立結構。首句「秋葉燃燒的氣味」，像一個儀式或刺點，召喚過往的情境，將詩人投擲至生命某個特定片段。在所有感官裏，「氣味」往往比視覺、聽覺更能召喚回憶，它能夠直接進入人類的情感與記憶中心，帶來更強烈的情緒化效果[1]；於是詩人被強制帶離當下，重回多年前的青年時代，遙遠之樓彷彿是洞悉世事的制高點，對窗卻不望遠，埋首書裏每一個輾轉的可能。翻頁過去，風鈴拂動，一遍遍交代了現實的寂寞。第五句的「我知道」既是兩邊的轉場，又是提醒、拉抬了第三個視角——如同許又方先生分析此詩所言，此處的「我知道」是一個「已然」[2]，從回憶再度扣回當下，書裏故事不受限制，這表示詩人清楚意識自己的隔閡。

楊牧在《涉事》後記裏寫到，曾經的壯於閱讀而弱於分析判斷，是如此合宜於一個學生。但多年後重新憶起往昔，竟覺得這個遠行的啟示，相較於自己，原來是「有限的英雄」與「無盡的悲劇」；若當時的逃避與怯弱是印證英雄之有限，那麼這秋葉燃燒的氛圍，便是時間大神留下的悲壯痕跡。在中國文學傳統中，秋之悲不只在於時空滄桑變化，還在於個人老大無成的遺憾，火灼之葉彷彿是無邊落木墜入黃昏，那已是中年的再回首。留存在記憶裏的場景：靜與動，落筆與力行，畢竟是選擇了前者，但後者的姿態卻在書裏出現，像是某種啟示，又像是某種質疑與追悔，永恆地纏繞於心。

而書裏寫的故事是甚麼呢？詩題下引了兩句中古英語，來自英國中世紀的騎士傳奇《甲溫與綠騎俠》，這是一首長篇敘事詩，楊牧曾將之翻譯為中文。在《涉事》的後記中，楊牧也將二句的中文譯出：

> 他陟降無數域外陡削的山頭，
> 漸行漸遠離開友伴策騎跋涉。

一場彷彿無止境的追索與戰鬥，對可能不存在的形上主體（是否有神？）信仰、追求、奉獻。當騎士的選擇是起身著裝，年少的楊牧卻是對窗讀書，這不知哪一個更令人不安？

這首詩裏沒有給出答案，卻將詩收束在空而未撤的坐位，遂讓人再次反思詩題；卻坐之「卻」，不只是離開，還是再來。於是在此，詩作又往上翻了一層意義了：如果遠行的目標是歸返，那未曾遠行之人，是否也有歸返的核心？更繼續推想，如果將追索化為無形，那對窗讀書的我，是否也正跋涉著自己的荒野密林，通過種種考驗淬煉？這些問題，在詩集後記裏楊牧說：「文字符號為我展開的是嚴密，深邃的象徵和寓言，跌宕的聲韻，飄浮游離的旋律若即若離，可能我也和他一樣，經歷著永無止歇的戰鬥，渴望著休息」、「旗幟與劍是他挺進的姿勢，詩是我涉事的行為」，如果詩得以成就楊牧的「涉事」，那麼這首〈卻坐〉，無寧是其懺悟、辯解與告白。（郭哲佑）

1　相較於其他感官，氣味能直接進入大腦的中樞系統，因此能直接影響情緒、記憶與荷爾蒙，二〇〇四年，兩位美國科學家理查阿克塞爾（Richard Axel）與琳達巴克（Linda Brown Buck）因嗅覺受體與嗅覺系統，獲得諾貝爾醫學獎。而用氣味召喚情感與記憶，最有名者為普魯斯特，其他歷來文學家關於氣味與記憶的描寫，可參考黛安・艾克曼（Diane Ackerman）著，莊安祺譯：《氣味、記憶與愛欲：艾克曼的大腦詩篇》（*An Alchemy of Mind: The Marvel and Mystery of the Brain*）（臺北：時報文化，二〇〇四）。

2　許又方：〈詩學理念的實踐——讀楊牧的〈黃雀〉與〈卻坐〉〉，《東海中文學報》三六期（二〇一六年十二月），頁一一二四。

易十四行

一　澤中有雷

是誰心中愀然轉動，髣髴
埋伏的是電？洪流到此
注於無底——涓滴
點點是憂傷之華
如蚊蚋負朝夕木槿於
透明的翅膀遂閃過水面
而反影正加速激盪，以
慾望為圓心，期待天明：
這裏是一切動靜的歸宿
千山萬壑的起源，宇宙
和我的脈搏同步操作

大鵬在鼓翼，鷦鷯搶飛
魚蝦朗聲排水，無限層次的
彩虹沛然交疊：澤中有雷

二　利涉大川

斷然是它
蜿蜒切過高原。黑土之下
岩層釋放著力，剛與柔
交會，火光迸發如齒輪衝突
又如唇舌嘶濺未央之夜
吸吮於醒與睡纏綿的
窗口，黑土以上猶見
一片豔紅病黃的——渾沌
床褥裏已繁殖了遠古的稷
新苗漫延到你的脊樑
逐漸接近它蓄勢待發的

據點，燐光冷肅跳動
張起滿天預言，繾綣來
往：利涉大川

——原收入《楊牧詩集Ⅲ》（臺北：洪範書店，二〇一〇），頁七八—八〇。

楊牧此詩寫於一九八七年，收入《完整的寓言》詩集。一題二式，分別取自《易經》「隨」卦象辭：「澤中有雷，隨。君子以嚮晦入宴息」，及出現在不少卦辭中的套語「利涉大川」。譬如水天需、風雷益、天火同人、風澤中孚、山風蠱諸卦的卦辭都曾出現。「隨」卦有依循順從之意，利涉大川則透露出積極跨越險阻的冒險精神，二者看似牴觸，卻可融合統一，如《易經》藉陰陽二爻的調配，建構對宇宙的認識及人情義理的思索。本文以為，楊牧透過詩作為仲介，展現創作意識與選用典故、景象的迎拒和張力。

《易》的本質向我們揭露自然界的萬物彼此相關，又透過具體物象嘗試印證超乎象外的某些思維與真理。若能圍繞文字所揭示之物象反覆探索、梳理背後可能的各種指涉，則可在知識性的框架外，感應相異個體的生命情調。正如《完整的寓言．後記》，楊牧提到自己對詩創作的看法：

我不希望我一首完成了的詩只能講一件事，或一個道理。惟我們自己經營，認可的抽象結構是無窮盡的給出體；在這結構裏，所有的訊息不受限制，運作相生，綿綿亙亙。此之謂抽象超越。詩之有力在此。[1]

仔細推敲〈易十四行〉，其中確實蘊藏不少向外延伸意義的典故，澤中有雷和利涉大川恍若開啟想像的引子。從行動者的角度，澤中有雷偏向靜態，利涉大川則有較強烈的位移感。若從意象出發，平靜的大澤有雷，是靜中有動，而跨越流動的水看似動態，卻又必須小心謹慎，屬於動中有靜的描摹。澤中有雷是對「隨」卦的整體形容。因《易經》每個卦本由上下二卦組成，澤是動態的水靜止凝聚而成的湖泊沼澤，屬性為陰，有包容接納的特質，雷則為震動、暢達之意，屬性為陽，是偏向動態的意象。依循宇宙本質的自然流轉，萬物運行的規律便在其中。但值得注意的是，〈澤中有雷〉一詩的後半，詩人將層次抬高到宇宙，最後幾句的大鵬、鷦鷯、魚，很難不令人聯想到《莊子．逍遙遊》的典故。《莊子》對小大、名實、朝夕、有用無用等二元結構的討論是放在消解對立的前提下展開，水面下的鯤魚突破界線而成為飛往南冥的鵬鳥，是甚麼讓累積轉化成為可能呢？

當我們將目光轉向承上啟下的第八句，楊牧以「慾望」作為十四行結構的圓心，析解出人我共感的無限層次，慾望即宇宙生成的動力。可以是愛情，也可以是探索世界與自我的

1　楊牧：〈完整的寓言．後記〉，《楊牧詩集III》（臺北：洪範書店，二〇一〇），頁四九五。

潛在驅力。若讀者願意接受這首詩帶有對詩歌創作欲望的執著渴求，那麼共鳴共感的宇宙，萬物的變化，時間的更迭，想像的虛實和被觸動的愀然內在，放在創作過程裏，好奇心（欲望）無疑讓神思處於馳騁逍遙的狀態。以此解讀「宇宙／和我的脈搏同步操作」，似乎同樣可以說明創作的完整心路歷程。故本文以為詩中欲望更接近探索、書寫宇宙萬象的衝動與好奇。與雷電相比，人類的「心」何其渺小？一如洪流對無底深淵只是涓滴，蚊蚋背負的木槿花開落於朝夕更迭的無窮時間。無數極大與極小的對比，各種虛實、正反透過映射兩端的水面，達成某種和諧。從詩句一開始的砰然，歷經躊躇或渺小自我的認知，到最後憑藉的創作欲望的驅使，臻於某種鼓動而充滿色彩的喜悅。動靜的歸宿和生命的起源，無非一首詩的完成。

其次，澤中有雷只是〈易十四行〉的前半，後半與之相呼應的是利涉大川。以河川比擬時間，廣為人知的例子難以勝數，而面對流動的時間，幾無一物可以暫留，文字卻能穿梭其間，優游於古今之間。於是開篇的「斷然是它」假如便是大川，則作者彷彿與孔子並肩在川上看悠悠時間流過。然而時間終不可逆，單向流逝後，誰也無法回到過去見到孔子。何況，「它」若等同奔流之河，那麼內容描述「它」沿途行經各種事物，並在倒數第四行出現「逐漸接近蓄勢待發」這樣的句子，顯然不是描寫大川。然而「它」又位居開啟全詩的位置，於是推斷利涉大川應當與澤在雷中一樣，屬於對創作情狀的描摹。又如河流與高原、黑土與岩層等意象各自代表的柔與剛，以及同樣以二元結構出現的唇與舌、睡與醒、遠古的稷與新苗等，意象間微妙的競合張力，在楊牧筆下是以交會、衝突、纏綿的姿態出現。同樣是繼往開來的第八行，詩人以渾沌二字意圖統攝所有看似悖反的存在，結構上頗值得推敲。而最後兩句的分行同樣耐人尋味：繾綣來的「來」作為後綴的修飾，彷彿在殷殷呼喚，從起初的接觸、磨合、融洽，到最後則發出邀約，與之共同跋涉渡過眼前的大川。假設此一詮釋得以成立，那麼收束於利涉大川四字，便可看成是以書寫對抗時間。一方面可以往回溯及曾蜿蜒過的人事時地物，一方面又彷彿預言能直指未來，詩人面對各種素材時如同祭司的凝視，揭示宇宙的奧秘，以詩之力。（許嘉瑋）

近端午讀Eisenstein

你坐在鳳凰木下
一張工整的刺繡亂針挑明
零碎的光影開始凝聚，不動
太陽徐行到了天頂

起先想到戴花的詩人，一逕
歌唱到河邊，沮喪，憤怒之餘
遂對準最亮，最美麗的
漩渦縱身躍下，死矣
接著，如何她卻繾綣將三生
修成的正果以原形表述，完整的卑微
啊愛，但相對於人間的玩忽，真
證明是恐怖

我隔著一些典故思想，一些觀念
和信仰，然則美和真必然也是致命的
通過超現實的剪接一一完成
無上的默片蒙太奇

——原收入《楊牧詩集III》（臺北：洪範書店，二〇一〇），頁三三八—三九。

與楊牧論理敘事的一系詩路不同，這首以「超現實的剪接」和「默片蒙太奇」意識所鉤織的詩，看似非邏輯的將屈原、白蛇置於相連的兩節之中，從而產生新的詩意可能，也因此提高了詩的曖昧性。賴芳伶曾以拼貼並置的後現代技法，來聯繫詩中紛陳羅列的元素，這樣的說法自有可觀處，她也認為本詩呈現了作者經過美學提煉的「斷片似的經驗」，最終通達「色／空的迴環無盡」之境[1]，這是將詩的意涵推至宗教哲思了。如今，在有限的線索中，我們依然能在楊牧的其他作品中，發掘其他可供解讀的空間。

從題目而言，有兩大詮釋進路可循，一是離騷詩人傳統濫觴的時間節點——端午；二是倡議蒙太奇理論的俄國導演Sergei Eisenstein，如此看來，這首詩不僅是異時空之下的異文化交會，也延續了不只一次出現於楊牧詩中的端午、屈原乃至白娘子的元素。諸如〈酒壺二題

1　賴芳伶：〈楊牧〈近端午讀Eisenstein〉的色／空拼貼〉，《中外文學》三一卷八期（二〇〇三年一月），頁二三〇。

第二題：瓷的（奉愁予）〉、〈端午寄莊二〉和〈蛇的練習三種〉[2]，都能廣義的收攏於「端午」的命題下，而不必囿限於蒙太奇理論中任意鏡頭的拼接技法。

早在〈衣飾與追求〉（一九八六）中，楊牧就這樣強調了解屈原的途徑：「只有通過對香草和美人的認識，我們才能把握到屈原的文學意向，才能解析屈原的『追求』（用西方文學的術語說就是quest）是何種心緒下的產物。」詩的第二節，他讓屈原以「戴花的詩人」面貌亮相，香草是配飾，也是彰顯意志的象徵。隨即，塑造其行吟澤畔、形容枯槁的經典形象，讓屈原——求真的詩人——再次殉真，本節在「死矣」的鄭重語氣下暫時停頓。

但楊牧並不安於在「典故」的範圍裏重述，第三節的敘述主體翻換為「她」，在端午現出原形的白蛇，進一步對「真」展開奇詭的辯證：「啊愛，但相對於人間的玩忽，真／證明是恐怖」。詩人試圖窮極人性的真諦，是愛嗎？或是其他不可名狀的事物？詩中，白蛇畢露原貌之後那「完整的卑微」，對比於「纏綣三生」所修成的正果，復對比於「人間的玩忽」，白蛇的一片素心因為「原形表述」而被人間視為恐怖。事實上，人的畏懼與愚昧或許才是「恐怖」的真貌。

〈蛇的練習三種〉中的深思可與這首詩相比擬，蛇如雌雄同體的天使，然而蛇的美麗與神秘「使人產生恐懼感」。詩人又寫道：「她可能有一顆心（芒草搖搖頭／不置可否），若有，無非也是冷的」，迴環的自我辯駁在楊牧的詩文中亦屬多見，目的在於層層推論而達成事理的解釋。

回到〈近端午讀Eisenstein〉，詩的開頭、結尾分別有「你」和「我」的敘述主體，可視為同一個自我的對話，第一節以畫面性較強的「工整的刺繡亂針挑明」、「零碎的光影開始凝聚」等句，揭示蒙太奇的拼貼、奇想效果，到了第四節，則不仰賴意象聚合、而以敘事來顯明詩意，由此建立疏密有度的結構，融合幻想的馳騁和理智的沉思。與收入本詩的《涉事》後記並讀，更能持續追索詩人如何自覺的在感性與知性之間，平衡的包容二者[3]。（李蘋芬）

2　見楊牧：〈酒壺二題：第二題：瓷的（奉愁予）〉，《楊牧詩集I》（臺北：洪範書店，一九七八），頁三九三；楊牧：〈端午寄莊二〉，《楊牧詩集III》（臺北：洪範書店，二〇一〇），頁一〇〇－一〇一。

3　楊牧：《涉事》後記：「我一邊試探，一邊放縱自己去沉湎於往事，磨練感性，並且時時以知性節制它，希望獲取二者之間的平衡，值得愛和不值得愛的，可以等著有一天再度變成追憶裏的事情，以及那些不可以，因為完全不可能的。」見《楊牧詩集III》，頁五〇八。

懷念柏克萊

（Aorist: 1967）

我因此就記起來的一件舊事
蕭索，豐腴，藏在錯落
不調和的詩裏。細雨中
兩個漢子（其中一個留了把絡腮鬍
若是稍微白一點就像馬克斯）困難地
抬著一幅3　6的大油畫從惠勒堂
向加利弗館方向走，而我在三樓高處
憑欄吸菸，咀嚼動詞變化

他們將畫放下來歇歇，指點天空
或許在討論雨的問題而我甚麼
都沒聽見。這時他們決定換手下臺階

我才發現那是一幅燦爛鮮潔的
秋林古道圖，橫過來一級一級顫著搖著
往下移，以四十五度傾斜之勢——
絡腮鬍子在前步步倒退，右手
緊抓著金黃的樹梢，另外那個人左手握住
一座小橋

我將菸熄滅
中止本來一直在心中進行著的
希臘文不定過去式動詞系列變化表
倚窗逼視。那是夾道兩排黃楊當中
最高的一棵，而橋下流水清且漣漪
是秋天的景象，筆路刀法隱約
屬於塞尚一派
乾燥的空氣在凹凸
油彩裏細細流動，接近了
加利弗館大門，在雨中，乾燥流動

不調和的詩裏
蕭索，豐腴，藏在錯落
我因此就記起來的一件舊事

——原收入《楊牧詩集III》（臺北：洪範書店，二〇一〇），頁一五〇—五二。

楊牧在《一首詩的完成》中談到「記憶」時，曾表示：「記憶是充滿力量的，充滿了使詩發生，形成，擴大，感動，並且變成普遍甚至永恆的力量」[1]，我們的書寫通常是望向過去，過去發生的事件，在我們腦中存放著。無論有意識或者無意識，它都是一種我們無力介入的篩選活動，好像記憶中的事件，成為一個刺點，串合的過去與書寫的當下。楊牧的〈懷念柏克萊〉一詩，便是這樣的作品。

在題目的下方，楊牧用括弧寫著（Aorist: 1967），Aorist是希臘文中的時態用語，意指「不定過去時」，這樣的微小標示將整個詩作帶往記憶的某個節點，楊牧在柏克萊期間，修習希臘文，這也成了記憶的座標，讓楊牧往記憶的深處按圖索驥，而詩就如在流水中淘金那般發生。開頭寫著：「我因此就記起來的一件舊事／蕭索，豐腴，藏在錯落／不調和的詩裏」，記憶突然地拜訪，對楊牧來說，這記憶的樣貌似乎有著不定的樣態，一方面既是蕭索，另一方面卻又豐腴，這兩點看似衝突，但由於記憶中我們會不時放大／縮小某些細節，於是在腦海中，楊牧憶起的舊事便有了多樣的形態。並且這樣的舊事藏在不調和的詩中，又更增加它變化的可能性。

這樣舊事隨著記憶中的活動展開，楊牧看著兩位漢子困難地抬著一幅畫作行走在校園裏，而楊牧本人「我在三樓高處／憑欄吸菸／咀嚼動詞變化」，楊牧善於描繪外在動作（事件）與本身內在的情緒（情感）相互結合。於是接下來有一大段動作事情的描述：

他們將畫放下來歇歇，指點天空
或許在討論雨的問題而我甚麼
都沒聽見。這時他們決定換手下臺階
我才發現那是一幅燦爛鮮潔的
秋林古道圖，橫過來一級一級顫著搖著
往下移，以四十五度傾斜之勢——
絡腮鬍子在前步步倒退，右手
緊抓著金黃的樹梢，另外那個人左手握住
一座小橋

1 楊牧：〈記憶〉，《一首詩的完成》（臺北：洪範書店，一九八九），頁二一一。

在記憶裏的舊事，是一件看似平凡的搬運畫面，但卻是情感上的深刻拓印，楊牧憑欄看著兩位漢子抬畫、換手、停下來歇息、指點天空……等，由於這動作的發生，都離楊牧有一定距離，於是如今回想起來反倒顯得像鏡頭特寫一般的冷靜感。情感在回憶中流動，透過詩句再現的竟是這樣一件平凡的小事。一九六〇年代的柏克萊加州大學，校風自由，學生多半對社會運動熱衷，校園內無論師生都會對當時的社會議題有所關注。楊牧在一九九二年，回憶起一九六七年的校園，反倒沒提到當時的社會情境，只著重在描繪一件舊事，我們無法調度、預測記憶浮出的第一個畫面，那彷彿有種神秘性的隨機。昔日憑欄吸菸的楊牧，在詩中寫著「我將菸熄滅／中止本來一直在心中進行著的／希臘文不定過去式動詞系列變化表」，希臘文的過去式動詞變化表，在這首詩中彷彿是一個隱喻，貫穿了一九九二年與一九六七年，成為穿梭兩地的暗號，詩中的動作表現，便是不定過去式的動詞展示。最後詩中寫到：油畫終於到達了目的地，在雨中接近了加利弗館大門。然而，在詩的結尾楊牧又再次寫著：

不調和的詩裏
蕭索，豐腴，藏在錯落
我因此就記起來的一件舊事

藏在不調和的詩裏的舊事，便是詩人對回憶的詮釋。楊牧曾說：「我們對往事的回想，把

握，和詮釋——詩的動力之一存在於其中」[2]。那件不調和詩裏的舊事，便成了詩意構造的動力本身。（林餘佐）

2 楊牧：〈記憶〉，《一首詩的完成》（臺北：洪範書店，一九八九），頁二四。

向遠古

是從來沒有一個音符
如此綽約，可是默默無聲
也許你本屬於遠古的韻律
曾經翩翩飛在多爭執的年代
一朝厭倦了宮商嘈切，決心逸去
隱入被遺忘的樂府——
潔白綽約，你是崑山之玉
直到李憑中國彈箜篌
鳳凰驚叫，乃悠悠醒來
不行兮夷猶
等候著

而那已經是石破天驚的第九世紀了

秋雨逗落在紛紛大朝代的末葉
你像音符一樣醒來，輕輕吟哦
羞澀地溫習著遠古的韻律
歌聲浮在洗亮的樹葉上
飄飄閃爍的心事：歷史
是一頁再生的新譜

等候著，破碎的光影在現代
聚合，我聽到一首無滯無礙的歌
走入我上邪無絕衰的樂府
為我的壓卷詩定音
向遠古

——原收入《楊牧詩集Ⅱ》（臺北：洪範書店，一九九五），頁二〇三—二〇四。

「向遠古」此題目無疑拈出具備方向性，且可供想像的時間縱深。從字面來看，遠古的「遠」可為形容詞，意謂久遠的古代。此說固無疑義，讀者也不妨將之理解動詞——「遠離」之意，說明時間從不停留，我們所立足的當下持續成為歷史，於是遠古成為動態且持續進行中的「過程」。因此，這首詩蘊藏一個龐大的探問：如何抵抗時間。

無論誰充滿眷戀地頻繁朝向時間回顧，興亡成敗皆屬陳跡，又有甚麼留下呢？有的，詩人提醒我們面向過往，同時也承繼接受日益綿延的文明積累，能否被官能感受，經典如何被記憶銘刻，還看後世接受者的迎拒。循此，楊牧以轉瞬即逝的聲音作為開篇首句：

> 是從來沒有一個音符
> 如此綽約，可是默默無聲

此寫法策略性地讓無限濃縮在稍縱即逝的音符裏，看似近乎「大音希聲」，實則有意凸顯歷史有情，人類有感。

大音希聲典出《道德經》所謂「聽之不聞名曰希」，本用以說明大道非人力所能理解聽聞。楊牧以綽約和無聲並置，從古典翻轉出新意。綽約有柔弱優美之意，並非真的無聲，否則何來第三句「也許你本屬於遠古的韻律」。當能感的人們對聲音聽而聞之，自然能避免聽之不聞的情況出現。在此前提下理解，當有助讀者更全面掌握向遠古的「向」字，有著主體的積極選擇與判斷。

聲音本即時間的藝術[1]，氣息之流行貫穿，溝通內在感受（心事）與外在時空（歷史），甚至可說所有音符都是二者的錯身交響。楊牧在詩中塑造一個「你」，讓「你」化作接受敘事的對象，隨詩行的推進參與詩境的起伏變化，反覆強化人在歷史塑造的重要性。「你」既是音符，屬於遠古時間的一部份，也是擁有清脆本質的崑山玉，為中國九世紀（唐代）聽聞箜篌被彈奏才悠悠醒來的聽聞者。儘管沒有直接說明，然而透過睡與醒，歷史與再生，默然與彈奏，時間屢屢在張力的互動中成就意義。

循此，「你」自然也是現代光影，是一首歌，是楊牧為個人心緒與時間座標的歷史定位。當詩作提及的「你」走入「我」無絕衰的樂府，心事與歷史便不侷限於楊牧自身，而是詩人積極邀請讀者成為眾多音符之一。正如同他閱讀樂府、李賀詩，感受並想像箜篌與吟哦聲，必須有「你」，才能為現代詩壓卷，並讓沒有滯礙的韻律起伏在逐漸流逝的歷史長河裏，為這首作品壓卷定音。

藉古典來盱衡現代，暗示當下時空乃奠基於前人基礎的坦率自剖。詩中主要運用李賀〈李憑箜篌引〉的典故，如「潔白綽約，你是崑山之玉／直到李憑中國彈箜篌／鳳凰驚叫，乃悠悠醒來」引自「崑山玉碎鳳凰叫」；「而那已經是石破天驚的第九世紀了／秋雨逗落在紛紛大朝代的末葉」則聚合拆分自「石破天驚逗秋雨」。原作的聲音改變了呈現方式，楊牧溫習古典並加以轉化的痕跡，歷歷可辨。

1　楊牧在〈禁忌的遊戲2〉曾將音樂與時間進行連結，此處或可視為以詩證詩。其詩句為「允許我又在思索時間的問題了。「音樂」／你的左手按在五線譜上說：「本來也祇是／時間的藝術……」」。見《楊牧詩集Ⅱ》，頁一五六。

若我們理解用典是一種參與歷史的方式，則楊牧正如同他所塑造的「你」一般，一方面溫習前人作品，一方面嘗試推陳出新，讓歷史與經典再生。至於音符是否逸去、被遺忘，是否再三等候，端賴能接受、理解的「你」何時出現。簡言之，樂府詩、李賀的〈李憑箜篌引〉，乃至於楊牧的現代詩歌，乃至後世讀者對楊牧作品的評斷定位，都不妨視為綽約韻律整體的一部份。於是我們終於理解，詩人為抵抗時間提出具體可行的方式：書寫，並等待知音。故向遠古既是探索內在，也朝向無窮遠的過往邁步前進。（許嘉瑋）

（四）社會關懷

霰歌

這樣的天氣，不知道
做甚麼最好。煩亂的
天氣：
也許作戰最好
每個人發一支步槍
各據一個街口
猛烈地，向對方開火
打死了也不惋惜
互相都不惋惜

死了算了。這樣的
天氣：沒有花，沒有月
只有些風

只有雪和雨
這樣教人煩亂的
天氣，不知道做別的可不可以
譬如說做愛，可不可以？
都是花，到處都是月
讓狼嗥他的
鶴唳他的唳
讓這個兔子撲朔
讓那個迷離

——原收入《楊牧詩集I》（臺北：洪範書店，一九八七），頁五五四—五五五。

柏克萊加州大學作為自由思想的搖籃，反越戰的先鋒，嬉皮文化（hippie）的堡壘，校園紅磚方場上，「年輕而悲哀又如此樂觀」的抗議學生不時敲打楊牧心靈：「柏克萊的自由主義與批判精神，使我睜開眼睛，更迫切地觀察社會認識社會。……知識是力量，但知識不可以禁閉在學院裏，知識必須釋放，放到現實社會裏，方才是力量」（一九七五）[1]。一九七一年，美軍膠著於越南戰場，進退維谷；這一年，楊牧取得比較文學博士學位，指導教授陳世驤五月過世。十二月，楊牧寫下〈霰歌〉，彼時，三十甫過的楊牧還不是楊牧，葉珊時期的最後一本詩集《傳說》在這一年出版。

「霰」本意是雨遇冷空氣凝成的雪珠。它多降於下雪前或下雪時，降落時，呈白色不透明的球形或圓錐形冰粒。據詩集後記的陳述，新英格蘭州飛霰凍日，百無聊賴，作〈霰歌〉消遣[2]。重複出現了「這樣的天氣」、「煩亂的天氣」以及「沒有花，沒有月／只有些風／只有雪和雨」，外在氣候環境的酷寒映照書寫當下煩躁、迷亂的生命情境。不過，這只是〈霰歌〉的表層意義。

除冰珠之意，「霰」，作為近戰的單兵利器，在濃密的熱帶叢林中被美軍廣泛用來對抗擅長游擊的越共。面對美國同學日益高漲的反戰情緒，曾以「浪漫的右外野手」自居的楊牧已經無法置身風雪之外。「於情如何介入，於法不得申訴」（一九七六），知識分子之於時代、戰爭、種族的困惑涵攝於「作戰」意象的鋪陳。如果說，緊促，斬截的短句是雪霰落下：「也許作戰最好／每個人發一支步槍／各據一個街口／猛烈地，向對方開火」，那麼，此段末兩句則是霰彈四射，相互殘殺：「打死了也不惋惜／互相都不惋惜」，「不惋惜」重複出現，不啻為「作戰」合理性的強烈諷刺。

唐捐〈嬉皮之聲〉以一九六八年為切片，談冷戰的年代，嬉皮的年代後，余光中、鄭

1 楊牧：〈柏克萊精神〉，《柏克萊精神》（臺北：洪範書店，一九七七），頁八八。
2 楊牧：《楊牧詩集 I》（臺北：洪範書店，一九七八），頁六二二。

愁予、楊牧等臺灣詩人詩風不變。冷戰開啟了搖滾樂和迷幻藥（LSD）的潘朵拉盒，「做愛不作戰」（"Make love, not war"）的反戰標語風行街頭，他們通過性與藥物，釋放心中對於傳統和戰爭的反抗。一九六七年二月，反戰群眾遊行到五角大廈前，與陸軍對峙，把盛放的花朵放在士兵的步槍槍口；垮掉的一代的金斯伯格（Allen Ginsberg）口中的「Flower Power」，成為以和平對抗殘暴越戰的象徵。「譬如說做愛，可不可以？」唐捐指出，此詩從第一段「作戰」想像到第二段「做愛」欲求，捕捉嬉皮士的解放路徑[3]。進一步地說，戰爭和愛，寒冷和狂熱，風雪和花月，恐懼和歡愉，它們的悖論結構，收攏在「霰」這一具有液體、乳滴狀、發洩等具有交合意涵的象徵符號底下，呈現性死相溶，靈肉分離的關係。

「風花雪月」原作「雪風花月」，代表春花、夏風、秋月、冬雪的四時美景；「本是些風花雪月，都做了笞杖徒流」（喬吉：《金錢記・第三折》），比喻男女間情愛韻事，後也用來比喻辭藻華美，內容空泛的言情詩文。這裏，「沒有花，沒有月／只有些風／只有雪和雨」，從地凍天寒，萬物凋零的天氣指涉，到「都是花，到處都是月」，一方面呈現詩人坐觀越戰的無力感；另一方面，則透過「風花雪月」這一陳辭的重新組合，營造情迷意亂的嬉皮氛圍。

這首詩結束在動物意象的佈置上。詩人除了拆解「狼嗥」、「鶴唳」、「撲朔」、「迷離」的語法之外，其中可能還蘊藏兩個典故。「狼嗥」的意象可能是金斯伯格在舊金山畫廊朗誦的長詩〈HOWL〉（一九五五），也可能來自紀弦〈狼之獨步〉（一九六四）（這個解讀，來自鄭毓瑜院士的提示，特此誌謝）。無論如何，都對現實社會提出強烈批判。「撲朔」、「迷離」則出自「雄兔腳撲朔，雌兔眼迷離，兩兔傍地走，安能辨我是雌雄」（〈樂府詩集・木蘭辭〉）。前者是現代的西方，後者是古典的中國；一是反戰嬉皮，一是替父從征。楊牧在詩集自序寫道，過去對詩的設想和憧憬，「有一部分好像已經到了眼前，不但已成事實，而且逐漸陳舊，甚至變得可厭」。「霰」的隱喻，既是疏離，也是凝結。它飽含聲音與血氣，照見冷戰年代下瘋狂，躁動的肉身。還有詩人試圖告別過去的自己的心。（曾琮琇）

3 唐捐：〈嬉皮之聲〉，《文訊》四一九期（二〇二〇年九月），頁一一一一一二。

出發

（給名名的十四行詩）

1

一些些風雨之後，強大的
日光照醒苜蓿，地丁，蕨薇
我們相扶持走過草地，巡視
潮溼的圍牆，發散著早春的
氣味，往朝北朝西的方向
移植一棵冬青，順手將角門
釘牢。然後又是徹夜的風雨
在我們生命巨大的古琴上
拉緊預言的紘，張開一片恢弘
嚴肅崇高，豐盈的三月天

我們在淩晨的小寒中依偎
互相期許等待，傾聽最遠處
雨雲在海面漸漸聚集，分裂：
莊嚴的號角聲，準確的鼓點

2

在那個完整的日子裏，我們
目睹冬寒節節向春暖讓步
破曉爆炸的聲響，在長橋
兩側，濺起廣大的湖水和烟
當生命以超越的端毅，挾貫耳的
萬鈞雷霆在那選擇了的日子
那個完整的日子裏向我們宣示……
朝陽後迅速下過一場細雪
豪雨乃在午間洗滌清醒的大地
山脈升得更高，河流急急
蒼松在狂風裏喧嘩催促，瞬息

瞬息間，一群白鳥掠過萌芽的
原野，飛雹敲打面海的大窗：
你選擇了一個完整的日子來到

3

我聽到宇宙震動如橄欖葉
當它感受歸來的春風，海浪
在無限的空間裏以時間的
面貌將過去，現在，未來
雍容地延續——超越感官的
真實的聲音；我看到天地間
久久堅持的一份光明如爝火
如北斗七星，如劍訣，如電
如哲人無垢之鏡，一燈心傳
長照除卻灰塵苔綠的寶殿
——超越一切的，真實的炫耀
在東南之東，北西以北——

我們聽見，看見，當生命
以大無畏的聲音和光明呈現

4
面向萌發的葉芽，巨樹
森嚴的手勢，我的大門洞開
羣鳥從草地上躍然飛起
啁啾相呼於牆裏牆外，搶據
新綠的枝頭，叮噹搖響的
簷角，所有的蓓蕾都提早
迸裂去年的寒衣，蚯蚓
在土壤裏迅速翻了一個身
小蛾焦躁，頂撞著金色的蛹
以他正成形的翅膀；古典的
和浪漫的書在架子上爭持不下
應該朗誦幾首詩？以甚麼程序
進行？中文先呢還是英文？

迎接他們啼聲宏亮的小主人

5

這是你的王國，牛乳領域
最初的家園譬如草莓小島
風波萬里——牢記蓊鬱一片
萬里風波外的才是鄉土
模仿它，億萬倍廣闊偉大
牢記香蕉鳳梨的南溫帶
藍天大海的西涯，美麗的
火山連鎖裏突破雪線的峯巒
而所有河水都向四方奔流，齊赴
仰望，等待的汪洋。這就是
你的王國，是我們集結的
營盤，在多雨微涼的北溫帶
我要你認識這小院落的經緯：
草莓和牛乳。你從這裏出發

6

我們比你自己性急，中午
凝視你在蒲公英的手推車上
驚喜如對鏡，眉毛逐漸成型
逼向日光的眸子聚滿遼闊的天
你不知道你在何處，我們知道
夜裏我彷彿打開一盒粉蠟筆
看你進行偉大的顏色試驗
在燈前，黃與藍調和為衝刺的
新綠，紅與黑互相砥礪，構成
歐洲最深刻，不朽的古典
我甚至讓你肆意將光的七色
揉碎在一面鏡子上，看你如何
對著暗淡的後果納悶，體驗
性情，一次放縱想像力的失誤

7

並且自一次小小的失誤中
領悟夢幻以外的經驗，準確的
線條和顏色如東籬新栽的
菊苗。小滿黃昏淺淺的天——
雲霓忽遠忽近，在雨後搬弄
一些樓臺和城堡，嘽嘽揚塵的
馬匹，武士的旗幟——瞬息間
化為古琴，團扇，刀尺，秋千
或者這些將證實為經驗以外
帶著夢幻色彩的現狀，然而
透過落花的小院，北窗高處
若無聲息一架軍機，筆直
由西向東飛行，穿破解散的
秋千影，讓我們神馳傾聽

8

七重天外，宇宙的起點
和終點，永遠閃爍著的
是我們認同的星海。如此熟悉
你的聲音和面貌，如此熟悉
許久許久以前，在另外的
一個世代，我們曾經是一體
結伴而行的形和影，流浪過
在無比沉寂的七重天外
以一份不可追懷的意志，反抗
人間愚妄的法制和哲學體系
向激情的權威挑戰，以冷漠
以不可詮釋不可模仿的微笑
我們曾經並肩，跋涉千山萬水
搜索人間的公理，正義，同情

9

你必將認知，通過一些喧囂
誇張的歌詠和頌讚，認知
人物和事件的舞臺；倘若可能
在歡呼聲中保持我們的沉默
用理性的心靈去觀察體會
逼視冗長，一再重複的戲劇
帶著不妥協的眼光，永遠永遠
卓絕地，堅持我們傳承的三一律
則你將認知，一切時間空間
和角色都必須和諧統一如神諭
事件的虛實可以辨別，根據
大自然，日月星辰和山岳河川
根據宇宙開闢的法則和秩序
除此之外，一切都不必容許

10

遲遲的夏陽在蘋果林外
渲染歲月連綿，風從山谷
從鮭魚的家鄉吹來，擁向
大海，濃厚的針葉林的氣味
我們將為你說明，一般的
洋流方向，廣闊洶湧的姿勢
亙古而然——歸向一條抽象
威猛的子午線，由北極以北
垂直向南切入企鵝的冰山
你將飛越這永恆的抽象和威猛
感受，且旋轉尋覓親切的
北回歸，西東不斷的走向
在上升的氣溫和濕度中，蔥龍
快綠，平生最美麗的島嶼

11

風也吹向山谷，河水來自
原始的寧靜。刺青，鳴蟬
那是我們秘密的世界，充滿
無遠而弗居，不是你有限的
粉臘筆所能夠描摹，有一種
焚身的熾熱，從童年的彼端
傳來，曾在我生涯裏挫折冷卻
又導回童年的此端，熾熱如昔
你不必畏懼，往檳榔樹開花的
方向走去，使用簡單的方言
有禮親善的手勢，在適當的
場合，以微笑回報族人的好奇
他們將擁戴你如部落的兄弟
故鄉，我們不可凌辱的土地

12

這一切都是真實的，蘆葦花
如此，容許它在鐵路橋下飛奔
過車聲和心血的脈搏，真實
凝重跌宕，不是異邦的白雲
它閃過你學習認識的眼睛
復停留在磊落鏗鏘的記憶
海岸線曝晒的漁網，容許它
張開我們先人求生的信念
蹈向無窮的波浪，如同憤怒的
雨點，寧為浩瀚天地之一霎
碎落虛無深處，見證擔當
一份意志之揮舞，又如彎刀
砍入黑暗的森林。這一切都是
真實的，我們不可凌辱的先人

13

你是會喜愛，我們的鄉音
甚至積極聆聽寺廟的鐘，鼓
梵唄，微風吹過甘蔗田，瑟瑟
悠遠，甜蜜的信仰。是的
人們曾經失落在交談和議論
在不實的消息和忿怒之中
我們找尋到穩固的立足點
冷眼觀察竄走潛伏的灰塵
輕薄可笑的宣言和控訴，因為
我們也曾經失落，卻在認真的
思考之後，選擇了青山巍巍
流泉的冷冽和充沛，我們
從鄉村進入都市，又回歸
鄉村，清潔亢奮如新鼓

14

這是出發，在號角聲中
鐘鼓齊鳴的日子，微風細雨
充足的陽光是你的被褥，啊春天
水仙和蜜蜂已經廣泛散開在
你快速成長的領域。你揮動
有力的雙手，佈置滿天燦爛的
音符。你必須認識這些
進而加以支配。讓飛雁的行列
嘎嘎為西經，鯨魚噴水是北緯
月色安詳著色，小星星亮晶晶
裝飾你學習抬頭翻身的床
車馬和船舶都在驛站上等候
準確如音樂交響，如篆如隸
如黼如黻，如一組十四行詩

——原收入《楊牧詩集Ⅱ》（臺北：洪範書店，一九九五），頁二九八—三一三。

〈出發〉寫於一九八〇年。前一年的十二月發生了美麗島事件，以及接下來的美麗島大審和林宅血案，這些事件皆標誌了臺灣民主運動進入新的里程，更多的臺灣人覺醒，發現國民黨的惡行以及渴望更自由和民主的社會。寫於這樣的政治背景之中，楊牧的〈出發〉不僅只是寫給未出生的兒子名名，亦透過兒子，期許下一代的民主自由，想像臺灣的未來社群（community）。

楊牧以很特別的體裁來寫這首詩，因此得花點時間來討論詩的形式。和這首詩連袂的是寫於一九八〇年一月的〈海岸七疊〉，也是獻給未出生的兒子。〈海岸七疊〉有七段，每段七行，同樣地，〈出發〉為工整的十四首十四行詩。我們或許可以用楊牧喜愛的愛爾蘭文學解釋這樣的手法。學者Tara Guissin-Stubbs發現，愛爾蘭詩人似乎常寫十四行詩，但溯及傳統，十四行詩應為莎士比亞以降的英格蘭產物。這樣的僭取（appropriate），除了表現愛爾蘭文學的混雜性（hybridity），也表示這體裁如何在愛爾蘭生根，從「英格蘭的」（English）成為「愛爾蘭的」（Irish）。Helen Vendler也注意到葉慈的十四行詩有類似傾向，她將葉慈的作品稱之為「僭越性的十四行詩」（transgressive sonnets）。熟悉英語文學的楊牧，將這樣外來的文學形式套用在臺灣本地，書寫美麗島事件後對自由的想望，可以說體現了臺灣文學的「混雜」，以及如何將中西文學在地化，成為「臺灣的」（Taiwanese）。

在內容方面，可謂典型的「臺灣情節」。陳芳明認為，楊牧在美國寫的詩都是在回盼花蓮，如詩歌〈瓶中稿〉，陳芳明稱這樣的回盼為「花蓮情節」。有趣的是，〈出發〉確實展現了類似精神，只是從花蓮放大為整個臺灣。詩歌首先提示地點是西雅圖家中的花園，楊牧和妻子盈盈將角門修好，等待兒子的誕生。他想像如果兒子出生，他將開始以西雅圖作為經緯，教兒子認識世界，如第五首：「我要你認識這小院落的經緯：／草莓和牛乳。你從這裏出發」。他也將讓孩子拿起粉臘筆畫畫，並允許他放縱想像力（對比國民黨戒嚴時期不給予太多自由）。第七首最為關鍵，透過飛機飛出窗外，從西雅圖，飛到第八首之後的臺灣，進入臺灣情境的描寫。

第八首開始楊牧的「臺灣情節」，從這裏開始，不再描繪童稚時期的西雅圖，而是著重於臺灣，討論兒子長成青年之後（或者廣義的說，臺灣下一代的年輕人長大之後）所要面對的期許和課題。第八首提到楊牧他們那一代，也就是那群「黨外」人士，曾經「反抗法治」、「向權威挑戰」、「搜索人間的公理，正義，同情」。雖然是回顧過去，但也期許了下一代能繼續擁抱其精神。在第九首，楊牧提到下一代將在喧囂時刻「保持沉默」，「用理性的心靈體察」，「帶著不妥協的眼光」，剖析這個社會。在這裏我們彷彿聽到楊牧曾說的「右外野的浪漫主義者」，亦是保持距離，隨時警醒，觀察社會動向。除了社會正義，楊牧也提到了族群正義。在第十一首，楊牧寫到對於原住民的尊重，這些原住民也是「兄弟」，他們的土地「不可凌辱」。在第十二首，楊牧想到了本省人，他們跨過黑水溝而來臺定居，有堅強的意識，然而他們的後代，在國民黨時期被外省人排斥，本省人和他們的祖先也應該是「不可凌辱」。

在這首詩歌，楊牧描繪了對未來社群的想像，他希望下一代比他們這一代更勇敢、睿智，挑戰國民黨的權威，熱愛民主和自由，他也同時描繪了族群和解，不管是本省或是原住民，都不應該被欺負。（利文祺）

挽歌詩

（為錢新祖）

But by such similitudes truth is obscured

——Saint Thomas Aquinas

1.

若你選擇的方向正確，站在風裏
瞭望島與石礁那些似乎就是宿昔
先驗；聖．托瑪士．阿奎納斯以及
其他，經院傳統的結構。但香港

曾經看到你的哲學理念一閃而逝
那是倉促。閒適反照於我朝南的
細雨窗前，菸草，晚明，堅忍的
學業，無窮寂寥裏一顆拒不隱晦的心

2.

甚麼聲音響？海潮反覆拍擊雁鵝
藤壺的船底——彷彿這樣也等於
出發，若是乘船離開選擇黃昏時刻
當晚鐘進而取代了海潮的聲音響

隨身攜帶一座指北羅盤，若是沒有
就攜一本講早期耶穌會教士與
羅盤演進的關係，的書，再抬頭
星斗嵯峨處思想還正反閃光如最初

3.

而我們已然失去習慣的辯論規則
試圖以沉默說服對方，無窮的冊葉
分散在書衣和引得之間，我懂得
一些你不曾詳細說明的對，與錯

還不如，不如讓我陪你稍走一程
象徵，朝我們洞明雪亮的方向
這樣蹣跚搖擺，尋視此去幽黯的
前路，光明勝過宇宙創生第一個正午

——原收入《楊牧詩集III》（臺北：洪範書店，二〇一〇），頁二二〇—二二二。

哀悼是人類獨特的心理活動之一，也涉及到文學創作的核心：追憶與再現。我們透過各式各樣的技藝去再現、追憶掛心的人事物，其中一個迷人且魅惑的事蹟大概就屬漢武帝為了嬪妃招魂的故事。李夫人逝世，漢武帝思念極深，這時有一位方士少翁稱說他有招魂之術，能再現李夫人的形象。於是，方士在宮裏裝置布幕、屏障，並剪裁少婦人影，在晚上點起燈，人影映在布幕之上，漢武帝遠遠看去，彷彿是李夫人的倩影。這個記載看似荒謬，但牽涉到文學創作的動力，也形成文學創作的類別：「輓歌」[1]。

楊牧的創作中不少作品是屬於輓歌這類的題材，像是〈紀念覃子豪〉、〈不是悼亡：寄溫健騮〉、〈一位英國文學教授之死〉……等。這類的作品多半在追憶自己和被悼亡者的過

1　輓歌也作挽歌。此處所討論的詩作，楊牧題為「挽歌」，但「輓歌」一詞亦可見楊牧在其他處的書寫。楊牧此處用「挽」字，或許是想與陶淵明的〈挽歌〉三首對話。此處感謝主編郭哲佑的補充。

往情誼與共同經歷的日常事件。楊牧寫於一九九六年的〈挽歌詩〉（為錢新祖）也是如此。在詩的開頭楊牧引了聖・托瑪士・阿奎納斯（Saint Thomas Aquinas）的句子作為引子（But by such similitudes truth is obscured），彷彿也為了學者錢新祖一生追求的志業做了註腳。楊牧在第一段寫著：

曾經看到你的哲學理念一閃而逝
那是倉促。閒適反照於我朝南的
細雨窗前，菸草，晚明，堅忍的
學業，無窮寂寥裏一顆拒不隱晦的心

這裏所描述的是楊牧心中對錢新祖的追憶畫面，錢新祖所思索、追尋的哲思，在楊牧細雨的窗前相互探照下，詩人憶起昔日的菸草與共同堅忍探求的學業，在一顆拒不隱晦的心不斷地折射出回憶來。

輓歌詩除了再現逝者與詩人的共同回憶之外，「送行」也是輓歌詩、哀悼詩常出現的敘述情景，楊牧在第二段寫著：

甚麼聲音響？海潮反覆拍擊雁鵝

藤壺的船底——彷彿這樣也等於
出發，若是乘船離開選擇黃昏時刻
當晚鐘進而取代了海潮的聲音響

楊牧在詩中發問是甚麼聲音響，打破了我們的回憶，原來是海浪拍擊著船底，這裏出現了「船」這個移動的物件，船意味著分離，意味著死者與生者的分隔，於是楊牧說，在黃昏時刻選擇乘船離去，以鐘聲代替海潮的聲音。鐘聲是一個警示，揭示著分離的到來，輓歌詩除了追憶之外，更重要的是提醒離去的事實。

在〈挽歌詩〉（為錢新祖）這首詩中，楊牧不斷重現錢新祖遺留下來的印象，像是哲思的辯證，於是楊牧寫著：「而我們已然失去習慣的辯論規則／試圖以沉默說服對方，無窮的冊葉／分散在書衣和引得之間，我懂得／一些你不曾詳細說明的對，與錯」那些昔日的辯論與思考，如今早已失去了發話者，只剩楊牧一人獨自回味，於是楊牧在此又再提及試圖留下彼此過往的事蹟。楊牧在《一首詩的完成》中，形容朋友像是「迎面而來的風」，讓自己得以飛翔、成長。於是，楊牧在面對錢新祖的死亡，最後寫著：

還不如，不如讓我陪你稍走一程
象徵，朝我們洞明雪亮的方向

這樣蹣跚搖擺，尋視此去幽黯的
前路，光明勝過宇宙創生第一個正午

陪著前行，可以看出楊牧與錢新祖的情誼，這裏的稍走一程可以看作彼此在問學、情誼、生活的延續，並且最終朝向「洞明雪亮方向」。最後楊牧將死亡提升到宇宙的創生，更意味著生命的終點以及日後延續的可能。輓歌詩的寫作除了是輓主與創作者的生前情誼之外，更有創發性的部份在於對逝者的未來想像，楊牧在最後一段便呈現如此的臆想，將死亡與宇宙的創生做連結，是輓歌詩中的獨特展現。（林餘佐）

悲歌為林義雄作

遠望可以當歸

——漢樂府

1

逝去的不祇是母親和女兒
大地祥和，歲月的承諾
眼淚深深湧溢三代不冷的血
在一個猜疑暗淡的中午
告別了愛，慈善，和期待

逝去，逝去的是人和野獸
光明和黑暗，紀律和小刀
協調和爆破間可憐的
差距。風雨在宜蘭外海嚎啕

掃過我們淺淺的夢和毅力

逝去的是夢，不是毅力
在風雨驚濤中沖激翻騰
不能面對飛揚的愚昧狂妄
和殘酷，乃省視惶惶扭曲的
街市，掩面飲泣的鄉土
逝去，逝去的是年代的脈絡
稀薄微亡，割裂，繃斷
童年如民歌一般拋棄在地上

上一代太苦，下一代不能
比這一代比這一代更苦更苦

2
大雨在宜蘭海外嚎啕
日光稀薄斜照顫抖的丘陵

北風在山谷中嗚咽，知識的
磐石粉碎冷澗，文字和語言
同樣脆弱。我們默默祈求
請子夜的寒星拭乾眼淚
搭建一座堅固的橋樑，讓
憂慮的母親和害怕的女兒
離開城市和塵埃，接引
她們（母親和女兒）回歸
多水澤和稻米的平原故鄉
回歸多水澤和稻米的故鄉
回歸平原，保護她們永遠的
多水澤和稻米的平原故鄉
回歸多水澤和稻米的
回歸她們永遠的
平原故鄉。

——原收入《楊牧詩集Ⅱ》（臺北：洪範書店，一九九五），頁四七八—八一。

這首詩寫於一九八〇年三月，回應二月二十八日的林宅血案。在前一年十二月的美麗島事件後，林義雄以及其他黨外分子被以叛亂罪起訴。此時，林義雄六十歲的母親、以及他的兩位女兒被刺殺身亡，另一位女兒身受重傷，至今仍無法得知兇手是誰。楊牧以極悲痛的筆調，為林義雄代言，寫下這首詩。

這首詩可以被歸類為「樂府」的原因，在於其副標題為「漢樂府」，並刻意引用〈悲歌〉這首樂府詩，該詩的完整版本為「悲歌可以當泣／遠望可以當歸／思念故鄉／鬱鬱累累／欲歸家無人／欲渡河無船／心思不能言／腸中車輪轉」。這首詩呼應楊牧在西雅圖的心境，他悲傷，但無法回鄉，只能透過遠望，表達思念，但即便回到臺灣，也彷彿家中無人。然而為何「家中無人」？這是因為楊牧將林義雄的家人比做自己的家人。林義雄的家人被殺害，也彷彿自己的家人被殺害。這也是為何詩題是「為林義雄作」這樣的代言體，也是為何會出現一些句子，彷彿將林義雄的「母親和女兒」指涉為詩人自己的母親和女兒。

這首詩亦呼應了西方「田園輓歌」（pastoral elegy）。以楊牧在《一首詩的完成》中〈社會參與〉曾提到的彌爾頓的詩〈里西達士〉（Lycidas）為例，詩中彌爾頓哀悼身為牧師的朋友溺水而死，他想起自己曾經和朋友享受田園風光，在回憶的同時，也批判了教會腐敗，楊牧認為，這是「一首古牧歌體的輓詩延伸出去，對教會提出了批判」。如同大部分的牧歌體中透過城市和鄉間的對比，針砭世俗社會的不公和黑暗，楊牧的〈悲歌為林義雄作〉也可以視為現代哀歌。這樣的哀歌不僅是對田園風格的美好境界之嚮往，更是反思為何在國民黨的統治之下，人們進入了工業化和資本主義的社會，卻又同時得面對政治壓迫和丟失自己的語言、文化、認同。

確實，國民黨時期因為經濟起飛，讓許多青年開始離開家鄉而到城市打拚。在城市裏，人心疏離，而在鄉下，田園被荒廢。楊牧的田園輓歌建立在這樣的二分法之上。田園在此為美好、和諧、純粹，甚至不曾被國民黨沾染過的社群（community），這樣的社群或許只有在一九四九年以前可以參考，因此這種社群形式是充滿鄉愁的。此外，楊牧意識到他們那一代在國民政府的教育之下，忘記了臺灣的語言、文化，也忘記了臺灣歷史。如詩中所言：「逝去的是年代的脈絡／稀薄微亡，割裂，繃斷／童年如民歌一般拋棄在地上」，童年和民歌代表人民最真切的經驗和聲音，然而這些，包含民主和人權，都被國民黨以經濟掛帥的政策犧牲掉了。楊牧想以此詩喚醒眾人，回歸田園，回歸鄉土，認識自己的土地，如同一年的作品〈出發〉所言：「我們／從鄉村進入都市，又回歸／鄉村」。回歸田園，也表示了回歸鄉土，認識自己的土地。

這首詩歌或許呼應了阿岡本提到的「裸命」（bare life）。阿岡本認為，當代政權為了鞏固主權的正當性，透過「排除」的方式將人的生命「納入」體制。換句話說，人的生命以被排除的形式納於司法之內，成為主權決斷的施行對象，這種情況被稱之為「例外狀況」（a status of exception）。而在這種狀況下，人們成為赤裸、可以任由政權隨意宰割的生命體，比如在猶太集中營內的屠殺。而這樣的暴力也是在法律默許之下運行，也間接鞏固了政權。

「裸命」的概念常出現在楊牧的詩中，那些被政府任意蹂躪的裸命，包含了

〈林沖夜奔〉的林沖、〈禁忌的遊戲〉的羅爾卡、〈失落的指環〉的海蒂伊安娜，或若幾首關於復活節起義的那些愛爾蘭人，以及林義雄的家人。這些詩歌都顯示了楊牧對於任何強權的抵抗，也暗喻了對於國民黨的不信任。（利文祺）

失落的指環

為車臣而作

直對這罅隙，微光反射的街口
我認得清楚——開放的空間
種植一排無花果和寺院窗下的
紅薔薇，我狙擊的準星對準

他們無處閃避每當走到我童年
候車樹下進入我的射程，殘暴的
蓓蕾迎聲開放，隨即向南
疾行四條巷子登樓就位新據點

靠窗坐下，將槍隻擱置盆花
陶甕間，有時天空飄著冷雨

海蒂伊安娜我的姊姊我總想到你
但散兵踱過我扣板機毫不遲疑

或是雪花——想你必然已經
到達邊境的山區了，我快跑轉換
警戒，擠進我們那橋的結構裏
如預定計劃向廣場接近

遜札河水面無時不泛著寒氣
遠處傳來地雷爆破聲，太陽藏在
烏雲後面，羊乳酪凝重的天
我們將悉數撤離，下雪前

目標右前方高地傾斜的缺口
敵人背對著水光如靶牌通過
我的手指發麻，河水眼看就要
結冰，秋天的訊息東流入海心

海蒂伊安娜我的姊姊已經越過
層層疊疊的丘陵，在斷續地雷聲中
到達了阿爾坎喀喇，天黑以前
發完這一槍我上山去會她

一隻黑鳥停在橋頭啞啞大叫，斷定
敵人正自城市側面移動，即將
進入我的射擊範圍，這戰爭
炮火連續四個月沒有停過

或許他們還在浮艇上增援渡河
從南北兩方向密努突卡廣場
收緊，我是堅持橋頭崗哨
獨立戰爭的勇士一等狙擊手

這和那一年幾乎完全一樣，揹負
彈藥緊跟著大家突圍密努突卡

廣場上春花燦爛，看敵人高處
懸掛征服者的旗，驕傲，顢頇

完全一樣，流動的警戒線閃爍
如鬼火，埋伏冷槍，快速換崗
渡河去上山，三千五百名獨立勇士
分頭撤退，相約在阿爾坎喀喇集結

只是水面多了一些流芹和小鴨
枝頭新葉為老樹張起疏離的蔭
姊姊將我帽子扶正，「未來的
戰士，」她說；為我戴上一枚指環

海蒂伊安娜我的姊姊頭上包紮
好看小朵藍花的紗巾，風照樣吹
吹拂她肩頭的髮梢，白金指環
鐫刻H.D.在陽光下晶瑩閃耀

海蒂伊安娜我的姊姊，她說：
「未來的戰士，祖國獨立的戰士」
揮手送行在春風中。短暫的分別
她說：為了歸來是祖國的戰士

太陽繞過高加索山嶔崎上升
大暑將陰影深埋絕望的
幽谷，我們沿著山稜線潛行
晨露在指環上沾點點涼沁

舊世紀最堅決的獨立戰士
手指輕揉記憶背面的花紋
衝鋒槍榴彈和利刃烈日下喘氣
直到我步行回到果羅茲尼

我說歸來了勇敢的戰士不再
離開，遜扎河的水光照亮

姊姊的指環脫下為她重新戴上：
「上天保祐，保祐你和祖國獨立」

那邊縈結的荒山再過去是蛇和
狼的世界，神話與傳說
我流血仆倒的樹林曾經就是
百年前托爾斯泰戰鬥的營盤

這邊我們的廢墟果羅茲尼
古老的城市中心鴿子已經散盡
H.D.伊安娜不知去向，新世紀
月暈渺茫為我顯示惡兆

黑鳥鼓翼向對岸飛去，我回頭
看到密努突卡廣場又一隻黑鳥
聒噪趕到，相同的姿勢停在
橋頭：複製的幽靈

細雪這樣悄悄，無聲下著，地雷
在遠方斷續爆破，遙遠的地方
H.D. 伊安娜已經進入約定的
山區了，或者就是不知去向

我瞄準高地缺口逐漸在暗淡
橋下漩渦被月暈罩去了，一個
落單的兵士正通過如靶牌，發完
這一槍就上阿爾坎喀喇尋她

那人應聲倒地，迷亂的托爾斯泰
廣場一陣雜沓，夾在回響的
地雷和榴彈中；烏鴉隔岸
尖叫，我快跑到二號水門警戒觀望

雪地上紊亂的腳印如此多情
留下給毀滅的果羅茲尼，而我的

任務今夜已經完成，發過最後
狙擊的一槍告別毀滅的果羅茲尼

我咬牙沿水門黑暗摸索，判斷
出走的方向，天明以前完成撤退
為了開春重返，再來時崢嶸依舊
是為祖國獨立作戰的勇士

再見果羅茲尼我的夢幻城市
重炮傾頹的街巷，廣場，硝煙和
油氣凝鑄鬼形魅影成群，撞見
我快槍下喪命那單兵地上躺著

他的血流濺了一小塊南方不祥的
夜，覆著無妄的白雪；他的右手
大力前拋復痙攣扳回，征服的火銃
摔出丈遠，左手停在胸口

左手?它認定月暈倏忽轉明當下
我狙擊的子彈準確命中的一點
血自手心滲透,凝固,瘦削的
食指上戴一枚怪異的白金環

那指環在殘餘的大星映照下
如巨靈逼視,對著雪光瞬息
閃爍聲音堅持,不停地眨眼:
H.D. 海蒂伊安娜,海蒂伊安娜

H.D.,我認識那指環,啊海蒂伊
安娜——即使深陷腐蝕的死水心
我以盲目的直覺認知,並且
辨識它海蒂伊安娜

H.D.,即使禁閉我於烈焰的
銅火爐,我聾聵的專注

也將聽見祖國厄難對我呼救
回應H.D.海蒂伊安娜

H.D.，即使他們放縱兵馬
呼嘯，踐踏至末日我們祖國
果羅茲尼，我暗啞的聲帶提示
獨立，將春天預言再生的訊息

【附錄】

〈家書〉

連日下雨，從街衖的沉鬱情調到中南部山區的土石流，構成全部的，冬之真實。想起二月中旬的紐約，空氣中也有一種真實，但感覺上比較偏向清澈，無隱晦的冷冽。走在大馬路邊，或在校園，知道換一個環境，有足夠的空間與時間去想些別的事，終究是極好的。即使甚麼都不想，就這樣走著，也是極好，殘雪快速融化著，水漬擴散著。

但我的確不停在想。那幾天早上起來就到街口買報，追蹤一件新聞。二月中旬，俄羅斯軍隊在持續四個多月的猛烈攻擊之後，急於對全世界宣布他們已經拿下了車臣首府果羅茲尼。《紐約時報》顯然對俄軍所說並不相信，但莫斯科軍部和圍城前進指揮所嚴格控制新聞，《時報》危言戒慎，讀起來像讀味吉爾的史詩，既悲壯，又遙遠。到二月中旬，果羅茲尼已經被俄軍轟炸得翻了一層皮，建築物，道路，橋樑，通訊設施，水電，燃煤，無不徹底摧毀，破壞殆盡。一個平時熙往攘來，擁有三十餘萬人口的城市，估計只剩餘不到三千名負責殿後的獨立車臣反抗軍，另外就是那些一開始就躲藏在地下，長久不見天日的普通市民，數目不詳。留在傾覆頹圮的垣壁間的獨立戰士以游擊方式對進城的俄軍進行冷槍狙殺，同時待命撤退去南方近高加索山的峽谷地帶集結，希望開春後反攻回來，將俄軍驅離，像三年前一樣。只是那年的戰爭並不像這一次殘酷，果羅茲尼也不曾被癱瘓到這個程度，變成一座完完全全的廢墟。

而就在二月中旬某一天，幾個原已逃離果羅茲尼的車臣婦女，為了甚麼原因竟相約潛返毀滅的孤城，不幸在街頭遭數名俄軍撞見，開槍射擊，紛紛倒在雪泥地上。其中一年輕女子名海蒂者實際並未受傷，但佯裝死亡躺著。俄國兵士隨即洗劫婦女身上細軟，其中一人趨近佯死者，看她手上戴著一枚指環，強力卸之不能下，正打算抽刀斷其指以截取之一剎那，指環竟脫滑而出，乃與同伍兵士棄她與諸婦屍首於瓦礫沙發床堆中，嘗試舉火焚燒，但天霾物潮，火苗隨點隨滅，遂倉皇轉移他去。女子因僥倖逃過一劫，以生死原委愬告途中遭遇之行人，傳遍全世界。

車臣位在裏海和黑海之間內陸，高加索山之北，面積約臺灣二倍，據說地下儲有石油與天然氣，原屬蘇聯成員一部份；史達林時代曾將車臣人民集體迫遷西伯利亞，赫魯雪夫當政始令返籍。蘇聯解體，車臣亦要求脫離俄羅斯獨立。十九世紀俄國人道主義者，小說家托爾斯泰少年時曾從戎戍邊於車臣一帶。又，舊中國涉外歷史有「車臣汗」者，傳為鐵木真發跡地，在蒙古與滿洲之間，和現代車臣國沒有關係。一說張騫通西域，曾到車臣，惟《漢書》無記載，存疑。

天雨路滑，出入小心。

——原收入《楊牧詩集III》（臺北：洪範書店，二〇一〇），頁三六六－七九。

這首詩寫於二〇〇〇年二月，而三月即將舉行總統大選。在這個時刻，臺灣又成為中國文攻武嚇的目標。此時，東歐的車臣正在經歷第二次車臣戰爭，抵抗俄國的侵略。楊牧以車臣為臺灣，俄國為中國的隱喻，在當時的政治場域亦可以看到。比如一九九九年十二月，江澤民和葉爾欽發表〈中俄聯合聲明〉，提示中俄在臺灣與車臣的立場上為同一陣線，並反對分離主義與激進份子。二〇〇〇年春天，中國更發表白皮書〈一個中國的原則與臺灣問題〉，強調臺灣為中國不可分割之部分，同時以飛彈試射與部署來恫嚇臺灣，企圖影響選情。

在這樣的政治氛圍，楊牧寫下了這首關於第二次車臣戰爭的詩。他想像一位游擊兵男孩，伏擊在首都果羅茲尼，此時他的姊姊已經到了山區，到時男孩伏擊完就過去會合。他想起過去在一次突擊前夕（或許是第一次車臣戰爭），姊姊摘下自己的指環為他戴上，以此作為他的護身符，她說：「未來的戰士，祖國獨立的戰士。」而當他回來時候，他脫下指環歸還給姊姊，並且道：「歸來了勇敢的戰士不再離開。」此時回憶停止，他回到現實看到一個俄國士兵，他立刻狙擊。打死這位士兵後，他想著該回到山區了。他離開時看到這位死去的士兵手上戴著姊姊的指環。他意識到姊姊已經死去，此時他的獨立意識更加堅定。

這首詩附上的〈家書〉展現了楊牧對於弱勢的關懷。我想特別著重於倒數第二段關於車臣的歷史，提示楊牧如何質疑中國和俄國的大敘述。首先，楊牧將車臣的地理和臺灣相比，以此建立他的比較論述。車臣的地理位置和豐富的資源，皆表明其戰略的重要性。車臣流亡的歷史預示著尋求主權自治和對抗外部統治的必要性。這種情況與臺灣的情況極為相似。在地理上，臺灣處於第一太平洋島鏈，可防止中國擴張；從經濟上來看，臺灣資源豐富，特別在東南海域的島嶼，有開採資源的潛力；歷史上，臺灣曾被幾個外國政權殖民，如今卻受到一個更強大的鄰國的壓力。

其次，為避免意見過度傾斜於車臣，詩人以俄國的角度提出了另一種觀點。他以托爾斯泰為例，其見證了俄國發動戰爭，清洗高加索地區，並併入其領土的過程。托爾斯泰批評了俄羅斯貴族的殘暴，虛偽和冷漠，並讚揚車臣人的英勇。儘管托爾斯泰在他的小說中描繪了車臣人爭取自由和獨立的鬥爭，但當代的俄羅斯政界人士似乎無法理解托爾斯泰和關於車臣的教訓。十九世紀中葉的歷史事件在二十世紀末和二十一世紀仍屢次發生。

最後，楊牧對中共的歷史敘述提出了挑戰。他質疑政權所支持的大敘述，認為中國歷史上的「車臣汗」與現實中的車臣毫無關係，張騫此次訪問的故事「存疑」。同樣地，中共建構了自己的民族神話，認為其領土疆域中包含「固有」的新疆、西藏、臺灣、香港等地。然而事實是，「中國」的觀念是在清末發明的，其邊界在歷代中皆有變化。共產黨認為自己的大中國敘述是不可挑戰的，且展現了帝國凝視和絕對的權力。與之相對的，是楊牧由本土、邊緣出發，聯合車臣，以另外一種敘述來挑戰和圍堵中國和俄國。在這首虛構但充滿張力的故事，臺灣和車臣能以自己的聲音說話，說出自己對歷史和外來強權的本土理解。（利文祺）

《暴風雨》節選（莎士比亞原著）

卡力班：

不用害怕，這島上到處都是聲音，
樂曲，和甜美的歌，愉悅而不傷人。
有時候我聽見一千種樂器琤瑽
在耳朵旁邊作響，有時是
各種詠歎卻於我剛從長夢醒來當
下又將我催睡入眠，然後，夢中
恍惚覺得雲層打開了，對我顯示豐美
瑰麗隨時將墜落我的身體，使我——
每當醒覺——都哭著想回到夢裏。

——原收入《暴風雨》（臺北：洪範書店，一九九九），頁一八三。

楊牧的《暴風雨》翻譯出版於一九九九年。故事講述米蘭公爵頗羅斯倍羅被弟弟安東尼奧篡位，因而帶著襁褓中的女兒米蘭達逃到了一無人島（an uninhabited island），在此，他擁有兩位奴僕，其中一位為怪物卡力班。如今，安東尼奧搭乘的船在頗羅斯倍羅法術的作用之下，撞到暗礁而沉船，他和一行人來到島上，遇到光怪陸離之事，最後知曉所有事情皆為兄長頗羅斯倍羅的法術所產生，而請求其諒解。故事的最後，是頗羅斯倍羅再次成為公爵。楊牧想透過故事中的頗羅斯倍羅和安東尼奧的和解，以及卡力班的壓迫，提出在後殖民時期，臺灣該怎麼自處。

楊牧的譯本，體現了後殖民「混雜」（hybridity）的特徵。比如曾珍珍指出了「多元漢語語體的隨機運用」，仿照了「楚辭九歌」的形式描繪頗羅斯倍羅施行巫術的過程，或是以《山海經》的形式描繪愛麗兒變換成怪鷹，以《詩經》中農事詩的方式描繪莊稼的收成和豐饒。此外，曾珍珍也認為楊牧譯本出現「臺灣當代辭彙與多語現在的再現」，比如有臺灣國語，臺語（比如「無膽」一詞），日本殖民痕跡（比如「怪物先生樣」），甚至出現時代錯置的狀況，如當代辭彙「警察」、「衛生棉」。這些都體現了臺灣詩人楊牧本身的後殖民風格，不僅是繼承了中國古典，也展現了臺灣在地風格。曾珍珍更認為，楊牧有意讓讀者產生時空錯覺，彷彿這故事可以發生在當代，在臺灣或者臺灣外圍的小島上。

在閱讀《暴風雨》，可以先閱讀楊牧寫的序〈莎士比亞《暴風雨》的外延與內涵〉。楊牧首先指出，莎翁作品源自於地理大發現後，對於地球另一端可能有烏托邦，和平喜樂的社會之可能。在此鳥語花香，與世無爭，如岡札羅在故事中描繪的理想國：「文字學問一律廢除，富裕與平窮／之別，僱傭關係，不許存在；契約，繼承，地界，產業範圍，田畝／與葡萄園之類，取消……／／……舉國／賦閑，婦女也一樣，天真而純潔：／沒有君權統御」。而這樣的社會，透過莎士比亞在詩劇中提到的「一無人島」成為了可能。

然而，楊牧追問，此地真的是「無『人』」島嗎？難道卡力班不是人？楊牧認為，卡力班是女巫和惡魔生下的混種，然而為何希臘神話中神與人生下的孩子可以被稱為人，如同海倫（Helen）或是阿奇勒士（Achilles），但卡力班卻被認為是怪物？他應該是人形人影，被稱為怪物是頗羅斯倍羅的偏見，或累積的怨恨。探究卡力班的語言，也可以發現他那真摯的一面，楊牧提到：「客觀檢討，卡力班除害怕主子魔咒恐怖疼痛，偶然表現得緊張，不寧之外，平時凡事本能，其行為簡單率直，反而缺少人類之陰鷙，貪婪，懦弱；他對自由的嚮往與追求當然是勇敢，高尚的。卡力班更如此熱衷於尋覓失去的自然資源，他的清泉，沃原，山楂和花生豆子，他的藍樫鳥，小猴子，鮮貝——而且樂於將這種種與人分享，在平等互信的條件之下。卡力班對天籟之聲極度敏感，生息俯仰其中而無心胸的阻隔，他的神經和骨骼血肉順其旋律運作，行止；他對音樂的領會是以全部感官，生物性的接觸，擁抱去完成。」

卡力班對自由的嚮往，以及渴望自己管理自己的島嶼，似乎隱喻了臺灣民眾，不管是原住民，或是本省人。比如在劇中卡力班被頗羅斯倍羅罵為「賤奴」，似乎隱藏了《奇萊前書》中，楊牧在中學時期，看見本省同學被外省老師罵「無恥亡國奴」。卡力班對頗羅斯倍羅喊道：「這島本是我的，屬我媽媽夕可滑克絲／所有，被你奪去了」似乎隱喻了臺灣被國民黨佔據。頗羅斯倍羅在來到島嶼後，教導卡力班語言，也讓人想起當初的「國語政策」，提倡國語，禁說臺語，客語，原住民語。當卡力班大喊：「自由了，窪，慶祝！慶祝，自由了！」也似乎聽到臺灣人渴望自由的呼喊。

除此之外，楊牧也特別提到和解的可能，他說：「《暴風雨》提示給我們的終極，最高境界是和解。」而楊牧將這樣的和解寄託給下一代，當頗羅斯倍羅的女兒米蘭達愛上了因船難而來的孚迪南，當米蘭達喊出「美麗的新世界」，似乎預示了下一代將是更和諧的世代。

（利文祺）

後記

詩的自由

郭哲佑

大學時曾經有一個機會，與朋友一起近距離訪問楊牧。當時所談的內容如今已遺忘大半，但也還記得咖啡廳內紅黃交織的壁紙，小小的桌燈就立在彼此之間；正是學詩的年紀，我們向楊牧探問，現今的創作氛圍與過往有何不同？楊牧語帶勉勵地說：「現在有更多的勇氣與自由。」

自由並非憑空生出，學詩的過程中，面對艱困的楊牧詩作，挫折與收穫也往往是相連而來。在詩集《禁忌的遊戲》後記〈詩的自由與限制〉裏，楊牧認為自由雖是詩的基礎性格，但也時時遭遇限制，面對詩，我們應該肯定自由也肯定限制，作品往往就在兩者的互動拉鋸間萌生。[1]如一座高聳的奇萊大山，壯麗、懾人又變幻莫測，光景與陰影錯落出現，美麗的景色，往往必須走過崎嶇的小徑，攀上陡峭的山峰——詩作立下困難的技藝，用途或許不只

1　楊牧：《楊牧詩集Ⅱ》（臺北：洪範書店，一九九五），頁五〇八－一八。

在於限制，更在於擁有了越限的過程之後，將迎來更為深邃滿盈的意義。

無可否認，楊牧正是臺灣文學界的巍峨大山。二〇二〇年七月九日，為紀念楊牧留下的文學成就，科技部人文沙龍舉辦「仰首看永恆：楊牧的創作與學思」講座，請來鄭毓瑜、邱貴芬、須文蔚三位學者從不同視角導讀楊牧。我有幸親身聽講，不僅仰慕楊牧持續追索詩歌人文精神的身影，更敬佩三位教授亹亹尋繹楊牧學思蹤跡所下的努力。會後，鄭老師與我、許嘉瑋學長、曾琮琇學姊小聚，老師有感於楊牧詩作並不平易近人，目前也少見對楊牧單首詩的解析討論，希望我們能以後輩青年詩人的身分，為楊牧詩作撰寫幾篇較深入的賞析導讀；而鄭老師也在臺大開設楊牧詩文研讀課程，正可以與我們的文章相呼應，為後來人提供進入楊牧詩文的路徑。有了大略目標之後，我們又接著在十月五日，於聞山咖啡再次相約討論細節。這次擬定了一些實際的方向：我們先試寫一些篇幅在一千五百字左右的賞析，如若可行，再邀請其他幾位青年詩人學者一同加入。且因我身為「每天為你讀一首詩」臉書粉專的小編，若能彼此合作，透過網路平臺，這些賞析可以傳播得更遠。

於是在二〇二〇年底，我們再邀請了林餘佐、利文祺、李蘋芬三位青年詩人，加上原先的嘉瑋、琮琇與我，組成了六個人的團隊，並確定和「每天為你讀一首詩」合作，於二〇二一年的四月在網路推出楊牧專輯，從四個面向、四週共二十四篇文章來介紹楊牧的詩作。由於團隊中每個人都有著詩人／研究者的雙重身分，故有別於以往「每天為你讀一首詩」較平易的風格，楊牧賞析專輯的文章較長，內容也較深入，且不時會引用楊牧的其他作品來與詩作相互呼應。本以為這樣的文章可能在網路上接受度不會太高，沒想到引起了一些注目討論，許多文學圈的師友對於我們的嘗試皆報以鼓勵與肯定；同為「每天為你讀一首詩」成員的張寶云老師，不僅關注這個活動，在東華大學楊牧文學研究中心的臉書粉專上協助宣傳、分享相關訊息，之後更把部分賞析作為楊牧文學獎「青春組．詩評論」的詩評範本。

透過對作品的深入研讀，我們也再次體認楊牧對文學的熱忱與嚴謹，感受詩所包容與開展的內涵可以多麼無窮無盡。由於活動與鄭毓瑜老師的臺大課程相呼應，二〇二一年四月十九日，鄭老師邀請我和嘉瑋學長、琮琇學姊到國文課堂上座談，實際向大學生分享閱讀楊牧詩作的法門，當天氣氛熱絡，彷彿看到好多與詩共鳴的年輕心靈。除此之外，藉著這次大範圍細讀楊牧詩作的契機，我也曾在二〇二一年七月十四日，透過紅樓詩社舉辦線上讀詩會來談談楊牧詩作，當天線上共同參與的人數一度破百人，成為歷來紅樓詩社報名最踴躍的讀詩會。除了紙上的文字傳遞，這些透過實際講演蔓延出去的感動，也讓我深覺楊牧詩作的感染力之大，面對看似晦澀的作品，許多人或許只是沒有門路，並非沒有興趣。

因此，當「每天為你讀一首詩」的連載結束，鄭老師提及希望有機會可以將賞析集結成冊，我心裏是極為興奮且期待的。但若只有賞析，書籍的份量恐會不夠，於是老師希望在賞析之前放上一些長篇專文，讓各人採用不同的視角觀點，立定議題，多方面、多層次的剖析楊牧作品，且除了原先撰寫賞析的團隊之外，另外又邀請了同為青年學者與創作者的楊牧學生廖啟余一同加入。這幾篇文章，分別探索了楊牧的創作歷程、古典元素、體制承轉、內在結構、歷史情結與生命關懷等等，從多個面向描繪楊牧的詩作形象，文章亦皆通過兩位專家學者的匿名審查。廖啟余〈《水之湄》之湄——王萍時期初探〉一文，透過細密的考察楊牧在王萍時期的詩作風格，鋪敘出少年楊牧的詩風轉變，「強連結」與「弱連結」兩關鍵詞的提出，不僅有效析繹早期詩作的不同面向，更能與當時的文壇論戰對話，觀察創作與文學場域之間的相互生成。曾琮琇〈現代主義的抒情形構——論楊牧的十四行詩〉聚焦在「十四行詩」此特定的詩體，以小見大，從平仄韻腳、複沓變奏以及典故使用上，具體說明楊牧如何實踐詩作中的有機格律（organic form），從而使現代漢詩擁有自己的限制與自由。李蘋芬〈雙人舞的內在對話——楊牧詩的傾訴結構〉以頓呼格入手，分析楊牧詩文中的人稱指涉，「不在場的你」往往成為意念綿延的關鍵，「一分為二的我」則是成為內省叩問的憑藉，進而擴散到戲劇獨白體的討論，從散文作品對照印證，指出楊牧作品中傾訴體與戲劇獨白體的跨文類性質。利文祺〈逆寫歷史——論楊牧的《五妃記》〉，從《五妃記》中探討楊牧如何建構歷史的不同聲音，三段分別透過秀姐、沈光文與寧靖王的發聲，將歷史中邊緣與扁平人物立體化，以臺灣本位抵抗、改寫流亡政權的大中國史論。而我的文章〈楊牧晚期詩作中的生死關懷——以〈形影神〉三首為核心〉則是從〈形影神〉三首探討楊牧晚期詩作中的生命議題，舉出思索、感受與人情三個面向，說明楊牧面對死亡時湧現的不同姿態，這些姿態又與創作本身如何對話。許嘉瑋、林餘佐兩位學者詩人，作為賞析撰寫團隊之一，也從不同的觀察角度提供自己對楊牧詩作的體會：在〈客心變奏〉、〈易十四行〉、〈向遠古〉等賞析中，許嘉瑋透過對文化典故的析解，讓作品更加脈絡化、立體化，呈現楊牧詩作在古典意義上的綿延承展；而在〈論孤獨〉、〈懷念柏克萊〉與〈挽歌詩（為錢新祖）〉等詩的賞析中，林餘佐則往內探索，探討詩作中孤獨、記憶、死亡等內斂的情感議題，同樣看到楊牧作品中敏感深邃的一面。最後，鄭老師的作為代序的〈楊牧的古典維新——技術作為發現的核心〉一文，從楊牧的古典研究追源，其實也呼應了楊牧詩歌創作的各個面向，與本書的許多章節形成有機對話：楊牧從《詩經》乃至漢魏詩歌重複套語的研究，提示了有機節奏在詩歌如何交織意義，正可以與曾琮琇對其十四行詩體的分析合觀；對於中國詩歌中敘事成分的分析探索，讓詩歌可以跳脫抒情／敘事的二元論分別，與李蘋芬探討楊牧的頓呼格、戲劇獨白體如何交織敘事、橫跨文類也能呼應。而「抵抗：詩的不安」一節，說明了楊牧如何以自己的意志丈量、重述典實，這正可與利文祺探討楊牧創作《五妃記》的心境動機對話。如同鄭老師所述，各種典故不僅承載了歷史縱深，往往更是「反向的揭露了自我」，形成創作與閱讀這共生的結構，這不只串聯了楊牧的古典研究與現代創作，也為所有後來的評論尋繹詩意的根源。這本書題為「心是宇宙的倒影」，靈感來自楊牧詩作〈代箋〉，〈代箋〉中寫著：「在晦暗不透明，深深的／戀慕裏：心是宇宙的倒影／我們尋找隱喻……」閱讀與創作是一體兩面，在追尋意義的過程中，彷彿也在努力著，讓自己的心與未知的他者共鳴。

再回想當年楊牧所勉勵的勇氣與自由，除了政治的差異之外，如果將文學視為一個有機體，隨著時代演進，後來之人能否更靠近它的核心？楊牧逝世已逾三年，作品仍在不斷地往前，豐富自身的意義，這是詩的自由。只是身而為人，緬懷楊牧老師，在前進的路上屢屢回顧，楊牧也曾這麼寫：「在水中看見自己終於成熟的／影子，我要讓你自由地流淚。」[2]

2 楊牧：〈讓風朗誦〉，《楊牧詩集I》（臺北：洪範書店，一九七八），頁四九四。

作者簡介（依本書文章次序排列）

鄭毓瑜

中央研究院院士，國立臺灣大學講座教授。擅長結合中西人文思潮，為古典文學開拓具有前瞻性與跨領域的視野，其中關於「空間」、「身體」與「抒情傳統」的論述尤為海內外注目，近年來也致力於探討近現代知識經驗、跨文化交織與文學表述的新關係。著有《文本風景：自我與空間的相互定義》、《引譬連類：文學研究的關鍵詞》、《姿與言：詩國革命新論》等專書，關於楊牧研究則有〈仰首看永恆——《奇萊前（後）書》中的追憶與抵抗〉、"A Ceaseless Generative Structure: Yang Mu's Views on Early Chinese Classical Literature"，以及〈二十世紀的悲傷：陳世驤與楊牧的「時代」〉等論文。

廖啟余

一九八三年生，臺灣打狗人。政大中文學士、碩士，現為美國聖路易華盛頓大學比較文學博士候選人。著有詩集《解蔽》（二〇一二）、小品文集《別裁》（二〇一七），二〇〇二年畢業於高師大附中。

曾琮琇

清華大學中文系博士，現任教於臺北大學中文系。著有詩集《陌生地》（桂冠，二〇〇三），詩論《台灣當代遊戲詩論》（爾雅，二〇〇九）。曾獲時報文學獎、青年詩人獎、教育部文藝創作獎等。

李蘋芬

政治大學中文所博士候選人。研究領域為現代詩、近代報刊與文化，曾獲臺文館臺灣文學傑出論文獎、亞太華文文學評論獎、臺北文學獎、文化部青年創作獎勵，著有詩集《昨夜涉水》、《初醒如飛行》。

利文祺

牛津大學訪問學者。愛丁堡大學比較文學碩士以及漢學碩士，蘇黎世大學漢學博士，曾任愛丁堡大學高等人文研究學院博士後研究員。博士論文為研究楊牧，並以此獲得楊牧研究論著獎。與Colin Bramwell參與哥倫比亞大學出版社的楊牧譯本《心之鷹》，並以楊牧翻譯贏得二〇一八年英國比較學會的John Dryden翻譯首獎。著有詩集《文學騎士》、《哲學騎士》、《划向天疆》。合編有《同在一個屋簷下：同志詩選》、《臺灣文學作為世界文學》（*Taiwanese Literature as World Literature*）。

郭哲佑

一九八七年生，新北人。臺大中文所碩士畢業，現為臺大中文所博士生。建中紅樓詩社出身，著有詩集《間奏》、《寫生》，《寫生》一書入圍臺灣文學獎金典獎。作品可見《台灣七年級新詩金典》、《生活的證據：國民新詩讀本》、《新世紀新世代詩選》等選輯。

許嘉瑋

新竹中學畢，政大中文博士，現任教於臺北大學中文系。曾獲獎若干，著有《七武海：十四行詩集》（自費出版）、《搜神》（將由松鼠文化出版）。

林餘佐

嘉義人。國立清華大學中文所博士，曾獲林榮三文學獎、教育部文藝創作獎、國藝會創作補助、優秀青年詩人獎。出版詩集《時序在遠方》、《棄之核》。現任教於東海大學中文系。

知識叢書 1133

心是宇宙的倒影：楊牧與詩

主編—鄭毓瑜、郭哲佑
人文線主編—王育涵
特約編輯—蔡宜真
校對—鄭毓瑜、郭哲佑、廖啟余、曾琮琇、李蘋芬、利文祺、許嘉瑋、林餘佐
美術設計—倪旻鋒
內頁排版—立全電腦印前排版有限公司

總編輯—胡金倫
董事長—趙政岷
出版者—時報文化出版企業股份有限公司
一〇八〇一九台北市和平西路三段二四〇號七樓
發行專線—(〇二)二三〇六六八四二
讀者服務專線—〇八〇〇二三一七〇五
(〇二)二三〇四七一〇三
讀者服務傳真—(〇二)二三〇四六八五八
郵撥—一九三四四七二四時報文化出版公司
信箱—一〇八九九臺北華江橋郵局第九九信箱

時報悅讀網—www.readingtimes.com.tw
時報人文科學線臉書／https://www.facebook.com/humanities.science
法律顧問—理律法律事務所 陳長文律師、李念祖律師
印刷—家佑印刷有限公司
初版一刷—二〇二三年十月二十日
定價—新台幣五二〇元
（缺頁或破損的書，請寄回更換）

時報文化出版公司成立於一九七五年，一九九九年股票上櫃公開發行，二〇〇八年脫離中時集團非屬旺中，以「尊重智慧與創意的文化事業」為信念。

感謝洪範書店有限公司應允轉載楊牧先生詩作，特此致謝。

心是宇宙的倒影：楊牧與詩 / 鄭毓瑜, 郭哲佑主編. -- 初版. -- 臺北市：時報文化出版企業股份有限公司, 2023.10
面; 14.8×21 公分. -- (知識叢書；1133)

ISBN 978-626-374-412-7(平裝)

1.CST: 楊牧 2.CST: 新詩 3.CST: 詩評 4.CST: 文集

863.5107 112016106

ISBN 978-626-374-412-7(平裝)
Printed in Taiwan